Copyright © Catherine Ryan Hyde, 2009
Todos os direitos reservados.

Publicado mediante contrato de licença da Amazon Publishing em colaboração com a Sandra Bruna Agência Literaria.

Tradução para a língua portuguesa
© Débora Isidoro, 2024

Diretor Editorial
Christiano Menezes

Diretor Comercial
Chico de Assis

Diretor de Novos Negócios
Marcel Souto Maior

Diretor de Mkt e Operações
Mike Ribera

Diretora de Estratégia Editorial
Raquel Moritz

Gerente Comercial
Fernando Madeira

Gerente de Marca
Arthur Moraes

Gerente Editorial
Marcia Heloisa

Editora
Nilsen Silva

Capa e Proj. Gráfico
Retina 78

Coordenador de Arte
Eldon Oliveira

Coordenador de Diagramação
Sergio Chaves

Preparação
Carolina Rodrigues

Revisão
Jéssica Reinaldo
Victoria Amorim

Finalização
Roberto Geronimo
Sandro Tagliamento

Impressão e Acabamento
Braspor

DADOS INTERNACIONAIS DE CATALOGAÇÃO NA PUBLICAÇÃO (CIP)
Angélica Ilacqua CRB-8/7057

Hyde, Catherine Ryan
 Caminhos do coração / Catherine Ryan Hyde; tradução de Débora Isidoro. — Rio de Janeiro : DarkSide Books, 2024.
 400 p.

 ISBN: 978-65-5598-361-6
 Título original: When I Found You

 1. Ficção norte-americana I. Título II. Isidoro, Débora

24-0835   CDD 813

Índice para catálogo sistemático:
1. Ficção norte-americana

[2024]
Todos os direitos desta edição reservados à
DarkSide® Entretenimento LTDA.
Rua General Roca, 935/504 — Tijuca
20521-071 — Rio de Janeiro — RJ — Brasil
www.darksidebooks.com

CATHERINE RYAN HYDE

CAMINHOS CORAÇÃO

Tradução
DEBORA ISIDORO

DARKSIDE

Para Harvey

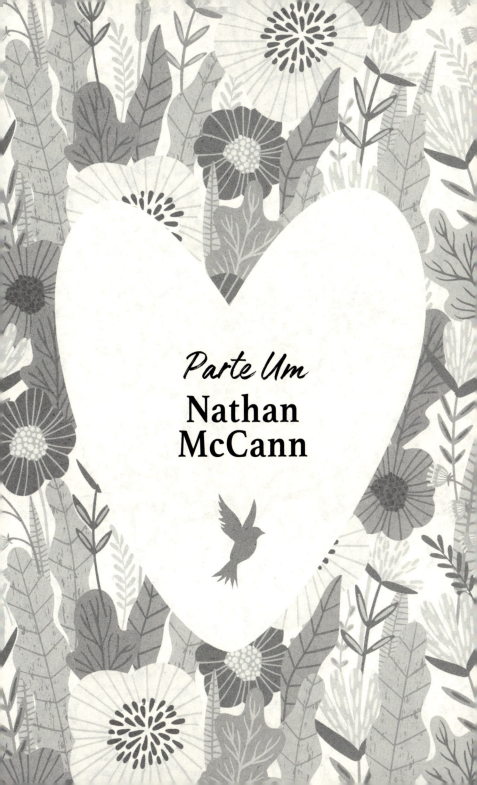

Parte Um
Nathan McCann

O DIA DO ENCONTRO NO BOSQUE
2 de outubro de 1960

Nathan McCann estava na cozinha escura, cerca de duas horas antes do amanhecer. Ele acendeu a luz, meio que torcendo para encontrar a cafeteira preparada, já com água e pó, esperando apenas ser ligada na tomada para começar a passar o café. Em vez disso, viu o filtro vazio no escorredor, aparentemente abandonado e gasto.

Ele não sabia por que sempre esperava outra coisa. Fazia anos que Flora não preparava café para ele antes do alvorecer. Havia décadas que ela não acordava cedo com ele para servir ovos fritos, suco de laranja e torrada.

Em silêncio, para não a acordar, ele pegou uma caixa de cereal de flocos de aveia no armário, depois ficou parado diante do ar frio da geladeira e serviu leite desnatado em uma vasilha de plástico amarelo.

Não precisa ser tão silencioso, pensou. Flora estava no quarto dela, no fim do corredor, de porta fechada. Mas ele *era* silencioso, sempre tinha sido nessas situações, e achava improvável uma mudança nesse padrão àquela altura.

Quando se sentou à mesa de fórmica para comer o cereal, ouviu Sadie, a retriever de pelo encaracolado, acordada e pronta para sair, animada com a luz acesa no interior da casa antes do nascer do sol. Ficou sentado ouvindo o tinido ritmado da corrente que cercava o canil enquanto ela pulava e batia na cerca com as patas dianteiras. Entusiasta de manhãs como essa, Sadie reconhecia uma boa caçada de patos ao primeiro indício visível ou audível.

Ele sempre quis levá-la para dentro de casa — Sadie, que doava com tanta boa vontade seu tempo e sua atenção. Mas Flora jamais concordara.

* * *

Nathan estava parado na escuridão fria do outono, um momento antes do nascer do sol, a arma apoiada em seu ombro.

Ele insistiu para que Sadie lhe obedecesse.

Chamou-a pelo nome de novo, irritado com ela por obrigá-lo a quebrar a quietude matinal, o motivo pelo qual estava ali.

Nos seis anos que se passaram desde que se tornara tutor de Sadie, ela nunca deixara de atender quando chamada.

Lembrando-se disso, ele apontou a lanterna para ela. No breve instante antes de ela espremer os olhos e desviar-se da luz, ele vislumbrou algo, uma expressão que poderia servir de explicação. Daquela maneira instintiva com que um homem conhece seu cachorro e um cachorro o conhece, ela conseguiu lhe dizer algo. Não estava desafiando o julgamento dele, apenas pedia que, por um momento, ele considerasse o dela.

"Você tem que vir", ela disse com os olhos. "Precisa vir."

Pela primeira vez naqueles seis anos, Nathan obedeceu à cachorra. Ele foi quando ela o chamou.

Ela estava embaixo de uma árvore, cavando. Mas não daquele jeito frenético como fazem os cachorros, com as duas patas dianteiras se movendo em alta velocidade. Ela empurrava as folhas de forma delicada com o focinho e, às vezes, usava uma das patas.

Ele não conseguia ver nada ao redor dela, então a puxou pela coleira.

"Ok, menina. Estou aqui. Vamos ver o que você encontrou aí."

Ele apontou a lanterna para o monte de folhas caídas. Saindo da pilha havia um inconcebivelmente pequeno — mas inconfundível — pé humano.

"Meu Deus", disse Nathan, e deixou a lanterna no chão.

Ele enfiou as mãos protegidas por luvas embaixo do monte e ergueu a criança no colo, soprando as folhas de seu rosto. Ela estava enrolada em um suéter — um suéter de adulto — e usava uma touquinha de lã colorida e bem-ajustada. Não devia ter mais que um ou dois dias de vida.

Ele achava que conseguiria apurar melhor se pudesse segurar a lanterna e a criança ao mesmo tempo.

Tirou uma das luvas com os dentes e tocou a pele do rostinho. Estava fria ao toque.

"Que tipo de pessoa faria uma coisa dessa?", perguntou em voz baixa. Ele olhou para o céu, como se Deus estivesse disponível para responder a pergunta.

O céu clareara, mas só um pouco. O amanhecer ainda não havia alcançado o cume da montanha, mas surgia em algum lugar além do horizonte, declarando de maneira informal que planejava vir para ficar.

Com delicadeza, ele pôs a criança no leito de folhas e a examinou com mais atenção sob a luz da lanterna. A criança moveu os lábios e a mandíbula lentamente, com a boca seca, como se amassasse algo contra o céu da boca, ou, nesse caso, quisesse fazer isso.

"Meu Deus", Nathan repetiu.

Até aquele momento, não havia considerado a possibilidade de que ela talvez estivesse viva.

Ele deixou a espingarda no ninho de folhas, porque precisava das mãos para acomodar o corpo do bebê contra o seu, segurar a cabeça da criança com firmeza junto ao peito. Ele e a cadela dispararam para a perua.

Atrás deles, o amanhecer despontou sobre o lago. Patos voavam sem serem incomodados. Esquecidos.

* * *

No hospital, dois atendentes do pronto-socorro entraram em ação de forma rápida e impulsiva quando viram o que Nathan carregava. Eles colocaram o bebê em uma maca — um grão no meio de um oceano — e removeram o suéter. Nathan viu que era um menino. Um menino que ainda estava com o cordão umbilical, um símbolo de inocência.

Quando correram empurrando a maca, um médico os alcançou e tirou a touca de lã. Ela caiu despercebida no piso de linóleo. Nathan a pegou e a guardou em um bolso com zíper do colete de caça. A touca era muito pequena, não chegava a cobrir a palma da mão de Nathan.

Ele se aproximou da porta da sala de exame até onde supôs que seria permitido.

Ouviu o médico dizer: "Jogado no bosque em uma noite gelada, mas com um bom suéter grosso e uma touquinha tricotada à mão para manter seu corpo aquecido. Que contradição".

* * *

Nathan atravessou o corredor e comprou um café quente de uma máquina de venda automática. Estava mesmo quente, mas era só isso que se salvava na bebida.

Ficou um tempo parado em frente a máquina de café, encarando a superfície de metal brilhante como se olhasse para uma televisão, ou por uma janela. Ou em um espelho. Porque, de fato, conseguia distinguir um vago e ligeiramente distorcido reflexo de si mesmo ali.

Nathan não era de ficar se olhando no espelho por muito tempo. Fazer a barba era uma coisa, mas olhar nos próprios olhos podia deixá-lo desconfortável, assim como ficava ao encarar outras pessoas nos olhos. Mas a imagem era turva demais para causar incômodo ou constrangimento.

Ele ficou ali por um momento, bebendo o café horroroso, se permitindo absorver a evidência de sua própria percepção. Sentindo, de um jeito que não dava para explicar, que alguma história começava a tomar forma e sua importância ainda não podia ser estimada por completo. Era o começo de algo, ele se permitiu pensar, algo que não poderia, e talvez nem devesse, ser revertido.

Quando terminou o café, enxaguou o copo no bebedouro e o encheu de água.

Depois voltou à perua para oferecer um gole a Sadie.

* * *

Vinte ou trinta minutos depois, o médico saiu da sala.

"Doutor", Nathan chamou e correu pelo corredor. O médico tinha uma expressão neutra, como se não lembrasse onde vira Nathan antes. "Fui eu que encontrei o bebê no bosque."

"Ah, sim", disse o médico. "Então é você. Pode aguardar alguns minutos? A polícia vai querer falar contigo. Se tiver que ir embora, por favor, deixe seu telefone na recepção. Eu sei que entende. Eles vão querer todos os detalhes possíveis. Para tentar descobrir quem fez uma coisa dessas."

"Como está o menino?"

"Em que estado ele está? Grave. Vai sobreviver? Talvez. Não posso prometer, mas ele é um guerreiro. Às vezes, nessa idade, eles são mais fortes do que se imagina."

"Quero adotar o menino", afirmou Nathan.

Ficou surpreso ao se ouvir dizer essas palavras.

Em primeiro lugar, ele não sabia que queria. Pelo menos, não naqueles termos. Não sob um aspecto identificável. Era como se tivesse contado ao médico e a si mesmo de uma vez só. Em segundo lugar, não costumava dividir com facilidade seus pensamentos com outras pessoas, principalmente se não os ponderasse por tempo suficiente para se acostumar com eles.

Pelo jeito, aquela era uma manhã de incontáveis primeiras vezes.

"Se ele sobreviver."

"Sim", Nathan respondeu, já abalado com a gravidade do aviso. "Se ele sobreviver."

"Sinto muito", disse o médico. "Adoção não é meu departamento."

* * *

Ele contou a história nos mínimos detalhes aos dois policiais quando eles chegaram e tomaram seu depoimento, lembrando de enfatizar que a verdadeira heroína estava sentada no banco de trás de sua perua.

"O bebê estaria morto se não fosse você", disse o policial mais falante. Era um homem alto, de ombros largos, do tipo que parecia se fiar mais na força bruta do que no intelecto para guiá-lo pela vida. Em geral, Nathan teria ficado intimidado por um homem como aquele, fosse ou não um agente da lei. Por isso, sentiu uma mistura estranha e conflitante de emoções ao ser tratado como herói pelo policial.

"E Sadie", acrescentou Nathan. "Minha cachorra. É uma retriever de pelo encaracolado. Um animal extraordinário."

"Certo. Olha, sabemos que você tem coisas para fazer, mas precisamos que nos mostre o local exato da cena do crime."

"Sem problema", Nathan respondeu. "Eu ia até lá agora para pegar minha espingarda."

Eles começaram a caminhar juntos até o estacionamento.

"Quero adotar aquele menino", disse Nathan. A intenção não era desnudar a alma, mas esperava conseguir alguma orientação mais certeira. Fora tomado por uma sensação incomum de pressa, como se algo pudesse escapar dele caso não corresse e o definisse.

"Nós não pode falar nada sobre isso", respondeu o policial.

Nathan teve a sabedoria de resistir ao impulso de corrigir sua gramática.

* * *

Ele nunca teria encontrado o lugar certo se não tivesse a ajuda da cachorra na primeira vez, sem sombra de dúvidas. Agora percebia que, provavelmente, não o encontraria de novo sem ela. Nem para recuperar a sua espingarda, nem para colaborar com a lei.

A princípio, decidira deixar Sadie no carro, temendo que ela pudesse interferir na cena do crime. Ou que os policiais tivessem essa preocupação.

Nunca lhe ocorreu que não seria capaz de regressar ao local de uma descoberta tão importante.

Durante cerca de vinte minutos, ele andou em círculos, percebendo que as árvores eram muito parecidas umas com as outras. Devia ter prestado mais atenção, falou a si mesmo. Dizer que se repreendia talvez nem fosse uma afirmação forte o suficiente. Orgulhava-se de ter a consciência situacional minuciosa de um caçador. Mas sua rotina havia sido destruída bem cedo naquela manhã, e tudo mudara. Quando tinha se dado conta da importância de registrar e memorizar o entorno, ele sofreu um choque que o impediu de fazer isso.

E agora estava extremamente envergonhado.

Além de sentir-se humilhado diante dos dois policiais que observavam sua agitação por estar perdido, ele também lembrou que aquela espingarda havia sido presente do avô e era insubstituível.

"Lamento", ele disse. "Fiquei muito chocado com o que encontrei. Acho que não me atentei direito à localização."

"Respira fundo e continua procurando", disse o policial maior e mais falante.

"E se eu tirar a Sadie do carro? Ela deve nos levar direto ao local."

"Tudo bem, vá buscar a cachorra", concordou o homem. Como se Nathan devesse ter feito isso antes.

Ela os levou direto até o local.

Nathan e os dois policiais levaram um momento para alcançá-la. E, durante esse instante, Nathan ficou preocupadíssimo, temendo que ela pudesse interferir na cena do crime.

Talvez ela começasse a cavar de novo. Mas Sadie já fizera isso no local, ele confortou a si mesmo. De qualquer forma, ele se preparou, precisando que ela se comportasse perfeitamente na frente da polícia.

Ela não cavou nem interagiu de maneira alguma com a pilha de folhas. Apenas ficou parada com o focinho trêmulo, como se a terra sob suas patas pudesse guardar um suprimento inesgotável de recém-nascidos abandonados. E mais um pudesse estar prestes a aparecer.

Nathan a alcançou e a segurou pela coleira.

"Boa menina", disse ele, e pegou sua valiosa espingarda.

Olhou em volta, memorizando a localização. Em busca de pistas que pudessem distinguir esta árvore de todas as outras. Assim poderia encontrar o lugar outra vez. Um pouco como trancar o estábulo depois que o cavalo foi roubado, pensou. Coisa que o avô costumava dizer.

Ele viu os policiais cercando a área com fita de isolamento. E ponderou, de um jeito meio vago, sobre o porquê. Era uma pilha de folhas. O que isso diria a eles? Como ajudaria a encontrar a pessoa que cometeu esse ato terrível? Até onde Nathan sabia, aquilo não tinha nenhuma utilidade.

"Onde acham que ela arrumou uma touquinha de tricô do tamanho da cabeça de um recém-nascido?", perguntou Nathan. Provavelmente, só para se sentir conectado de algum jeito ao momento outra vez. "Afinal, o bebê só tinha algumas horas de vida. Não acho que deu tempo de fazer compras."

"Ela deve ter tricotado", respondeu o policial mais introvertido. "Não posso afirmar com certeza, mas faz mais sentido."

Outro momento de silêncio.

"Se eles a encontrarem, não vão devolver a custódia da criança para ela. Vão?"

O oficial maior e mais falante parecia ignorá-lo de propósito.

"Acho que ela deixou claro que não quer o bebê", disse o mais quieto.

"Me refiro a ela mudar de ideia."

"Bem, ela pode mudar de ideia o quanto quiser. Mas vai estar na cadeia. E por um bom tempo."

Nathan se sentiu animado com a notícia.

"Procure o serviço social", aconselhou o policial mais falante, entendendo exatamente aonde Nathan queria chegar com isso. "Agora, se não se importa, sr. McCann, daqui em diante é com a gente."

Nathan voltou ao carro, dessa vez sem pressa. Ainda segurando a coleira de Sadie. E se sentindo um tantinho heroico.

* * *

"Quero adotar aquele menino", Nathan disse à esposa, Flora, durante um café da manhã tardio. Eles estavam sentados à mesa da cozinha, e Nathan espalhava geleia em um bolinho inglês. Preferia manteiga, mas precisava controlar o tamanho da cintura.

"Não diga absurdos", respondeu Flora. Ela segurava um cigarro entre dois dedos meio curvados e lia o jornal. Tinha a voz grave de mulheres que bebem, coisa que ela não fazia.

Nathan bebericou o café; estava quente e forte. Quando lembrou que não haveria pato assado para o jantar, sentiu a perda em uma pontada. "Por que absurdo?"

"Nenhum de nós é muito afeito a crianças. Decidimos não ter filhos. Além disso, não somos mais tão jovens."

"Não, *você* decidiu não ter filhos. Decidiu por nós dois."

Flora ergueu os olhos do jornal pela primeira vez. Olhou para ele em meio à fumaça. "Achei que você tinha dito que era mais do que queria assumir na vida."

"Agora é diferente. Era para ser."

Ela deu uma tragada no cigarro, colocou-o no cinzeiro e encarou o marido por um instante. "Nathan", começou. Nathan pensou ter ouvido uma nota de desdém. De escárnio, até. "Conheço você há 29 anos e nunca o ouvi dizer que alguma coisa 'era para ser'."

"Talvez em 29 anos nada mais tenha se encaixado nessa categoria."

A dureza do olhar dela persistia.

"Por quê?"

"Por que o quê?"

"O que você acha? Por que de repente quer adotar o filho de uma completa desconhecida? Não faz sentido."

Ele abriu a boca para responder, e então parou. Ninguém diz à pessoa com quem dividiu a vida que a companhia dela não é suficiente para te completar. Por mais que seja verdade. É desnecessariamente doloroso e não tem o intuito de servir ao bem comum.

Ele tomou um rumo diferente.

"Eu só tive uma sensação. Desde que o encontrei. Não dá para descrever. Mas é uma emoção..."

Ela o interrompeu de um jeito brusco.

"Uma emoção? Você não é assim."

"É esse o ponto", respondeu Nathan. "E agora que tenho isso, não quero perder. Não estou disposto a abrir mão disso outra vez. A voltar a sentir as coisas como antes."

Ele parou por aí, sentindo que se aproximara perigosamente do julgamento que pouco antes havia decidido não declarar.

Uma pausa difícil.

Então Flora balançou a cabeça. "De qualquer maneira, a criança deve ter alguém. A mãe. Eles podem encontrar a mãe."

"Se a encontrarem, ela vai ser presa."

"E aí podem descobrir que ele tem outro parente para cuidar dele."

"Talvez", disse Nathan. "Vamos ver. Só acho que, quando um bebê está sozinho no bosque, morrendo lentamente... é porque essa criança não tem... para todos os efeitos... ninguém."

"É, vamos ver", disse Flora.

"Sim. Acho que vamos ver."

Nada mais foi dito sobre o assunto pelo resto do dia, embora Nathan sentisse sua presença a todo instante e conjecturava se Flora também a sentia. Olhava para ela com frequência, mas não via sinais de que estivesse igualmente atormentada.

* * *

Nathan jantou uma refeição simples de frango e bolinhos. Elogiou Flora pela comida, e foi uma refeição mais do que adequada. Na verdade, ele poderia ter apreciado muito mais, se não fosse a sensação de que era só um substituto para o ansiado pato assado. Simplesmente não era o que ele se programara para receber.

Depois do jantar, Flora se retirou para o seu quarto. Tinha um aparelho de televisão lá, o único da casa. Nathan desprezava o ruído do diálogo na televisão como som ambiente de sua vida.

Não era incomum Flora desaparecer logo depois do jantar, mas naquela noite Nathan estava mais ciente disso que de costume.

Sentou-se em sua cama, do outro lado do corredor, deixando a porta aberta. A porta do quarto dela estava fechada, e, pelo que Nathan ouvia, a televisão não estava ligada. Ela devia estar trocando de roupa para se deitar. De vez em quando via a sombra vaga de seus pés pela fresta embaixo da porta. Uma das tábuas do assoalho no quarto dela rangia sob seus passos, e ela nem tentava evitá-la, como Nathan faria.

Pela primeira vez em muito tempo — anos — Nathan sentiu-se tentado a bater naquela porta. Pedir que passassem mais tempo juntos. Podiam conversar ou até jogar cartas. Mas, antes que pudesse se levantar, lembrou-se do tom desdenhoso de Flora mais cedo. Não, o fato de ele se sentir vazio não significava, de jeito algum, que Flora pudesse, ou fosse, ajudá-lo a preencher essa lacuna.

Ele se levantou e foi até o telefone da cozinha. Ligou para o número de auxílio à lista e pediu o telefone do hospital. Discou e foi atendido pelo que parecia uma central telefônica.

"Informações sobre um paciente, por favor", pediu.

"Qual é o nome do paciente?", perguntou uma voz de mulher com frieza.

Isso o desarmou.

"Bom, ele não tem nome. Queria saber sobre o estado de um recém-nascido abandonado que encontrei essa manhã no bosque. Eu o levei para o hospital. No momento, acho que o nome dele é Zé Ninguém."

"Você é da família?"

"Sou o homem que o encontrou no bosque. Que família ele teria?"

"Não é parente de sangue, então."

"Não, não sou."

"Então, nesse caso, lamento não poder passar nenhuma informação."

"Entendo. Pode transferir a ligação para o pronto-socorro, por favor?"

Uma pausa, seguida pelo que pareceu um suspiro.

"Um minuto. Vou transferir."

Alguns segundos de silêncio. Nathan sentiu os molares tensionados de um lado.

Depois um clique, e uma voz masculina e brusca.

"Pronto-socorro."

"Ah. Sim. Desculpe incomodar", disse Nathan, perguntando-se como podia ter começado em uma posição tão desvantajosa. "Mas sou o homsem que levou aquele bebê hoje de manhã e queria falar com o médico que..."

"Aqui é o dr. Battaglia", interrompeu a voz.

Nathan ficou surpreso. Esperava deixar um recado, que só seria respondido na manhã seguinte. "Minha nossa, seu plantão é longo."

"Rá", disse o médico. "Você nem imagina."

"Tentei conseguir alguma informação sobre o estado dele sem precisar te incomodar", falou Nathan. "Mas não me disseram nada. Porque não sou parente de sangue."

"É, eles são assim. Nadam em suas regras. Mas eu acho que você é a família mais próxima que o pequeno indigente tem. Por isso, vou lhe dar informações. Ele ainda está aqui. Ligue de novo amanhã cedo e fale com o dr. Wilburn. Vou avisar que você vai ligar. As primeiras 24 horas vão ser as mais cruciais. Se a criança ainda estiver viva pela manhã... bem, nada é assegurado. Não há garantias nessa área. Mas, se ele ainda estiver vivo quando você ligar de manhã, vai ser um bom sinal."

* * *

Nathan fechou a porta e deitou na cama completamente vestido. Tinha um compromisso logo cedo na manhã seguinte, uma entrevista com a recém-viúva sra. MacElroy. Ajudaria a mulher a entender os detalhes financeiros de sua triste vida nova. O momento era inconveniente, mas, assim que a reunião terminasse, ele poderia começar a dar seus telefonemas. Procurar saber se já havia uma assistente social responsável pela criança. Descobrir com quem tinha que falar e como deveria agir.

Então, reprovou-se por pensar na reunião com a viúva MacElroy como um inconveniente. Afinal, a inconveniência dela era sem dúvida maior que a dele. Não era do seu feitio pensar tanto nas próprias necessidades ou priorizá-las em relação às dos outros.

Teria que prestar atenção nisso.

Ele ouviu o rangido da tábua do assoalho de Flora e notou que o som parecia solitário. Ou talvez fosse apenas ele.

O DIA EM QUE ELE TE PERDEU
3 de outubro de 1960

Flora estava dormindo quando ele se levantou na manhã seguinte. O que significava que não haveria café.

Sempre incerto sobre a situação do café, exceto por seu papel de consumidor, ele hesitou em assumir a tarefa. Era melhor fazer café instantâneo para si, mesmo sabendo que seria horrível. De alguma forma, era preferível isso a ficar na expectativa de um bom café e acabar desapontado com seu fracasso nesse ramo.

Contudo, o café instantâneo era ainda pior do que tinha imaginado, porque ele não esperou a água ferver completamente.

Bebeu dois ou três goles, fez uma careta e despejou o líquido na pia.

Depois ligou para o hospital e falou com o dr. Wilburn. Tinha se preparado para a possível tragédia.

"Ah, sim", disse Wilburn. "Estava esperando seu telefonema. Bem, ele está respirando. E isso é bom. O problema é que não gostamos muito *do jeito* que ele está respirando. Vamos aspirar os pulmões para ver se a situação melhora. Ele é novo demais para sobreviver a uma pneumonia. Se esse for mesmo o problema. Mas ele ainda está vivo. O que mais posso dizer? Ele já é praticamente um milagre. Mas é bem possível que haja complicações, e receio que já estejam aparecendo. Lamento informar que ele ainda não saiu da sombra dos riscos." Depois de uma pausa prolongada, o médico riu. "Bom, pelo menos saiu da sombra da árvore. Desculpe. Sei que não deve achar isso muito engraçado."

"Obrigado, doutor", Nathan respondeu, sem demonstrar o que achava do assunto.

Depois desligou.

A sra. MacElroy geralmente lhe oferecia uma xícara de café, e, quando isso acontecia, era sempre magnífico. Ele torceu para que hoje fosse um desses dias.

* * *

"Ah, Nathan", ela disse assim que abriu a porta. Fazia pouco tempo que ela havia começado a chamá-lo pelo primeiro nome, desde que o marido falecera, o que o aborrecia um pouco. "Me diga. Foi você?"

"Como?"

Ela recuou para deixá-lo entrar.

Nathan a considerava uma mulher bela. Mas não de uma beleza tradicional. Mais ou menos da idade dele, vestia-se e portava-se com distinção, o que ele admirava. Sem essa coisa de fingir que era uma mulher com metade de sua idade. Tinha noção de decoro.

Ele entrou na sala de estar.

"Tive a sensação de que devia ter sido você. Só uma intuição, acho. É claro, você me falou que planejava caçar patos..."

Nathan lamentou a ausência de seu café matinal. A resultante falta de clareza mental não o ajudava agora.

"Na verdade, não estou entendendo bem a que você se refere", ele disse.

"Ora, à manchete no jornal desta manhã, é claro. Você deve ter visto. Todo mundo está falando sobre isso. Já recebi ligações de minha amiga Elsie e da minha manicure, e ainda não são nem 9h. Não é sempre que algo tão importante acontece por aqui."

"Imagino que a manchete a que esteja se referindo seja sobre o recém-nascido abandonado. Nesse caso, sim. Fui eu."

"Ah, Nathan. Eu sabia."

Ele sentiu um frio na barriga. "O que mais dizia o artigo? Saí de casa cedo sem tomar café e ler o jornal."

"Ah, eu tenho aqui em algum lugar. O que fiz com ele?"

Ela começou a ficar alvoroçada. Pelo menos Nathan achou que alvoroço era uma boa palavra para descrever as atitudes dela. Ela usava um vestido acinturado azul-marinho na altura das panturrilhas, com um belo cinto de couro trançado. Como se tivesse se arrumado para um dia de trabalho em um cargo no comando de uma boa empresa, e não para receber seu contador. O cabelo espesso estava preso em um coque folgado.

Ele se sentou no sofá, lamentando que ela não tivesse pescado a indireta sobre o café. E desejando que o aperto no estômago passasse.

"Dizia algo sobre a custódia? Ou melhor, a matéria revelava com quem ficaria a custódia? Quer dizer, falava se o bebê tem família? Isto é, se não encontrarem a mãe."

Ela foi à cozinha, mas sua cabeça surgiu pelo vão da porta.

"Ah, mas ela *foi* encontrada. Pensei que soubesse. Bem, sei que levei o jornal comigo até o telefone quando Elsie ligou. Mas não vejo... ah, aqui está."

Ela voltou à sala e estendeu para ele uma seção dobrada do jornal matinal. Ele aceitou e pôs a mão no bolso do paletó para pegar os óculos de leitura. Percebeu que sua mão tremia ligeiramente.

Ele leu a matéria o mais rápido que pôde, procurando a informação mais relevante. A parte que acalmaria seu estômago. Ou não.

A mãe do bebê, uma jovem de 18 anos chamada Lenora Bates, havia sido encontrada. Essa era a maior parte do artigo. Ela tentara atravessar a fronteira do estado com o namorado, Richard A. Ford, provavelmente o pai da criança, mas acabou indo parar em um pronto-socorro com uma hemorragia. Ela e Ford tinham sido presos, mas não acusados, e o ministério público ainda estava analisando quais acusações seriam feitas. Talvez abandono de incapaz ou periclitação de vida humana. Ou tentativa de infanticídio ou conspiração para infanticídio.

O artigo também relatava que se a criança se recuperasse o suficiente para deixar o hospital, seria entregue aos cuidados da avó, a sra. Ertha Bates, mãe da garota problemática.

As notícias caíram no lugar do estômago de Nathan que as aguardava e lá encontraram... nada.

A sensação era semelhante à de jogar um objeto pesado em um poço sem fundo e depois esperar pelo barulho. As notícias não fizeram barulho. A sensação de vitalidade, despertada nele fazia apenas 24 horas diante da máquina de café do hospital, desapareceu. E foi isso.

Era quase confortável ter de volta aquele vazio conhecido.

Ele voltou o olhar para a matéria.

No fim, era relatado que o bebê havia sido encontrado no bosque por um homem que saíra com seu cão para caçar patos.

Nathan dobrou o jornal, deixou-o em cima da mesinha ao lado do sofá e ficou ali por um momento, digerindo a nova informação.

Pensou em acender um cigarro. Havia uma caixa aberta na mesa de centro. Mas fora muito custoso largar o hábito vários anos atrás, e não queria passar por tudo aquilo de novo.

Resistiu ao ímpeto.

A sra. MacElroy falou, sobressaltando-o: "Por que no bosque? Por que não em um hospital ou um orfanato?".

"Não faço ideia", Nathan respondeu.

Ele se fez uma observação mental: fazer uma rápida pesquisa para ver se seria muito difícil encontrar a sra. Ertha Bates.

"Bem, isso com certeza faz de você o grande herói."

"Ah, eu não diria isso."

"Ora, a criança estaria morta se não fosse por você."

"Isso é verdade, acho."

"Deviam ter mencionado seu nome."

"Ah, que besteira. Não tem importância."

"Tem, sim. O que você fez foi muito importante. Merece os créditos."

"Não preciso de créditos. Qualquer um teria feito a mesma coisa."

"Fico pensando no meu filho quando ele nasceu. Penso nele sozinho naquela floresta escura. Sinto o sangue gelar nas veias."

"Não imagino como alguém foi capaz de fazer isso", Nathan disse.

A conversa parecia distante para ele, como se ouvisse vozes no quarto ao lado pouco antes de pegar sono.

"Aceita uma xícara de café antes de começarmos?", ela perguntou.

"Ah, sim", Nathan respondeu. "Obrigado. Um café cairia muito bem."

* * *

Quando Nathan chegou em casa, Flora estava sentada à mesa da cozinha, fumando um cigarro e comendo três ovos fritos, apesar de ser tarde para o café da manhã. Quase 11h.

O artigo dobrado encontrava-se ao lado do prato dela.

"Por favor, não fale", pediu Nathan.

"Eu avisei que o menino podia ter família."

"Eu pedi para não falar."

"Ah, era sobre isso que você queria que eu não falasse? Como eu ia saber? Não leio mentes, sabe?"

Ele saiu da cozinha. Sentou-se perto do telefone da sala e pegou a lista telefônica local. Era o primeiro e mais óbvio passo na tarefa de descobrir quão difícil seria localizar a sra. Ertha Bates.

Na verdade, encontrá-la não foi nada difícil.

Ele anotou seu endereço na agenda.

Ao erguer a cabeça, viu que Flora o observava da porta da cozinha. Rápido, guardou a agenda no bolso outra vez.

"O que está tramando?", ela perguntou.

"Não estou tramando nada", respondeu ele. "Só precisava achar um endereço. Só precisava de um endereço da lista telefônica. Apenas isso."

Ela desapareceu de novo, e ele ficou sentado mais um instante, perdido em pensamentos.

Hoje? — refletiu. Não. Hoje, não. Nem por vários dias.

Seria insensatez discutir sua situação com a sra. Bates até que tivessem certeza de que a criança sobreviveria.

* * *

Ele preparou a refeição de Sadie — ração com um pouco de caldo — e levou para ela no quintal. Ficou observando-a enquanto comia. Apoiado na cerca de metal, falando com ela.

"É, parece que esses foram os nossos quinze minutos de fama, menina."

O som confortável da mastigação deliberada.

"Eleanor MacElroy acha que o jornal deveria ter mencionado meu nome. Ela acha que foi um grande feito. Mas tudo que fiz foi olhar para onde você estava olhando. E aposto qualquer coisa que, mesmo que tivessem citado meu nome, não teriam citado o seu. Mas você não se importaria, não é? Você provavelmente se importa com os créditos ainda menos do que eu."

Ela o fitou por um instante entre uma bocada e outra.

"Quem poderia imaginar que a criança tinha uma avó disposta a aceitá-la? Se é assim, por que a garota não abandonou o bebê na casa da avó?"

Ela mastigou a última porção e lambeu o fundo da vasilha com a língua larga. Depois o fitou pensativa, com a cabeça inclinada.

"Ah, então você também não entende, não é?"

Mas ele sabia que, na verdade, a curiosidade da cachorra era para saber se Nathan tinha algo mais a oferecer além de almoço.

Sentiu uma súbita pontada de remorso por não ter parado para comprar um pedaço de carne ou outra delícia para ela. Alguma recompensa pelo que tinha feito.

Em vez disso, ele a soltou no quintal para jogar bola com ela.

Passou a mão nos pelos cor de chocolate encaracolados do pescoço dela.

"Então, por que eu tinha tanta certeza de como isso acabaria, hein?", ele perguntou.

Mas os olhos dela estavam fixos na bola que Nathan acabara de pegar no esconderijo sobre a cerca.

"E uma pergunta melhor", Nathan pensou. "Como pude ter cometido um erro tão grosseiro?"

Mas essa ele não fez em voz alta.

Ficou brincando com ela até a hora do almoço. Quase até a hora de seus compromissos vespertinos.

O DIA EM QUE ELE FEZ SEU DISCURSO POR VOCÊ
5 de outubro de 1960

A casa da sra. Ertha Bates era arrumada, mas antiga. Folhas de outono tinham se acumulado em grandes pilhas no telhado e na calha. Nathan estava na calçada, observando os arredores. Pensando que ela devia se livrar daquelas folhas antes das primeiras nevascas. Elas já teriam sido removidas por Nathan, com certeza, se a casa fosse dele. Mas ele supôs que ela não devia ter ninguém para fazer esse trabalho.

A sensação de aperto voltou ao estômago dele. E ele não gostava nada disso. Era medo, puro e simples, e Nathan sabia que era inútil negar ou fingir que era outra coisa. Seu avô diria que todos os homens sentem medo, mas os covardes negam. Ou talvez ele *tenha dito* isso em algum momento.

Mas a verdade era que Nathan normalmente não sentia medo. Esta manhã era apenas a segunda vez em muitas décadas. Desde que conseguia se lembrar. Parecia estranho, e ele refletia sobre o significado disso. Era como se ele, só nos últimos dias, tivesse tido algo importante o bastante para correr o risco de perder.

As tábuas do piso da varanda rangeram e afundaram um pouco sob o peso de Nathan.

Ele bateu na porta, na qual havia um arranjo de painéis de vidro em forma de gota que formavam um semicírculo.

Uma cortina se moveu, e parte do rosto de uma mulher espiou por ali.

Então a porta se abriu e a mulher apareceu por inteiro. Nathan só podia presumir que fosse a sra. Ertha Bates.

Ela ficou na soleira, não o convidou para entrar. Devia ter a idade dele, talvez um pouco mais nova — quarenta e poucos anos —, mas com uma aparência envelhecida, como se a vida tivesse sido muito dura com ela; com cabelo grisalho, um vestido desbotado, mas limpo, e um avental todo branco.

"Pois não?"

Nathan segurava o chapéu diante de si.

"Sou o homem que encontrou seu neto no bosque."

"Sei."

"É só isso que tem para me dizer? 'Sei'?"

Ele se arrependeu imediatamente de falar com ela daquele jeito. Embora não tivesse erguido a voz ou demonstrado raiva. Mesmo assim, havia uma grosseria, uma afronta no comentário. Saiu assim, sem pensar. Porque ele havia previsto alguma reação específica, mas ela não aconteceu. De certo modo, ele esperava mais.

"Não sei o que lhe dizer até saber mais sobre o que veio me falar."

Enquanto conversavam, as mãos dela deslizavam pelo avental, alisavam e alisavam, como se tentasse remover... o quê? Nathan refletiu. Como todo mundo, provavelmente era só o que estava ao alcance de suas mãos naquele momento.

É claro, Nathan pensou. Ela tem medo. Como eu. A constatação o deixou mais à vontade.

Fale o que tem para falar, ele pensou. Ande logo. Enquanto ainda está certo do que precisa dizer.

"Eu queria adotar aquele menino."

"Fiquei sabendo."

"Mas não vim discutir esse assunto."

"Que bom. Porque ele é sangue do meu sangue."

"Sim", Nathan concordou. "Isso é incontestável. Mas deixe-me lhe dizer outra coisa que também é. Aquele menino não existiria se eu não estivesse naquele lugar naquele momento. Não estou sugerindo que houve algo de heroico e especial nisso ou que qualquer pessoa não teria feito o mesmo tão bem quanto eu. Só que não foi qualquer pessoa; fui eu. Ninguém pode tirar isso de mim, como não podem negar seu laço de sangue com a criança."

Pronto. Fora perfeito. Exatamente como tinha ensaiado em sua cabeça durante dias. Suave e definitivo.

"O que quer de mim?", ela perguntou, começando a parecer aborrecida.

"Só isso, e acho que é razoável: em algum momento da vida desse menino, quero que ele me conheça. Quero que o traga até mim quando ele crescer. Ou quando estiver crescendo. Isso fica por sua conta. E quero que você me apresente e diga a ele: 'Esse é o homem que te encontrou no bosque'. Assim ele vai me conhecer. Vou existir para ele."

Ertha Bates ficou em silêncio por um momento, alisando o avental.

Então disse: "Como vou te encontrar?".

Nathan pôs a mão no bolso do casaco e puxou seu cartão de visita. Sempre carregava um monte deles. Na verdade, ele já havia até mesmo tirado um cartão do estojo de prata, presente de Natal dado por Flora, para poder pegá-lo com mais facilidade. Caso fosse solicitado.

A sra. Bates aceitou o cartão sem olhar para ele. Guardou-o no grande bolso do avental.

Seus olhos encararam diretamente os de Nathan.

"Vou estar muito ocupada", ela disse, "lidando com as informações que essa criança vai ouvir na infância. Esta não é a maior cidade do mundo, e é muito provável que ele venha a conhecer pessoas que saibam mais sobre a história dele do que acredito que, um dia, ele esteja pronto pra ouvir. Não pretendo contar a ele, senhor — jamais —, que a mãe o jogou fora como se fosse lixo. Acho que não seria mentalmente saudável para uma criança ter que lidar com essa verdade."

"Sempre achei", disse Nathan, "que a verdade é só a verdade. E talvez não caiba a nós mudá-la e revisá-la. Ou filtrá-la para agradar os sentimentos daqueles que amamos e queremos proteger."

Nathan observou os olhos dela, a mudança em sua expressão. Ela o estava deixando, afastando-se cada vez mais. Fechando-se para as solicitações dele.

Talvez fosse melhor tomar um rumo mais respeitoso. Afinal, não era o seu neto que estava em questão. Era o dela. E ela deveria poder criá-lo usando quaisquer métodos e julgamentos que considerasse adequados.

"Por outro lado", ele continuou, "a decisão não é minha. Não é mesmo? É você que vai decidir como ele será criado. Então, se eu tiver uma chance de conhecer o menino, não vou abordar nenhum assunto que você considere impróprio."

Ele continuou estudando o rosto dela, que pouco revelava.

Nathan decidiu ser solidário com a situação da mulher. Como se faz com alguém que perdeu um ente querido. Afinal, a filha dela estava presa. Toda a cidade falava da garota — filha dessa pobre mulher — como se fosse o diabo encarnado. E a sra. Bates, em uma idade um tanto imprópria, se via, de repente, incumbida de cuidar de um bebê que não era saudável. O mínimo que Nathan podia fazer era expressar uma mensagem de condolências nesse momento tão difícil.

Ertha Bates suspirou profundamente.

"Muito bem, então", ela disse. "Muito bem. Como quiser. Quando eu achar que ele tem idade suficiente para entender uma coisa dessas, vou levá-lo até você."

"Obrigado."

Nathan pôs o chapéu, virou-se e deu alguns passos pelo piso barulhento. Então olhou para trás, torcendo para que ela ainda não tivesse entrado.

Não tinha.

"O bebê já tem nome?", Nathan perguntou. "Escolheu um nome para a criança?"

Ela pegou o cartão do bolso do avental e o examinou de perto, como se não enxergasse bem.

"Nathan", leu em voz alta. "Agora ele tem um nome, então."

Uma onda de calor o invadiu, desfazendo o nó causado pelo medo. Finalmente. Finalmente uma dose saudável do tipo de sentimento que ele buscava.

"Obrigado, sra. Bates."

Embora soubesse que era um gesto educado e formal demais, ele tirou o chapéu para ela antes de se afastar.

"Eu que *lhe* agradeço, senhor", ela disse enquanto o homem ia saindo por sua varanda. Era uma declaração importante, que ficava ainda mais significativa pelo jeito como ela falara. O calor dentro dele intensificou-se ainda mais. Era o que tinha faltado quando se cumprimentaram. E só naquele momento, enquanto ele se retirava, que ela se dispunha a lhe dar isso. De forma breve, sem muita elaboração, mas lá estava. Naquela declaração simples.

Eu que *lhe* agradeço, senhor.

Verdade seja dita, Nathan esperava gratidão. E, embora tardia, ela havia sido oferecida.

Nathan olhou para trás mais uma vez, percebendo que se esquecera de perguntar uma coisa.

"Sra. Bates... sua filha sabe... tricotar?"

Ela deixou escapar uma risadinha nervosa.

"Sem dúvida, não era assim que eu esperava que sua frase terminasse. Me fizeram algumas perguntas em relação à minha filha nos últimos dias. Acredite. A maioria nem vou repetir. Mas nenhuma delas sobre seu talento no tricô."

"Ela faz tricô então?"

"Sim. Na verdade, faz. Acho que herdou de mim. Vou ter que levar lã para ela na prisão. Ela vai ter tempo de sobra."

"Sim, senhora. Bom, muito obrigado por seu tempo."

Nathan virou-se e caminhou de volta ao carro.

* * *

Tinha percorrido vários quarteirões pensando nas coisas que dissera durante a conversa quando se lembrou, com um sobressalto, que tinha esquecido a intenção de manifestar algum tipo de condolência.

O que havia acontecido com suas boas maneiras nos últimos tempos? Por que tudo parecia abalado?

Nathan desejou por um breve instante que algum aspecto da vida tivesse se mantido inalterado. Mas, até onde sabia, não havia nenhum.

O DIA EM QUE ELE TENTOU E NÃO CONSEGUIU DESCOBRIR POR QUÊ
7 de outubro de 1960

Nathan chegou pouco antes das 8h na prisão do condado. Uma mulher robusta e mal-humorada já estava sentada no saguão com duas crianças pequenas, evitando seu olhar. Evitando o olhar de todos. Além dela — deles —, ele parecia ser o primeiro a chegar para a hora da visita.

Ele se registrou em uma folha de papel meio amassada usada pelos visitantes do dia anterior. Assinou seu nome, mostrou a carteira de motorista — que o policial atrás da mesa estudou com atenção excessiva e por muito tempo — e depois preencheu com o nome da prisioneira que pretendia visitar.

Lenora Bates, escreveu com sua caligrafia cuidadosa, torcendo para que tivesse soletrado o primeiro nome dela de maneira correta.

O oficial — se é que era mesmo algum tipo de oficial — pegou a prancheta com o formulário das mãos de Nathan e a virou. Começou a ler impassível. Depois, uma ruga profunda se formou em sua testa.

"Sente-se", ele disse. "Isso vai levar um bom tempo."

Uma guarda feminina abriu uma porta para o saguão, acenou com a cabeça para a mulher com as crianças, que ela parecia conhecer, e as deixou entrar.

Nathan olhou de volta para o oficial atrás da mesa. Com um olhar esperançoso. Para ver se também podia entrar.

O homem balançou a cabeça. "Vai ter que se sentar. Como falei. Isso vai levar um bom tempo."

"Não demorou vários minutos para *ela*", Nathan disse. Não em um tom combativo. Apenas pedindo uma explicação.

"Receio que seu caso seja mais complicado. *Muito*... mais complicado."

Nathan se empoleirou desconfortável na beirada do banco de madeira que a mulher tinha acabado de deixar vago. Ainda estava quente do corpo dela. Nathan nunca entendeu como as pessoas podiam permitir que a silhueta ficasse tão grande. Uma existência caótica, descontrolada.

Nesse meio-tempo, o oficial atrás da mesa pegou um telefone e falou em voz baixa, fazendo um esforço óbvio para não ser ouvido. Mas Nathan sempre tivera uma audição aguçada e fora do comum.

"Chame o comandante. Diga a ele que preciso do legista aqui." Uma pausa. Então: "Acho que pai".

Nathan ficou revirando a única palavra inquietante. *Legista*. Ninguém tinha morrido nesse caso.

Ou tinha?

Com um sobressalto, como se tivesse sido atingido por um taco de beisebol no estômago, ele se deu conta de que o bebê Nathan Bates, que estava muito melhor na última vez que Nathan tinha telefonado para saber de seu estado, podia ter morrido.

Ele se ergueu em um salto na mesma hora, e o oficial levantou a cabeça surpreso.

"Um telefone público", Nathan pediu apressado. "Tem um telefone público por aqui?"

"Sim, tem um lá na frente."

Ele saiu correndo. O ar de outubro tinha ficado mais rigoroso. Nathan sentia em seus ossos que a primeira neve cairia em breve.

Ele pegou uma moeda no bolso e telefonou para o pronto-socorro. Agora já sabia o número de cor.

O dr. Battaglia atendeu.

"Aqui é Nathan McCann", ele disse. Nem sabia o que dizer depois. Ouvia e sentia sua pulsação no peito, no pescoço e nas têmporas. Era quase impossível respirar e falar ao mesmo tempo.

"Ele não está mais aqui", o médico contou. Parecia muito calmo. "Lamento dizer que isso encerra nossa conversa, a menos que encontre mais bebês por aí no futuro."

Nathan viu o mundo ficar mais brilhante e reluzente pelo canto do olho. Tinha receio de desmaiar. Tentou falar, mas nenhuma palavra saiu de sua boca.

"É", o médico continuou, "nós o entregamos para a avó ontem à tarde. Coitada. Deve ter quase 50 anos e não vai ter uma boa noite de sono por pelo menos um ano. Bebês são para os jovens."

Nathan encheu os pulmões de ar deliberadamente.

"Então, ele não... ele está bem?"

"Sim, muito bem. Eu falei que os pequenos indigentes podiam ser fortes. É como se Deus os quisesse nascendo e, depois disso, nada os faz parar. Ele estava até corado na última vez que o vi."

"Ah. Bom. Obrigado, doutor. Você tem sido muito gentil."

Nathan voltou sem pressa ao saguão da prisão, sentindo os músculos das coxas frouxos e líquidos, como gelatina aguada.

Ocupou de novo seu lugar no banco, onde aguardou, sem pensar muito, durante mais de vinte minutos.

* * *

"Detetive Gross", disse um homem baixinho.

Nathan se levantou e apertou a mão dele.

O detetive Gross era um homem jovem, ou pelo menos aparentava ser. Não devia ter muito mais que 30 anos, mas já exibia entradas surpreendentes nas têmporas, o que deixava a sua testa com uma aparência estranha, angular.

"Pode me acompanhar até meu escritório? Lamento, mas é uma longa caminhada."

Nathan o seguiu para fora do prédio, depois para o interior de um edifício vizinho. Ele o seguiu por corredores escuros com janelas altas que pareciam não ver uma limpeza fazia anos. Acompanhou o investigador até um pequeno escritório com um buraco do tamanho de uma bola de beisebol em uma vidraça suja, pelo qual entrava um raio de luz angulado pela sala. Nathan sentou-se do outro lado da mesa do detetive. Olhou para a janela por um instante e pensou no recente projeto de lei para construir uma nova cadeia. Tinha votado contra ele. Achava que já pagava impostos demais.

Ainda não havia dirigido uma só palavra a esse homem.

"Este é sempre o momento mais difícil do meu trabalho. Odeio isso, de verdade. Ninguém gosta. Nem um pouco. Mas sou o investigador designado pela divisão de medicina legal, e alguém precisa fazer isso, então, é o seguinte: lamento muito, mas sua filha morreu na noite passada."

"Lenora?", Nathan perguntou, confuso.

"Sim. Receio que sim."

"De...?"

"Septicemia."

"Relacionada ao parto recente?"

"Sim. Exatamente. Parece que o parto foi complicado, ela perdeu muito sangue. Acho que por ser muito jovem, pelo menos em parte. Tinha acabado de fazer 18 anos e era muito pequena..."

Um silêncio prolongado.

Então, Nathan disse: "Não tem atendimento médico para os detentos? Ah, não quis dizer desse jeito, é só que... bem, *não tem*? Quero dizer, a lei não exige que se ofereça atendimento médico a qualquer detento que o solicite?".

"Ah, sim", respondeu Gross. "E agora você tocou no ponto principal. Qualquer detento que *solicite*. Mas não perguntamos a cada um todos os dias se está se sentindo bem. O detento tem que avisar se tiver algum problema. Uma infecção com febre alta, por exemplo. E sua filha nunca disse nada."

"Minha filha. Acho que deve estar havendo alguma confusão. Não tenho filhos."

O detetive faz cara de espanto. "Lenora Bates não era sua filha?"

"Não."

"Qual era sua relação com a falecida?"

"Nenhuma, na verdade. Eu nem a conhecia. Sou apenas o homem que encontrou o bebê dela no bosque."

"Então não tem nenhuma relação com a família?"

"Não, senhor."

"Ai, caramba. Isso é constrangedor. Eu não devia ter lhe dado nenhuma informação. Ainda nem tivemos tempo de avisar o familiar mais próximo. Vou ter uma conversa séria com o cara que disse que você era o pai dela. Ele me colocou em uma situação bem complicada."

Ah, coitada da sra. Bates, Nathan pensou. A filha morta, e ela ainda nem sabia. Mas Nathan sim. De algum jeito, era triste sentir pena dela antes de ela ter conhecimento de que se tornara digna desse sentimento. Bem, *ainda mais* que antes.

"Nunca falei nada que pudesse sugerir que eu era o pai dela, garanto."

"Ele tirou uma conclusão precipitada, imagino. Talvez tenha imaginado que ninguém mais a visitaria. Mas foi muita falta de profissionalismo, sem dúvida. Você me ajudaria muito, sr..."

"McCann."

"Sr. McCann, se puder guardar segredo sobre isso por algumas horas. A mídia logo vai tomar conhecimento, mas é muito importante que o familiar mais próximo seja notificado da maneira adequada antes que ouça a notícia no rádio ou leia no jornal. Tenho certeza de que entende."

"Tenho muito respeito pela pobre sra. Bates para permitir que uma coisa assim aconteça com ela."

"Obrigado. Bem, sem querer ser indelicado, acho melhor dar continuidade a essa tarefa tão difícil. Consegue voltar sozinho para o estacionamento?"

"Com certeza", Nathan respondeu, e se levantou para sair.

"Sr. McCann", o detetive chamou antes que Nathan passasse pela porta.

Nathan virou-se. Viu um redemoinho de partículas de poeira causado por seu movimento, rodopiando ao raio de luz que entrava pela janela quebrada. Se perguntou como o detetive se manteria aquecido quando a neve começasse a cair.

"Se não se importa que eu pergunte, sr. McCann, o que ia dizer a ela?"

Nathan pôs as luvas de couro enquanto falava.

"Dizer a ela?"

"Sim. Só fiquei intrigado — por razões puramente profissionais — com o motivo da sua visita. Sabe, ela fez aquela coisa horrorosa e deixou a sujeira para você limpar, e fiquei imaginando o que você veio dizer a ela."

"Nada, de verdade. Não tinha nada para dizer a ela. Esperava que ela tivesse alguma coisa para me dizer."

"Ah. Entendi. Queria saber por quê. Por que o bosque? Por que não um hospital? Ou um orfanato? Por que não deixar a criança em um cesto na porta da casa de alguém?"

"Isso. Exatamente."

"Bem, não ache que você é o único que quer saber. Não pense que ela não ouviu essas perguntas muitas vezes. De todos os detetives que a interrogaram. E das outras detentas. Muitas mulheres aqui são mães. Aliás, tivemos que mantê-la isolada da população carcerária por motivos de segurança. Mas não tínhamos como mantê-la longe o bastante para não ouvir os comentários."

"E o que ela dizia em defesa própria?"

"Nada. Nem uma palavra."

"Ela nunca falou nada?"

"Nada. Talvez ela tivesse um motivo, mas nunca disse qual. Quer saber minha teoria? Acho que nem ela mesma sabia a resposta. O mundo está cheio de gente perturbada que não entende nem a si mesma. Mesmo que se ofereça mil dólares para explicarem suas motivações, essas pessoas não podem dizer o que não sabem. E a maioria dessas criaturas infelizes vem parar aqui cedo demais. Então, sinto muito, sr. McCann. Se houvesse uma razão, morreu com ela. Mas, se quer saber minha opinião, essa é uma pergunta que nunca teve resposta. Porque simplesmente não existe explicação que faça sentido."

"Acho que você tem razão", disse Nathan. E ficou em silêncio por um momento. "Mas ela não estava sozinha nisso. Tinha o namorado também. Me pergunto o que ele diria."

"Se quer ouvir mais uma das minhas teorias... Anteontem, a mãe dele esteve aqui e pagou a fiança. Hipotecou a casa para pagar a fiança do garoto. É só uma intuição, entenda. Pode chamar de intuição de detetive. Mas torço para que essa coitada tenha alguém que a acolha quando ela perder aquela casa. Porque eu vi a cara daquele garoto quando ele passou pela porta. E aposto que nunca mais vamos ver aquela cara assustada por aqui de novo."

Nathan processou a novidade por um instante. Tendia a aceitar o instinto do detetive. De algum modo, a avaliação era convincente para ele também.

"Bem, você deve querer ver a sra. Bates..."

"Bem, *querer* não quero, mas..."

Gross levantou-se e abriu a porta para Nathan, que encontrou de primeira o caminho de volta para o estacionamento.

* * *

Na farmácia da esquina, Nathan encontrou um cartão de condolências adequado e digno.

Ele o comprou e levou ao correio.

Lá, com sua caneta prateada e sua caligrafia mais caprichada, escreveu no cartão:

Cara sra. Bates,
Lamento por sua perda. Meus pensamentos estão com você nesse momento tão difícil.
Sinceramente,
Sr. Nathan McCann

Depois colocou o cartão no envelope, endereçado à sra. Ertha Bates, comprou um selo e o despachou.

O DIA EM QUE ELE TE ESPIONOU PARA VER COMO TINHA CRESCIDO
2 de outubro de 1967

Sete anos depois de ter encontrado o bebê no bosque, Nathan acordou cedo se valendo do pretexto de ir caçar patos.

Por ter dito a Flora que ia caçar, talvez mais vezes do que devia, precisava cuidar de todos os detalhes. Tinha que lembrar de levar a espingarda que não pretendia disparar. Tinha que usar as botas e a calça apropriadas. Levar uma jaqueta pesada que deixaria no carro.

Depois, quando já estava saindo da casa, percebeu que quase ia esquecendo Sadie.

Subterfúgio nunca foi um dos talentos de Nathan, se não por outros motivos, pela falta de prática. Mas provavelmente havia outras razões também.

Ele não tinha criado essa história para cobrir seus rastros por desonestidade. Era mais uma questão de privacidade. Pela primeira vez na vida, Nathan queria fazer algo com total privacidade. Não se envergonhava de suas atitudes. Só não queria ter que justificá-las para ninguém.

Bem, isso não era de todo verdade. Estava um pouquinho envergonhado.

Sadie começou a pular, apesar da idade avançada, quando ele se aproximou do canil, e Nathan perdeu o ânimo. Como poderia dizer a Sadie que iam caçar, e depois não levá-la? Nunca mentira para ela. Nunca a decepcionara. Não, Nathan percebeu. Não podia. Não se tornaria um mentiroso depois de todos esses anos. Não para sua cachorra. Não para a esposa. Teria que caçar mais tarde. Mesmo que fosse bem depois do amanhecer. Mesmo que as condições não fossem boas para isso. Provavelmente, voltaria de mãos tão vazias quanto naquela manhã, sete anos antes. Mas não importava. Iria caçar.

Mas primeiro iria à casa dos Bates. E ficaria esperando em silêncio diante dela.

* * *

As folhas de outono se acumulavam no telhado da casa como sete anos antes. Elas se juntavam ali todos os anos sem ninguém fazer nada? Nathan se perguntou. Ela *nunca* se incomodou com a limpeza do telhado e das calhas?

Mas o telhado não havia cedido. Até Nathan tinha que admitir.

Já havia amanhecido quando eles apareceram na porta da frente. Mas não fazia muito tempo. A luz ainda estava enviesada e enevoada quando a porta se abriu e Ertha Bates surgiu na varanda acompanhada por um menino pequeno.

Ela usava chinelos amarelos grandes e felpudos e cabelo preso em rolos. O menino vestia um traje de neve que parecia dois números maior que o dele.

Ela parecia surpreendentemente mais velha, Nathan pensou. E muitos quilos mais gorda. Ele ficou assustado ao ver isso. Era como se ela tivesse ido dos 40 aos 60 anos em apenas sete. Cuidar de uma criança pequena talvez fizesse isso com uma pessoa. Nathan se perguntou por um instante o que poderia ter feito com ele. Mas, na verdade, não tinha importância. Ainda sentia suas entranhas doerem e queimarem quando se lembrava de que tinha sido privado da chance de tentar.

Não a olhou por muito tempo. Não estava ali para observá-la. Mas o menino estava de costas para ele, para seu desânimo.

Ele parecia muito pequeno. Todas as crianças de 7 anos eram pequenas assim? Nathan não imaginava que fossem. Talvez o começo de vida difícil tivesse atrofiado seu crescimento de algum jeito. Ou ele tivesse um tamanho normal para a idade, e só parecesse pequeno para Nathan. Talvez fosse a sensação de desamparo que o fazia parecer tão frágil.

Ou ele só não era tão grande quanto aquele traje de neve de segunda mão.

A sra. Bates o segurou pela mão e o desceu a escada com ele até a calçada. Deu a ele um saco de papel pardo e voltou para dentro, deixando-o sozinho para vivenciar o segundo ano.

O garoto ficou na calçada desanimado. Talvez sonolento, talvez só entediado. Sua respiração formava nuvens grandes e visíveis. De vez em quando, ele limpava o nariz com o dorso de uma das luvas.

De repente, ele tirou as luvas e abriu o saco de papel para ver o que tinha lá dentro.

Nathan pensou na luva de beisebol que tinha deixado na casa do garoto duas noites antes. Presente pelo sétimo aniversário. As mãos dele pareciam muito pequenas. Era uma luva infantil, é claro. E o homem da loja garantira que um menino de 7 anos poderia usá-la. Com muita folga para crescer, é claro.

Mas agora Nathan se perguntava se a luva não era grande demais para ele.

Era sempre assim. Todo aniversário e todo Natal. Toda vez que Nathan comprava e enviava um presente, depois de tentar adivinhar o que a criança podia querer, duvidava de sua escolha com uma intensidade frustrante. Tinha se cansado disso havia anos, mas ainda não conseguia evitar.

De frente, o menino parecia menos inocente e frágil. Mas Nathan não havia estacionado perto o bastante para ver muita coisa. De onde estava, não dava para ver do rosto do menino a ponto de ser capaz de reconhecê-lo se o visse de novo. E essa era a ideia, ele imaginava. Reconhecê-lo de vista se passasse por ele na rua.

Se atreveria a chegar mais perto com o carro? Não queria ser tomado por um predador ou *stalker* infantil.

Olhou para a ignição por um momento, incapaz de lembrar se deixara a chave ali. Não tinha. Antes que pudesse procurá-la no bolso, ergueu a cabeça e viu o grande ônibus escolar amarelo parar junto à calçada, bloqueando a visão que tinha da criança.

Quando o ônibus partiu, a calçada ficou vazia.

Então, tinha acabado.

Durante sete anos, não se permitiu fazer isso. E havia prometido a si mesmo que nunca mais faria. E agora tinha acabado.

E o que conseguira? Ele se perguntava.

Apenas um jeito de alimentar suas esperanças o suficiente para ser devastado de novo. Mas esperança de quê? Nathan nem sabia ao certo. Só perseguia uma vaga ideia de algo que o preenchesse. E se descobria errado de novo.

Ele olhou para Sadie na parte de trás do carro, uma Sadie mais velha e mais grisalha, que já devia estar aposentada, mas retribuía seu olhar com intensidade. Com esperança.

"Muito bem, menina", ele disse. "Vamos caçar."

* * *

Ele voltou para casa pouco depois das 11h de mãos vazias.

Flora ergueu o olhar que estava na revista.

"Você nunca volta de uma caçada sem patos", ela disse.

"Hoje voltei."

"A única outra vez que voltou para casa sem nada foi quando achou aquele bebê."

Um longo silêncio. Flora retomou a leitura.

Quando Nathan já achava que ela não tocaria mais no assunto, ela falou de novo.

"Espera aí. Hoje não é dia 2 de outubro?"

"Acho que sim. Por quê?"
"Aquele dia também era 2 de outubro. Não era?"
"Sim. Acho que era."
"Que coincidência."
"Sim", Nathan concordou. "Acho que sim."
"No futuro, talvez seja mais esperto e fique em casa no dia 2 de outubro", Flora comentou.
"É", Nathan respondeu. "Realmente, espero que sim."

Parte Dois
Nathan Bates

PENAS
2 de setembro de 1965

Dois anos antes, na tarde anterior ao seu primeiro dia no jardim da infância, Nat Bates encontrou um filhote de pássaro no quintal. Embaixo da árvore de bordo.

Aquilo era quase mais do que podia aguentar.

Uma coisa nova para aceitar, isso já era bem difícil, empolgante, estressante e maravilhoso. Mas jardim da infância *e* um filhote de passarinho era quase demais. Como se algo em seu peito pudesse explodir, e então seria seu fim.

No início, ele nem sabia o que era aquela bolinha embaixo da árvore. Só sabia que estava vivo. Não parecia uma ave. Não parecia nada que já tivesse visto antes. Não tinha penas. Não era maior que sua palma. Rosado. Ossudo, como as fotos que tinha visto de dinossauros, com a pele esticada sobre os ossos, estranhamente translúcida e enrugada.

O animal abriu o bico como se exigisse alguma coisa de Nat. Algo que ele sabia que não tinha.

Ele o pegou com as mãos e levou para a avó.

"Ai, meu Deus", ela exclamou.

Ela não gostava de animais dentro de casa, Nat sabia. Mas dessa vez ele achou que não tinha outra escolha.

"O que é isso, vó?"

"É um filhote de pássaro. Deve ter caído do ninho."

"Talvez eu possa pôr ele lá de volta."

"E como você vai chegar lá em cima?"

"Posso subir na árvore."

"Com um filhote de pássaro na mão?"

"Posso pedir a escada do sr. Feldstein emprestada. Se você segurar a escada para mim, aposto que consigo."

"É tarde demais", disse a avó. "Você tocou nele. Não adianta devolver ao ninho uma ave que você tocou. A mãe não vai mais alimentá-lo. Não depois de ele ficar com cheiro de humano."

Nat refletiu sobre isso por um tempo. Não estava disposto a aceitar nenhuma solução que acabasse mal para o pássaro que ele tinha tocado.

"Acho que *eu* vou ter que alimentar o filhote, então."

"Ai, Senhor", disse a avó. Mas não proibiu. Era como se soubesse por experiência própria que ele não aceitaria essa resposta.

* * *

Nat enxaguou um conta-gotas na pia do banheiro enquanto a avó foi buscar a lâmpada de aquecimento que usava quando tinha dor nas costas.

Eles deixaram o bebê passarinho bastante confortável em uma velha caixa de chapéu — que a avó cedera de má vontade — forrada com um punhado de meias brancas de Nat.

"O nome dele é Penas", Nat anunciou.

"É melhor não dar um nome para ele", avisou a avó. "Se der um nome, ele vira um animal de estimação. E você vai querer ficar com ele. Eu não gosto de animais de estimação, e, de qualquer maneira, não dá para manter em casa uma ave que não é doméstica. Ele vai morrer ou fugir. Portanto, você não pode dar um nome a ele."

"Mas já dei", Nat argumentou.

A avó suspirou profundamente. "Além disso, esse é um nome bobo para ele. Ele nem *tem* penas."

"Mas é por isso mesmo."

"É por isso mesmo o quê?"

"É como um desejo."

A avó só balançou a cabeça e, insatisfeita, foi procurar alguma coisa que pudesse ser oferecida com um conta-gotas para alimentar um pássaro.

* * *

Antes de ir para a cama, ela veio e falou: "Pare de olhar para o pássaro e vá dormir". Na verdade, ela disse isso antes mesmo de olhar dentro do quarto dele. Nat ficou pensando se ela conseguia enxergar através das paredes.

Ela costumava dizer que tinha poderes que ele jamais poderia entender. E certamente nunca anular.

"Só estava vendo se ele está bem."

"Você tem aula de manhã, vai dormir."

"Não quero que ele morra."

"Bom, normalmente eles morrem, então não se apegue demais." Nathan começou a chorar.

O choro era só em parte pela ideia de o pássaro morrer. Mais que isso, era pela sensação de ter que aguentar coisas demais, e o sentimento de que alguma coisa em seu peito explodiria por causa disso.

"Ah, caramba. Ah, meu Deus. Eu não queria fazer você chorar. Vai para cama, e vamos ver o que acontece."

DIFERENTE
3 de setembro de 1965

Enquanto a avó abotoava seu grande casaco, antes de levá-lo para o jardim de infância, e protegia o pescoço com um de seus inúmeros e enormes cachecóis tricotados à mão, Nat disse: "Pode alimentar o Penas enquanto eu estiver fora?".

"Você pode alimentá-lo quando voltar para casa. Ele não precisa comer o tempo todo."

"Mas ele não comeu de manhã. Nem abriu a boca. Por favor, vovó?"

"Ah, tudo bem", ela concordou com um suspiro. "E você, seja bonzinho, para variar."

* * *

A professora era gentil com ele. E tudo era legal.

No começo.

Ela era bonita, tinha um cabelo castanho que assumia um tom rubro quando era tocado pelo sol. Ela usava batom e um vestido branco estampado com ramos de rosas vermelhas. Ela se sentou ao lado da janela, iluminada pelo sol matinal, com um dos braços sobre os ombros de Nat, que trabalhava em um desenho.

As crianças tinham recebido pincéis e cola. E depois de criarem uma estampa em uma cartolina colorida com a cola branca espessa e aquosa, a professora deu a eles glitter para salpicar ali. Nat esperou a cola secar, apreciando o peso delicado da mão dela em seu ombro.

Ele olhou para os outros alunos. Contou quantos eram. Sabia contar bem. Eram dezesseis, além dele.

Nat olhou outra vez para o papel, imaginando o resultado quando pudesse sacudir o excesso de glitter.

"Vai ficar bonito, Nathan. Você fez um bom trabalho."

Ela gosta de mim, Nat pensou. Olhou de novo para os outros alunos. Procurando por um sentimento. Não conseguia defini-lo em palavras. Mas uma parte dele esperava que a professora fosse abraçar cada um deles também.

Ela não foi.

Ela gosta mais de mim, Nat pensou.

Olhou para ela. Ela fitou seus olhos e sorriu com tristeza. Aquilo fez o estômago dele doer.

Era o tipo de sorriso que um estranho lhe dá em uma loja de departamentos ao ver você chorando e ele quer ajudar. E fica triste por não poder. E tudo que ele pode fazer é sorrir com tristeza para mostrar que não queria que você ficasse triste. Mas Nat não estava chorando. E, se estava triste, não sabia.

Ele deixou o mistério para mais tarde. Talvez bem mais tarde. Tinha algo dentro dele que não existia nos outros dezesseis?

A professora disse para todos sacudirem o excesso de glitter e verem como tinha ficado o desenho.

"Levem o desenho para casa hoje e deem para a mãe de vocês", ela disse. Sua mão ainda estava no ombro de Nat. Mas agora parecia mais pesada. Menos reconfortante. Ela olhou para ele.

"Nathan, pode levar o desenho e dar para sua avó", acrescentou.

Mais uma flecha apontada, mas para onde, ele não sabia.

Com ele, alguma coisa era diferente.

Nathan dobrou o desenho três vezes e o guardou com todo cuidado possível no bolso da calça jeans.

* * *

Quando chegou em casa, correu diretamente para a caixa.
Estava vazia.

A lâmpada de aquecimento estava apagada, e as meias brancas tinham desaparecido, provavelmente levadas para o cesto de roupa suja. A avó gostava que as coisas fossem direto para o cesto de roupa suja, e depressa.

Ele a encontrou na cozinha, esquentando sopa enlatada.

"Cadê o Penas?"

"Foi embora, voou para longe."

"Ele melhorou tanto assim?"

"Sim."

"Como ele conseguiu sair do meu quarto?"

"Abri a janela para ele. É cruel deixar presa uma ave silvestre que quer voar."

"Devia ter esperado eu voltar. Para eu poder me despedir."

"Ah, desculpa, querido."

"Ele era meu. Estou muito bravo porque você não esperou."

"Ele não era seu. Era da natureza. Não se pode ter uma coisa que é da natureza."

"Mesmo assim, estou muito bravo."

"Fiz o que achei melhor. Senta aqui. Seu almoço está pronto."

Nat sentou-se à mesa. Ficou meio agitado quando ela enfiou um guardanapo de papel na gola dele como se fosse um babador. Ele quase nunca se sujava, mas sua avó ficava brava quando ele o tirava. Dizia que quando ele tivesse idade suficiente para lavar a própria roupa, voltariam a discutir o assunto.

Ela pôs um prato de sopa e biscoitos salgados na frente dele. Era de tomate. Nat não gostava de tomate. Gostava de sopa de galinha, mas quase nunca tinha esse sabor.

"Como ele conseguiu voar sem penas?"

"Não sei, mas voou. Agora, toma a sua sopa."

Nat mexeu a sopa no prato algumas vezes para ganhar tempo. Deu uma colherada bem pequena. Tinha mais perguntas, mas a avó não tinha mais paciência. Se insistisse no assunto, ela gritaria com ele.

Ele pegou o desenho com glitter do bolso da calça jeans. Desdobrou-o. Quase metade do glitter caiu no chão. Ele o colocou na mesa e alisou o melhor que pôde enquanto a avó estalava a língua em sinal de desaprovação e ia buscar uma vassoura na despensa.

"Minha professora disse que eu devia dar isso para você."

Depois ele enfiou três biscoitos na boca de uma só vez, o que fez a avó franzir a testa. Nat tirou da boca tantos pedaços quando pôde, só para ela não fazer aquela cara de novo.

Ela apoiou a vassoura no fogão e pegou o desenho.

"É muito bonito", disse. "Vou pôr na porta da geladeira."

"O que significa ser grande?", ele perguntou, com a boca ainda cheia de biscoito meio mastigado.

"Não fale de boca cheia assim. É nojento. Grande? Ah. Bom, significa só isso mesmo, tamanho grande. Como um grande salão de baile. Significa só que alguma coisa é bem grande. Mas muitas vezes também quer dizer que é elegante, rico e muito vistoso, coisas assim."

Enquanto falava, ela terminou de prender o desenho na porta da geladeira, e depois começou a varrer o glitter do chão.

"O que você tem de grande?"

"Eu?", ela perguntou. E então deu uma gargalhada. "Bom, acho que nada. Nada que eu saiba. Por que essa pergunta estranha? Quem disse que eu sou grande?"

"Todo mundo", respondeu Nat.

"Todo mundo diz que sou grande? Ah, que bobagem. Toma a sopa." E um momento depois: "Ah, espera. Você quis dizer que todo mundo diz que sou uma grande avó?".

"Sim", Nat confirmou. "Isso."

"Bom, aí é bem diferente. Não tem nada a ver com tamanho, elegância, nada disso. Significa só que sou uma boa avó, mãe da sua mãe.

"Você não é minha mãe?"
"É claro que não. Sou sua avó. Você sabe disso."
Ele sabia? Provavelmente, já tinha ouvido as palavras.
"Então, minha mãe é..." Mas ele não sabia como concluir.
"Minha filha."
"Ah."
Havia outra pergunta importante à espera. Estava bem ali. Mas ele não conseguia identificá-la. Em alguns aspectos, era bem simples. Tão simples quanto: "Por que nunca a vemos por aqui em algum lugar?". Mas, mesmo em sua simplicidade, era muito pesada, muito abrangente, tanto que ele não conseguia limitá-la a essas palavras pequeninas.

E, para piorar as coisas, os olhos da avó se encheram de lágrimas. Elas ainda não corriam por seu rosto. Mas estava pavorosamente claro que isso poderia ocorrer a qualquer minuto. E Nat sentia que, de algum jeito, a culpa era dele.

A avó esvaziou a pá de lixo e sentou-se novamente à mesa com ele, secando os olhos com os dedos enormes.

"Tem certeza de que o Penas foi embora?"
A avó bateu com a mão aberta na mesa e Nat deu um pulo. "Olha aqui, já contei o que aconteceu e não quero mais ouvir falar disso. Toma a sopa."

"Não gosto de tomate."
"Não precisa gostar", ela disse, alimentando suas esperanças por um momento. "Só precisa comer."

FRIO
24 de dezembro de 1967

Na véspera do sétimo Natal de Nat, a avó o colocou para dormir cedo. Como sempre fazia na véspera de Natal.

A manhã seguinte era o único dia do ano em que ele podia acordá-la, mesmo que em um horário "ultrajante". Por isso ela fazia questão de que fossem dormir cedo.

"Olha", sua avó disse, apontando para a janela. "Parece que vamos ter um Natal branco amanhã."

"Não consigo ver", Nathan respondeu.

Ele não queria se levantar e ir até a janela porque estava frio no quarto. A avó não tinha muito dinheiro e economizava óleo do aquecimento mantendo a casa tão fria quanto dava para suportar. O que era mais frio do que Nat podia suportar. Mal tinha conseguido se esquentar o suficiente embaixo das cobertas para parar de tremer e não estava disposto a se mexer mais.

A avó foi até a janela e abriu a cortina para ele ver. Pequenos flocos secos e esparsos giravam no ar lá fora.

"Vai durar?", ele perguntou.

"Não sei. Mas pense positivo."

Mas Nat não gostava de neve, porque na sua cabeça ela estava relacionada a sentir frio, coisa que ele realmente não gostava. Por isso, não sabia como pensar positivo.

Sua avó voltou para perto da cama e se sentou, seu grande peso fazendo um lado da cama afundar e as molas rangerem.

"Talvez minha mãe possa vir fazer uma visita", disse Nat.

No momento seguinte, ele viu e sentiu o lembrete claro de por que nunca dizia essas coisas em voz alta. A expressão no rosto da avó era parecida com a que ele imaginava que seria se a tivesse esbofeteado com violência sem aviso prévio.

E de novo aquele horrível acúmulo de água nos olhos dela. As lágrimas que nunca se libertavam.

"De onde você tirou isso?", ela perguntou.

"Bom, é só porque é Natal."

"Já foi Natal antes, e você nunca disse nada assim."

"Mas o pai do Jacob vem visitar ele no Natal."

"Ah. Entendo. Então foi isso. O pai do Jacob. Bem, o pai do Jacob e a sua mãe são dois casos completamente diferentes."

Talvez *meu* pai possa vir me visitar? Foi o que ele pensou a seguir. E por que eram casos tão diferentes?

Mas a expressão de esbofeteada havia desaparecido do rosto da avó, as lágrimas tinham sido recolhidas ou enxugadas, e Nat não queria correr o risco de ver nenhuma delas de novo. Principalmente se ele fosse a causa.

Não é bom machucar outras pessoas, e, se não tiver como não machucar alguém, é importante que não seja na véspera ou no dia de Natal, ou mesmo um ou dois dias antes ou depois disso.

ABERTURAS
25 de dezembro de 1967

De manhã, Nat desceu correndo embrulhado em um cobertor, mas ainda tremia. A avó tentou segui-lo de perto, mas não conseguiu.

"Acho que posso aumentar um pouquinho o aquecimento, só para essa ocasião especial", ela disse.

Mas Nat sabia que ia demorar muito para sentir a diferença e não queria esperar.

"Vamos começar a abrir."

A avó entregou a ele dois presentes. "Estes são meus", ela disse. Era o primeiro ano que ela admitia que os presentes eram dados por ela. Nos Natais anteriores, tinha dito que Papai Noel os havia trazido. Mas Nat, mesmo com sua disposição infantil para acreditar, não podia deixar de notar que os presentes do Papai Noel eram sempre muito parecidos com os tricôs da vovó.

O primeiro presente que ele abriu era bem bonito. Um caminhão de bombeiro. Feito de metal e madeira, pintado de vermelho, ele era quase metade da altura de Nat em comprimento. E tinha uma mangueira de verdade que podia ser puxada, e uma escada que subia e girava na direção que ele quisesse.

"Obrigado, vó", agradeceu.

O segundo presente era o inevitável tricô. Um conjunto de touca, luvas, suéter e cachecol. Azul-escuro. Uma cor bonita, até.

Mas ninguém gosta de ganhar roupas no Natal.

"Obrigado, vó", ele repetiu.

Então, ela desapareceu no closet e trouxe a terceira caixa. Era grande, embrulhada em um papel de presente que ele nunca tinha visto na casa. Ele começou a sentir uma agitação deliciosa. Pena não ter lembrado de ir ao banheiro antes de descer. Não que não conseguisse controlar a bexiga; não era um bebê, claro que podia se segurar. Mas agora teria que *pensar* em se segurar.

"E este é do homem que te achou no bosque", disse a avó, colocando a caixa em seu colo.

O último presente que O Homem mandara, três meses atrás, em seu sétimo aniversário, tinha sido muito bom, para dizer o mínimo. Uma luva de beisebol novinha, costurada à mão. Parecia muito cara. Era mais legal que a de qualquer outro garoto do quarteirão. Todos ficaram impressionados quando ele exibiu a luva. Era um pouco grande para sua mão; ele teve que treinar para segurá-la por dentro. Mas jurava que a mão tinha crescido nos últimos três meses, porque agora conseguia segurá-la com mais facilidade. Era isso, ou finalmente tinha aprendido a pegada certa.

Ele rasgou o papel ferozmente.

Dentro, havia uma caixa que continha, de acordo com o que estava escrito nela, um conjunto de química.

Ele franziu a testa, incapaz de disfarçar a decepção.

"Mas eu não gosto de química", comentou.

"Bom, ele não sabe disso, querido. Porque ele não te conhece."

"Por que ele me dá presentes se não me conhece?"

"Porque ele é o homem que te encontrou no bosque."

"Ah", disse Nat.

Ele não fez mais perguntas, porque sabia que as respostas não resolveriam nada.

Não era novidade para ele que muita gente no mundo — toda a população adulta, por exemplo — se comportava de um jeito que ele não era capaz de entender

TROCAS
26 de dezembro de 1967

Jacob ficou em sua casa para dormir na noite seguinte ao Natal, porque ainda estavam de férias da escola.

"Ganhou alguma coisa boa?", Jacob perguntou para Nat assim que entraram no quarto dele e estavam fora do alcance dos ouvidos da avó.

"Ganhei esse caminhão de bombeiro", ele disse. E mostrou para Jacob. "Da vov... da minha avó", ele se corrigiu, percebendo de repente e pela primeira vez que "vovó" era infantil demais. "Ganhou alguma coisa melhor que isso?"

"Meu pai me trouxe uma bola de beisebol assinada pelo Joe DiMaggio. Mas acho que não posso jogar beisebol com ela. É boa demais. E está em um estojo de plástico. Minha mãe diz que vale muito dinheiro, mas ele só me deu porque se sente culpado. Ganhou mais alguma coisa?"

"Roupas. Odeio roupas."

"Todo mundo odeia roupas."

"E um jogo de química." Nat o retirou do closet e colocou no meio do tapete do quarto.

"Esse é bom."

"Você acha? Odeio química."

"Sua avó te deu isso? Ela não tem medo de você explodir a casa?"

"Não, é do homem que me achou no bosque." Um momento de silêncio. Nat não sabia que tinha dito uma coisa confusa. Mas viu Jacob tentar entender sem sucesso uma informação que parecia clara.

"Um homem te encontrou no bosque? O que você estava fazendo no bosque?"

"Não. Eu não estava. Quer dizer, acho que não. Ele é só um homem que me dá presentes. Não é?"

"Nunca ouvi falar nesse cara."

"Você não ganha presentes do homem que te achou no bosque?"

"Acho que não."

"Pensei que todo mundo ganhasse."

"Ninguém que eu conheço. Só você. O que mais ele já te deu?"

"A luva de beisebol. Ele sempre me dá presentes no meu aniversário e no Natal. Já me deu um jogo de arco e flecha. E binóculos. E me deu uma fazenda de formigas, mas a vov... minha avó não me deixou ficar com ela."

"Puxa, eu queria ter um desses homens do bosque. Vamos ver o que dá para fazer com esse conjunto."

Eles pegaram os tubinhos de ensaio, queimadores e frascos com vários líquidos transparentes.

Jacob decidiu que eles deviam tentar fazer sabão, porque era o primeiro projeto no folheto e parecia o mais fácil. Nat concordou, embora isso não parecesse interessante, porque ele tinha certeza de que não dava para explodir nada com sabão.

Eles derrubaram um frasco inteiro de alguma coisa com cheiro de remédio no tapete do quarto de Nat, mas acabaram criando um líquido denso e borbulhante que supuseram ser sabão. Para Nat, a conclusão não parecia muito empolgante, uma vez que os dois evitavam sabão tanto quanto possível e só se lavavam quando eram obrigados.

"Podemos fazer outro", disse Jacob.

"Não. Não gosto de química."

"Quer fazer o quê, então?"

"Não sei."

Eles ficaram deitados de costas transversalmente na cama por alguns minutos, olhando para as estrelas de plástico no teto.

De repente, Nat falou: "Já volto".

Ele desceu descalço, sentindo os pés congelar.

Vovó estava sentada em sua grande poltrona estofada, tricotando. E assistia a um filme romântico e sentimental em preto e branco na TV.

"Quem é o homem que me achou no bosque?"

Vovó soltou um suspiro profundo. "Bom, você tem feito um monte de perguntas. Não é? Agora vou perder meu filme. Bem, mais cedo ou mais tarde, você ia perguntar. Então, vá em frente, abaixe o volume e volte aqui."

Nat correu até a televisão e abaixou o volume, fazendo uma careta ao ver um homem e uma mulher se beijando na tela.

As mãos e as agulhas de tricô da vovó continuavam a toda enquanto ela falava.

"Todo menino ou toda menina chega ao mundo assim", ela explicou. "A cegonha traz e deixa no bosque. Em um esconderijo especial e secreto. E para cada menino ou menina, só tem uma pessoa no mundo que sabe como encontrar essa criança. E foi esse homem que te encontrou no bosque. Então, se algum dia alguém te disser qualquer coisa sobre você ter ficado perdido no bosque, já sabe sobre o que estão falando."

Os olhos dela continuavam colados na história que se desenrolava silenciosa na tela.

"Jacob não tem um homem."

"Todo mundo tem um homem."

"Jacob não ganha presentes desse homem."

"Bom, você tem sorte, então. Não tem? Agora aumenta o volume, meu bem. Estou perdendo o filme."

* * *

"Quer trocar por isso?", Jacob perguntou. Ele não precisava dizer que estava falando do conjunto de química. Os dois sabiam a que ele se referia.

Vovó tinha colocado os dois na cama e apagado a luz. Precisavam falar baixo para ela não descobrir que estavam acordados. Porque, se os ouvisse, ela voltaria e ficaria brava.

"O que você tem para trocar?"

"Minha gata vai ter filhotes. Troco por um gatinho. Pode escolher o que quiser da ninhada."

"Queria ter essa sorte. Minha avó nunca me deixaria ter um gato."

"Nem na garagem?"

"Ela não me deixou ter uma fazenda de formigas na garagem. E elas ficavam dentro de um vidro. Ei. Talvez eu possa escolher um gatinho, mas ele fica morando na sua casa."

"Não tem como. Minha mãe disse que tenho que doar todos em seis semanas. Tive sorte de conseguir ficar com a mãe gata. Precisei chorar."

"O que mais você tem para trocar?"

"Um taco de beisebol. Mas tem uma rachadura nele."

"Dá para rebater uma bola?"

"Dá, uma hora vai quebrar no meio. Mas talvez demore um pouco."

"Ok", disse Nat. "Combinado."

E eles apertaram as mãos para fechar o negócio.

A QUESTÃO
4 de janeiro de 1968

Seu próximo encontro com Jacob aconteceu depois do dia de Ano-Novo. No primeiro dia do novo semestre na escola.

Jacob andou meio quarteirão para esperar o ônibus escolar com Nat na calçada. Como sempre fazia se tivesse tempo.

"O taco quebrou no meio", disse Nat.

"Já? Ah. Bom. Eu devolvo o conjunto de química se quiser."

"Não, tudo bem."

Eles ficaram em silêncio por um ou dois minutos, vendo as grandes nuvens brancas formadas por sua respiração e esperando o ônibus como se ele fosse a forca de um carrasco ou a guilhotina.

Então, Jacob disse: "Perguntei para minha mãe. E ela disse que você realmente foi deixado no bosque".

"Eu sei", respondeu Nat. "Minha avó me contou. No dia depois do Natal."

"Ah", disse Jacob.

Aparentemente, isso tinha resolvido bem a questão entre os dois, de forma que ela não teria que ser abordada de novo.

ONDE
20 de março de 1973

Quando Nat voltou da escola, vovó estava ao lado de uma mala na sala de estar. Já enrolando um cachecol em volta do pescoço.

"Aonde você vai?", Nat perguntou.

"Seu tio Mick está no hospital. O apêndice dele explodiu. Tenho que pegar o ônibus para Akron para ficar com os filhos dele."

"Onde eu vou ficar?", ele perguntou, torcendo para a avó considerá-lo grande o bastante para ficar em casa sozinho.

"Falei com a mãe do Jacob. Ela está fazendo aquela sopa caseira de macarrão com galinha que você tanto gosta para o jantar. Corre, pega a sua escova de dente, um pijama, e tudo mais de que vai precisar, e vai para lá agora. Tenho que ir."

Nat suspirou e subiu a escada para o quarto com um passo arrastado. Pegou o pijama vermelho da gaveta, jogou em cima da cama, pegou a escova de dente no banheiro, jogou em cima do pijama, depois enrolou tudo e pôs embaixo do braço.

Ele gostava da casa de Jacob, mas a situação fazia com que ele sentisse que estava sendo tratado como uma criança — e já tinha quase 13 anos.

Vovó esperava ansiosa ao pé da escada, mudando o peso de um pé para o outro.

"Você consegue ser mais lerdo? Sabe que tenho que ir."

"Por que *eu* não posso ir? Eu gosto do tio Mick."

"Porque você tem aula. Além do mais, é muito novo para entrar no hospital e visitar o tio Mick. Só poderia ver os filhos dele. E você não gosta muito dos filhos dele, caso tenha esquecido. Mas isso não é o mais importante. O mais importante é que você não vai perder nem um dia de aula. Não com suas notas horríveis. Mas fique com uma chave de casa. Pendurei em um cordão para você não perder. Assim, quando precisar vir para casa pegar mais roupas ou outra coisa, vai conseguir entrar."

Ela pendurou a chave no pescoço dele. Nem mesmo deu a chave na sua mão e o deixou pendurá-la no próprio pescoço. Nat se sentia um menino de 5 anos esperando quietinho que alguém prendesse suas luvas no traje de neve. Isso piorava seu humor ainda mais.

"O tio Mick vai ficar bem?"

A cara de esbofeteada da vovó. Um rosto cheio de horror. "Ora, é claro que sim. Como pode fazer essa pergunta?"

Como *não* fazer essa pergunta? Nat pensou. Como é possível *não* fazer perguntas como essa? Mas é claro que ele guardou esses pensamentos para si mesmo.

* * *

"Ah, merda. Cadê minha gata?", perguntou Jacob.

"Não sei. Lá embaixo, acho."

Estavam na cama com a luz apagada. Por isso, nenhum dos dois sabia se devia se mover, ou não. E ambos falavam baixo.

"Tenho que trazer a gata para o meu quarto e fechar a porta. Senão, minha mãe faz com que ela passe a noite lá fora. Principalmente quando Janet está aqui."

"Quem é Janet?"

"A amiga com quem ela fala, dá risada e fofoca metade da noite."

"Não sabia que tinha alguém aqui."

"Não sei se ela está aqui. Só sei que ela vem."

"Vou procurar a gata", disse Nat. Principalmente porque gostava dela e queria uma desculpa para pegá-la no colo de novo. Ela sempre ronronava quando ele a pegava. Gostava de segurá-la perto da orelha por um momento, ouvindo aquele motorzinho. "Eu sei ser silencioso."

Ele desceu a escada.

De fato, a mãe de Jacob estava com uma amiga. Ele ouviu as duas conversando na cozinha enquanto procurava a gata na sala de estar. Conseguiu entender que Janet tinha um amigo que era um cavalheiro. E ela estava furiosa com ele.

"Jacob, é você?" O som agudo da voz furiosa da mãe de Jacob.

Ele não tinha sido silencioso o suficiente.

"Não, senhora", Nat respondeu, enfiando a cabeça pela porta da cozinha. "Sou eu. Nat."

"Por que não está na cama?"

"Estava procurando a Buttons."

"Bom, é melhor que a encontre, então. Porque se eu a encontrar primeiro, ela vai lá para fora. Janet é alérgica a gatos."

Nat se perguntou se a alergia a gatos explicava a caixa de lenços em cima da mesa, entre elas. Ou se Janet estava chorando. As duas coisas, talvez.

"Você é Nat?", Janet perguntou. Como se ser Nat fizesse alguém ser muito famoso e distinto. Como se Nat fosse algo realmente incomum e notável para ser.

"Sim, senhora."

Janet olhou para a mãe de Jacob. "Ele é..."

A mãe de Janet lançou para ela um olhar estranho. Um olhar desaprovador e um leve balançar de cabeça. Como se dissesse que não. Como se dissesse: "Não termine essa frase de jeito nenhum".

Silêncio.

"Eu o quê?", Nathan questionou. De um jeito até corajoso, ele pensou.

"Nada, querido. Vai procurar a Buttons, depois volta para a cama."

Nat saiu da cozinha. Andou bem devagar até o início da escada, onde sabia que estaria escondido nas sombras.

E lá se sentou. E ouviu.

"Então, é esse o garoto."

"Sim. É ele. Pobrezinho. Sinto muita pena dele."

"Com razão. Dá para imaginar? Sua própria mãe. Tentar te assassinar."

"Bom, não era assassinato. Não exatamente. Negligência grave, acredito."

"Está brincando? Só pode estar brincando! Negligência grave seria deixar de trocar as fraldas dele. Fazia um frio de congelar naquele bosque. É um milagre ele não ter morrido. Ele ao menos sabe a história toda?"

"Não sei quanto ele sabe. A avó proíbe todo mundo de falar sobre o assunto. Jacob diz que contou para ele uma vez, e Nat disse que sabia e agiu como se não fosse grande coisa. Negação, talvez. Ou talvez fosse jovem demais para entender. Jacob diz que as crianças na escola às vezes fazem comentários maldosos. E que quatro ou cinco vezes Nat voltou para casa e exigiu que a avó explicasse o que eles queriam dizer."

"Como Jacob sabe disso? Eles falam sobre essa história?"

"Acho que quando essas vezes aconteceram, ele estava lá. Dá para imaginar quantas vezes isso deve acontecer, se ele ouviu quatro ou cinco vezes nos seis ou sete anos de amizade entre eles."

"O que a avó dele diz?"

"Ela mente para ele. Diz que as pessoas que falam essas coisas estão enganadas. Ou que ele entendeu errado.

"Acho que isso não é certo."

"E o que você faria? Se tivesse um menino dessa idade com uma coisa horrível como essa no passado, o que você faria? Contaria para ele uma coisa tão tenebrosa?"

Um longo silêncio.

"Uau. Não sei. E fico feliz por não *ter* que saber."

"É. Eu também. Agora volta ao que você estava contando sobre o Geoffrey."

* * *

Nat saiu escondido da casa de Jacob, de pijama e descalço. Andou pela caçada congelada por meio quarteirão, a caminho de casa. Abriu a porta da frente com a chave pendurada em seu pescoço.

Depois subiu até o quarto da avó, um cômodo onde só havia entrado três vezes, e começou a olhar ao redor para ver o que conseguia encontrar.

Provavelmente não saberia encontrar palavras para definir o que procurava. Mas, por instinto, sabia que devia haver alguma coisa. Fotos da mãe. Cartas dela. Tinha que ter alguma coisa. E vovó guardava tudo. Ela não era do tipo que jogava fora objetos de valor sentimental. Aliás, não jogava nada fora.

Nat abriu as gavetas da cômoda, mas só encontrou roupas íntimas embaraçosas. Fechou de novo todas as gavetas sem tocar em nada, para vovó nunca saber que ele tinha olhado lá dentro.

Olhou as prateleiras do closet e só encontrou sapatos e chapéus. Mais uma vez, não deixou rastros de sua invasão.

Olhou embaixo da cama e encontrou uma caixa de charutos de madeira.

Ele a puxou. Trouxe-a até a luz. Abriu.

Dentro havia alguns papéis. Não o suficiente para encher a caixa. Bem em cima, havia um recorte de jornal dobrado. Amarelado pelo tempo.

Nat o desdobrou.

Era a manchete, datada de 3 de outubro de 1960. Dois dias depois de seu nascimento. A manchete anunciava em letras grandes e chamativas: RECÉM-NASCIDO ABANDONADO É ENCONTRADO NO BOSQUE POR CAÇADOR DA REGIÃO.

A estranha sensação que se instalou em seu estômago desde que ele tinha entrado na cozinha da casa de Jacob foi detonada com a notícia. Era uma sensação boa. Foi bom trocar o nervosismo pelo choque. Porque o choque, pelo menos nesse momento, não era nada.

Ele tinha até parado de tremer de frio.

Leu a matéria depressa.

Lenora Bates. O nome de sua mãe era Lenora.

Richard A. Ford. O nome de seu pai era Richard A. Ford. Então, por que seu nome não era Nathan Ford?

Ele tinha mãe e pai. Em algum lugar.

E, na noite de seu nascimento, eles o descartaram.

Ainda estavam presos? Ou tinham cumprido pena e saído? E desaparecido sem dizer nem uma palavra para ele?

Ele continuou lendo apressado para ver se falava algo sobre o homem que o encontrou. Queria decorar o nome dele também. Mas só se referiam a ele como "um homem caçando patos com seu cachorro".

Nat recomeçou e leu o artigo palavra por palavra.

Quando terminou, dobrou de novo o recorte e o segurou na mão esquerda enquanto empurrava a caixa de charutos para baixo da cama com a direita. Então levou o recorte de jornal para o seu quarto, onde arrumou uma mala apenas com seus pertences mais essenciais. Jeans e cuecas. Camisetas. A luva de beisebol. A matéria.

O telefone tocou, e ele se assustou.

Desceu correndo e atendeu.

"Alô?"

"Nat! Ai, graças a Deus! Não sabia onde você estava." Era a mãe de Jacob.

"Esqueci uma coisa em casa."

"Já está voltando?"

"Sim. Agora mesmo."

Ele desligou o telefone e subiu para o quarto, onde vestiu jeans e calçou meias quentes e sapatos. E uma jaqueta da qual não gostava muito, porque sua preferida tinha ficado na casa de Jacob.

Em seguida saiu e trancou a porta com cuidado. Parou na calçada e jogou a chave com a correntinha no bueiro.

Escolheu uma direção mais ou menos por instinto e começou a andar.

* * *

Nat não sabia bem há quanto tempo andava ou para onde ia. Só sabia que a mala estava pesada e tinha que mudá-la de mão a todo instante.

Seguiu por ruas escuras até chegar ao pátio de trens, que ele presumiu que também estaria vazio. Todos os lugares por onde tinha andado desde que saíra de casa estavam desertos.

O mundo todo estava dormindo, ele pensou. Mas não o pátio de trens.

Ali havia um grupo de quatro homens em torno de uma fogueira acesa dentro de um barril de óleo, aquecendo as mãos e rindo. Mais alguns estavam sentados em um vagão de carga aberto de um trem parado, as pernas balançando para o lado de fora.

Todos olharam quando Nat chegou.

Ele se aproximou. Gostava da ideia de que alguém morava ali e usava a noite para outra coisa que não fosse dormir.

"Ora, ora. E quem é esse aqui?", perguntou um dos homens. De perto, pareciam pobres. Tinham casacos e barbas descuidadas, para dizer o mínimo.

"Ninguém", respondeu Nat.

"Perfeito", disse o homem. "Vai se encaixar bem."

* * *

Nat sentou-se na beirada do vagão de carga, balançando as pernas do lado de fora. Olhando para as chamas da fogueira. Deixando-se hipnotizar pelo fogo. Queimando todos os pensamentos em sua cabeça.

Ele observava luzinhas girando no ar sobre o barril de óleo, pensando que algumas eram fagulhas; outras, vagalumes, e que era difícil diferenciar um do outro.

Mas, não, era cedo demais para a época dos vagalumes. Ou não?

Talvez seus olhos estivessem lhe pregando uma peça.

O velho sentado ao lado dele bebia uísque direto do gargalo. Ele ofereceu a garrafa para Nat.

"Quer um gole? Vai te esquentar."

"Ok."

Ele aceitou a garrafa. Limpou o gargalo com a manga. Tomou um gole. Tossiu. Todos os homens o observavam e todos riram dele.

"Para onde vai quando entrar em um trem?", Nat perguntou ao velho.

"Para onde eu quiser", ele respondeu.

"Parece bom."

"Tem suas vantagens."

Outro homem mais jovem, que estava perto do fogo aquecendo as mãos, disse: "Tem suas vantagens para *nós*. Mas, para *você*, talvez seja melhor ir para casa".

Nat não falou nada.

"Cadê sua família, garoto?"

"Não tenho."

"Bom, e como tem vivido até agora?"

Nat deu de ombros.

"Morando com uma desconhecida, acho."

"Uma desconhecida é melhor que nada."

"Acho que eu pensava a mesma coisa", Nat respondeu. "Mas mudei de ideia."

O MUNDO
21 de março de 1973

Quando Nat acordou de novo, o trem estava em movimento. A porta do vagão de carga tinha sido fechada sem que ele percebesse, e o trem partira. E não havia mais ninguém ali, só ele.

Que bom, pensou.

Ele deslizou até a porta. Uma fresta de uns quatro ou cinco centímetros de largura deixava a luz entrar. E permitia que ele visse o lado de fora. E ele via o mundo passar.

Viu montanhas ao longe. Nunca tinha visto montanhas antes. E imensas camadas de gelo na superfície das rochas. Viu campos com vacas e ovelhas, e cavalos correndo em um grande curral com as caudas erguidas como bandeiras.

Viu os recantos mais úmidos e deprimentes das cidades. Os lixões e os pátios de trem, contêineres de carga empilhados e cercas de arame e pontes ferroviárias de aço.

E então, o campo outra vez, com celeiros, tratores, silos e canaletas de irrigação separando campos arados em linhas perfeitas.

Ele ficou olhando por horas, o que logo se transformou no dia inteiro. E não se sentiu entediado nenhuma vez. Como poderia? Era o mundo. Estava ali o tempo todo, mas ninguém o havia convidado — ou lhe dado permissão — para vê-lo. Achavam que ele não se importava com o mundo fora de sua cidadezinha miserável? Ou o mundo era como todo o resto? Só mais um segredo a ser escondido dele?

Sentiu o estômago vazio e dolorido, mas o sacrifício parecia valer a pena. Sem pessoas. Sem escola. Sem mentiras.

Encontraria comida. Pediria, ou roubaria, ou trabalharia por ela, mas encontraria alguma coisa para comer antes de o sol se pôr. Isto é, se o trem parasse em algum momento.

De um jeito ou de outro, ele encontraria a solução.

ACABOU
22 de março de 1973

Ele acordou no escuro total com um susto. Ainda no interior do vagão de carga. Ainda sem comer. Batendo os dentes de frio. O quadril doía onde estava em contato com o chão gelado de metal. Sua boca estava seca e ele fazia um tremendo esforço para molhar a língua grossa com saliva.

Ouvia as portas dos vagões sendo abertas com estrépito. Foi o que o acordou. E os barulhos se aproximavam.

Ele ponderou se ainda havia tempo para sair escondido e escapar.

A enorme porta do vagão de carga se abriu com um estrondo.

Nat estreitou os olhos contra a claridade. Um feixe de luz estava sendo apontado em sua direção, e ele levou a mão em frente aos olhos.

"Certo, garoto", disse uma voz masculina. "Seus dias de vagabundo acabaram. Pega suas coisas e vem comigo."

NADA
23 de março de 1973

"Você quase me matou de susto!" A velha gritara as palavras muito perto da orelha de Nat, que se encolheu. Então ela levantou a mão e o acertou. Com força. Bem na orelha, provocando uma dor nas partes internas do ouvido. "E a mãe de Jacob. Ela era responsável por você. Tem ideia de como ela ficou apavorada?"

Mais um tapa violento, na mesma orelha dolorida.

Ele olhou para os policiais. Como se pudessem ajudá-lo de algum jeito.

Se Nat batesse em alguém com essa força, provavelmente o prenderiam de novo. Fariam um sermão sobre como a violência era algo errado e nunca resolvia nada.

Mas, aparentemente, com os netos era assim mesmo.

Os policiais só ergueram as sobrancelhas para ele e não disseram nada. Mas a expressão deles parecia dizer que Nat merecia tudo isso e mais.

"E por quê? Foi porque viajei sem você? Foi porque você achou que tinha que ir comigo? Nunca vi um comportamento tão egoísta!"

Nat se encolheu. Protegeu a orelha com as mãos. Mas dessa vez ela manteve as dela abaixadas.

"Foi por isso que fez o que fez?"
Nat não falou nada.
"Responde!"
Nat continuou em silêncio.
"O que tem para dizer em sua defesa, rapazinho?"
"Nada", Nat declarou.

* * *

"Sabe, uma hora você vai ter que falar comigo", ela comentou na longa viagem de volta para casa.

Ela calculara que seriam dezenove horas dirigindo, e Nat fazia alguma ideia de quanto custaria toda essa gasolina? Sem mencionar o desgaste do carro?

Não. E nem se importava.

"Em algum momento, você vai ter que dizer alguma coisa."

Isso é o que você acha, ele pensou.

"Por que não falou seu nome para eles? Se tivesse dito seu nome, eu teria recebido o telefonema ontem. Mas, não, você não falou nada, e eu tive que esperar mais um dia até que eles comparassem os seus dados com os de crianças desaparecidas no país todo. E a coitada da mãe do Jacob quase morreu de preocupação enquanto esperava. Ela se sentia responsável por você. Por que não disse à polícia quem você era?"

Porque, Nat pensou, se eu quisesse voltar para você, nem teria entrado em um trem de carga.

"E a coitada da esposa do Mick teve que tirar dois dias de licença no trabalho para cuidar dos filhos, porque eu tive que voltar para casa e registrar uma ocorrência do seu desaparecimento. E eles não podem arcar com essa redução na renda. Principalmente agora, com o coitado do Mick no hospital. Sabe, estou começando a achar que você é uma dessas crianças egoístas que tem que ser sempre o centro das atenções. Coitadinho do Mick, não pode nem ter minha atenção quando seu apêndice estoura, porque tudo tem que ser sempre para o Nat.

É isso mesmo, Nat? Porque, se é assim, não vou tolerar. Não vou criar um menininho mimado que acha que é o centro do sistema solar e que todo mundo tem que girar à sua volta como se ele fosse o sol. É assim que as coisas são?"

Nat não disse nada.

"Por que não se defende?"

Porque você não escuta, ele pensou.

"E agora, o que vou fazer? Eles ainda precisam de ajuda na casa do Mick, mas agora não tenho coragem de deixar você sozinho. Porque não sei se posso confiar em você. E então? Posso? Posso confiar em você?"

Nat não respondeu.

"Bom, não faria diferença se você dissesse que sim. Não ajudaria. Porque eu ainda não saberia se é verdade. Até onde sei, você poderia estar mentindo."

Imagine só, Nat pensou. Imagine ficar sem saber se a pessoa que você melhor conhece no mundo está dizendo a verdade ou mentindo na sua cara. Mas ele não disse nada disso. É claro. Não falou nada.

"Bom, essa vai ser uma viagem bem longa", ela afirmou.

Dezenove horas desse jeito e eu vou ficar maluco, Nat pensou.

Mas ela continuou falando. E ele continuou ignorando o que ela dizia. Só olhava pela janela e via o mundo passar, para o caso de não voltar a vê-lo por muito tempo. E por dezenove horas e mais um pouco, ele não disse nada.

O HOMEM
30 de setembro de 1974

"Espero que não esteja pensando que vou amolecer e quebrar a promessa que fiz a mim mesma", ela disse. "Porque não vou. Eu estava falando sério. Você não vai mais ganhar nenhum presente enquanto não melhorar suas notas."

Ele estava deitado no sofá, vendo televisão. Um programa de que não gostava. E fingindo ignorá-la. E fingindo que não receber presentes dela não doía nem um pouco. Ela estava diante dele, bloqueando parte de sua visão. Brigando com ele. E era por isso que ele estava assistindo a um programa de que não gostava. Para não se incomodar quando perdesse o programa por causa dela.

Ele não falou nada.

"Deve estar pensando que vou sentir pena de você hoje à noite ou amanhã de manhã. E que vou sair correndo para comprar alguma coisa. Mas não vou. Porque promessa é promessa."

Nat não falou nada.

"E eu também não vou retomar o pagamento da sua mesada."

Nada ainda, embora Nat sentisse que *queria* falar alguma coisa. Como se comunicar-se com ela fosse vagamente possível, mas além de sua capacidade, tudo ao mesmo tempo. Como se, nas raras ocasiões em que tentava dizer algo a ela, as palavras batessem em uma parede e caíssem no chão, derrotadas.

"Você já está quase de recuperação. Em três matérias."
Ele a encarou pela primeira vez.
"E o meu presente d'O Homem?"
Ela ficou agitada por um momento. Então disse: "Ah. Ele fala".
"E aí? E o presente?"
"Hum. Eu não tinha pensado nisso. Bom, você nunca gosta dos presentes que ele dá mesmo. Então, não é nenhuma recompensa. Isso fica entre você e ele, acho."
"O presente chegou?"
"Não. Por que teria chegado?"
"Bom, a correspondência já chegou."
"Eles não vêm pelo correio."
Essa era uma péssima notícia para Nat, que contava muito com a chance de ver o endereço do remetente. Mas teve o cuidado de não franzir a testa nem demonstrar seus pensamentos de outra maneira.
"Como eles chegam?"
"Só aparecem na varanda pela manhã."
O que também era bem interessante, Nat pensou. Porque o levava a acreditar que o presente seria entregue em pessoa.

* * *

Nat sentou-se no escuro, em seu quarto, no assento estofado da janela, olhando para a rua. No colo estava o binóculo que O Homem tinha dado de presente quando ele fez 6 anos.

Ele observou as sombras da árvore dançando na parede do outro lado do quarto. A luz da rua projetava sombras sinistras, e ventava forte naquela noite. E isso lhe proporcionou algo para olhar. Porque nada acontecia na rua deles à noite. Sem gente. Sem carros. Nada.

Ele via o relógio nitidamente, embora estivesse longe, em cima da cômoda. O mostrador brilhava no escuro. E fazia tique-taque. O ruído nunca o incomodara antes. Mas incomodava essa noite.

Eram 22h30.

Em algum momento, na meia hora seguinte, ele cochichou sem querer.

Despertou com o barulho da porta de um carro.

Nat deu um pulo e sentou-se ereto, com as costas doloridas da posição incômoda. Do outro lado da rua, um carro havia estacionado. Uma velha perua com o motor ligado. Não dava para ver a cor por causa da escuridão. Também não dava para ver nem a placa da frente, nem a de trás, porque o veículo estava bem na frente da casa, do outro lado da rua.

Um homem caminhava em direção à casa de Nat carregando um pacote.

Ele olhou para o relógio. Onze e cinco.

Levantou o binóculo e olhou através dele. Tentou observar bem o rosto do homem. Mas ele usava um chapéu com aba e agora estava mais ou menos embaixo da janela. Ele desapareceu de vista, perto demais da casa para ser visto de onde Nat estava. Então, um segundo mais tarde, reapareceu, voltando para o carro. Mas agora estava de costas.

Ele entrou no carro, engatou a marcha e foi embora.

Nat tentou ver o rosto do homem, mas estava escuro demais do lado do passageiro. Então ele apontou o binóculo para a placa do veículo, mas era tarde demais. Tinha lido apenas as letras DCB quando o carro desapareceu.

Nat ficou parado por um minuto, acalentando a própria frustração. Não tinha progredido muito, pensou. E só teria duas chances por ano.

* * *

Ele desceu na ponta dos pés até a varanda para pegar seu presente. Uma caixa de tamanho médio. Sacudiu-a algumas vezes, mas o barulho que ela fez era sem graça e nada revelador.

Ele a levou para o quarto. Rasgou o papel.

Luvas de boxe.

E uma espécie de saco de pancada, mas não como os que Nat conhecia. Não era uma bolsa inflável que ia e voltava quando se batia nela com as mãos. Devia ser daquele tipo grande e pesado que fica pendurado no teto. Do tipo que absorve golpes fortes, como se fosse uma pessoa, um adversário de verdade. Mas era difícil dizer, porque era apenas a parte de fora da bolsa, só couro e tecido. Não estava cheia.

Tinha uma corrente em cima, provavelmente para ser pendurada.

Nat pôs as luvas, sem saber como amarrá-las nos pulsos.

"Bem, meu velho", ele falou para o quarto vazio, "agora a gente está chegando a algum lugar."

NÃO
1º de outubro de 1974

A caminho da aula de matemática, Nat pensou seriamente em cabular. Tinha levado as luvas de boxe na mochila dos livros. E elas pareciam queimar.

O plano era levá-las e ir direto da escola para a academia no centro da cidade. Ver se tinha algum jeito de ser ensinado. O que parecia improvável sem ter dinheiro. Mas talvez pudesse só conversar com alguém sobre elas. Ver como as pessoas amarravam-nas. Ou como preenchiam o saco.

A caminho da aula de matemática, ele quase matou o restante da tarde na escola e foi direto para a academia. Mas desanimou quando pensou quanto tempo teria que passar ouvindo o sermão da velha. Não valia a pena.

Ele suspirou e foi para a aula.

* * *

"Ok. Peguem uma folha de papel." A professora de matemática de Nat — de quem ele não gostava e vice-versa — parecia sempre alegre ao anunciar uma prova. A turma toda gemeu, como se um único corpo fosse dono daquela voz. "Dessa vez não podem dizer que eu não avisei. Falei ontem que haveria uma prova."

Nat vasculhou rapidamente a memória. Não havia nada sobre uma prova de matemática. Talvez não estivesse ouvindo. Ou podia só ter esquecido. Ou tinha a ver com o fato de não se importar, nem um pouquinho.

A professora escreveu os problemas no quadro. De um a dez.

No minuto em que o restante da turma começou a resolver o problema número um, Nat virou a cabeça para copiar a resposta da prova de Sarah Gordon, à sua direita. Ela era boa em matemática e não escondia as respostas com os braços como a maioria dos alunos que sentavam perto dele.

A professora virou e o pegou na hora.

Foi quase como uma armadilha, Nat pensou. Como se a professora tivesse virado de costas apenas por tempo suficiente para ele se meter em confusão e depois virado a tempo de pegá-lo, o que a deixava alegre.

"Sr. Bates, na frente da sala."

Nat suspirou profundamente. Pegou a mochila. Arrastou-se até a lousa.

"Sala da diretoria. Imagino que não tenha dificuldade para encontrá-la, com toda a sua experiência. É só seguir a trilha que deixou no corredor depois de suas cinquenta visitas anteriores. Vou avisar à secretaria, caso você precise de uma equipe de busca."

Nat saiu da sala.

Que belo aniversário, pensou. Por que não podia ter um dia de folga desse inferno no dia do seu aniversário? É só um dia por ano.

Ele desceu os dois lances de escada. Foi andando pelo corredor escuro e encardido. Passou pela diretoria. Continuou andando em direção à porta da frente.

Quando estava descendo a escada na frente da escola, ouviu alguém chamar seu nome.

"Sr. Bates. Aonde pensa que vai?" Parecia a voz da assistente da diretoria.

Sem olhar para trás, Nat acenou se despedindo.

* * *

"Posso ajudar, garoto?"

"Não sei. Ganhei essas luvas de boxe de presente de aniversário. Quero usá-las, mas não sei exatamente como."

O homenzinho revirou os olhos.

Ele era baixinho. Muito mais baixo que Nathan. Provavelmente tinha o dobro de seu peso. Mas não era gordo. Era todo musculoso. Tinha um cigarro fumado até a metade entre os dentes, mas estava apagado. O cabelo tingido de laranja-avermelhado era penteado para trás com uma quantidade bizarra de creme para cabelo, os sapatos pretos estavam perfeitamente engraxados. Nat conseguia ver o reflexo do teto da academia neles.

O homenzinho estava parado em um feixe de luz que entrava pelas janelas da frente, que também iluminava a poeira que rodopiava no ar.

"Jack, tem tempo para um garoto que não sabe nada de nada?"

Jack veio da sala dos fundos. Era mais jovem, mais alto. Aparência harmoniosa. O tipo de beleza que agrada às mulheres. Um de seus dentes da frente tinha um bom pedaço quebrado. Nat o viu caminhar em sua direção. Na verdade, ele ficou encarando Jack enquanto o homem se aproximava, incapaz de desviar os olhos do rosto dele. Como se olhasse para um espelho que refletia não o que Nat era, mas o que queria se tornar.

Ele trazia à mente de Nat a imagem mental tantas vezes imaginada do pai desconhecido. A imagem de Richard A. Ford, que ele evocava quando fechava os olhos.

"O quê, esse garoto?", ele perguntou.

Ele se aproximou de Nat e o examinou da cabeça aos pés. Como se o garoto fosse um carro usado em um estacionamento. Um carro barato. Faltava muito pouco para Nat ir embora dali.

Então Jack sorriu. "Parece um pouco com o Joey, não é? Ok. Bota as luvas, garoto. Vamos ver o que você pode fazer."

Nat tirou as luvas novas da mochila da escola. Colocou-as e subiu no ringue com os cadarços desamarrados. O homenzinho amarrou as luvas dele e de Jack, sem explicar para Nat como poderia fazer isso sozinho depois.

"Ei, belas luvas, garoto. Onde conseguiu?"

"Ganhei de presente."

"Devem ter custado um bom dinheiro. É do tipo que os profissionais usam. Alguém deve gostar muito de você para ter te dado esse presente."

"Pena que não é ninguém que eu conheço", Nat murmurou baixinho.

"O que disse, garoto?"

"Nada."

O homenzinho passou por entre as cordas e desceu do ringue.

Jack deu algumas voltas em torno de Nat. O garoto ergueu as mãos, imitando os boxeadores que já tinha visto em ação. Sentiu a pressão repentina de tentar impressionar alguém que admirava sem ter a menor ideia de como agir.

"Não, não, não", disse Jack. "Tem que manter as mãos para cima. Senão vai acabar morto. E pense no trabalho de pés, garoto."

Nat olhou para baixo e percebeu que estava só arrastando os pés, dando voltas, pensando só nas mãos enluvadas.

"Observe o que Jack faz com os pés", gritou o homenzinho. "Ele é rei nisso."

Nat observou e o imitou.

Jack deu um soco e acertou Nat bem na barriga, deixando-o sem ar.

"Ok, *tempo!*", Jack gritou, dando a Nat um momento para se apoiar nas cordas e tentar respirar. "Caramba, Mannyzinho, você não estava brincando quando disse que ele não sabe nada de nada. Vem cá, garoto. Vamos começar pelo saco."

Eles passaram juntos por baixo das cordas, e Jack o levou até um saco muito parecido com o que ele agora tinha em casa. Mas esse estava cheio.

"Tenho um igual a esse", contou Nat. Ele tentava falar como se não tivesse acabado de levar um soco no estômago. "Mas só a parte de fora."

"Você tem que encher por conta própria. Mas é bom que tenha um. Porque você vai precisar treinar."

"Com o que eu encho?"

"Os que temos aqui estão cheios de serragem. Ou areia. Ou os dois. Mas não tente fazer isso em casa, a menos que realmente confie no seu teto. Roupas velhas funcionam bem. Ou você pode passar na caçamba de lixo perto daquela loja de tapetes no fim da rua. Pega um montão de estofamento velho. Pode enrolá-los em volta de algumas roupas velhas, trapos, qualquer coisa, e depois enfiar tudo lá dentro. Agora vem, vamos tentar com este saco aqui."

Ele permaneceu atrás de Nat nos primeiros dois minutos, corrigindo a posição das mãos entre um jab e outro.

"Vamos combinar uma coisa", propôs Jack. "Você vai para casa e treina o que está fazendo agora, sem esquecer o trabalho de pés, durante uma semana. Depois volta, e talvez eu vá para o ringue com você."

Nat concordou, mas ainda ficou ali por mais duas horas, treinando. Dando olhadas furtivas para Jack. E tendo a sensação agradável de ter sido acolhido por alguém. Alguém com quem podia se identificar. Alguém que podia adotar como exemplo. Um marco evidente na estrada para o homem que, de repente, Nat queria e precisava ser.

* * *

Quando Nat chegou em casa com o grande rolo de estofamento de carpete descartado, a velha não estava em lugar nenhum.

Provavelmente em uma reunião na escola, ele pensou.

Depois de encher o saco de pancada, tentou pensar em um jeito de pendurá-lo.

No fim, resolveu o problema tirando o grande gancho que sustentava o lustre da sala de jantar e o pendurando em uma das vigas do teto de seu quarto.

Ele colocou as luvas e, sem amarrá-las, começou a treinar.

A sensação era boa.

* * *

"Mas o que é que você está fazendo? E por que o lustre está em cima da mesa da sala de jantar?"

Que pena, Nat pensou. A velha chegou.

Ele não parou de socar.

"Ai, meu Deus! Não aguento mais isso!", ela berrou. "Você tirou o gancho do lustre para isso? Como vamos jantar?"

"Não estou com fome", Nat respondeu. Ainda socando.

"Acabei de voltar da sua escola. A assistente da diretoria telefonou para mim."

Nat não falou nada. Continuou batendo.

"Você saiu da escola sem autorização?"

"Não."

"Como é que é? O que disse?"

"Não."

"Então, por que o diretor disse que sim?"

Nat parou por um instante. Olhou para ela pela primeira vez.

"Talvez ele tenha se enganado. Ou você tenha entendido mal." E voltou a bater no saco. Mais forte que antes.

"Você esteve na escola a tarde toda, então."

"Sim."

"Que aula teve depois de matemática?"

"História."

"E o que estudou em história hoje?"

"Revolução francesa", ele disse com a voz entrecortada e ofegante por causa do exercício. "Sabia que quando Maria Antonieta disse 'que comam brioches', ela não se referia aos brioches que comemos, mas à massa que ficava grudada na assadeira quando faziam brioches? Sabia disso? Essa explicação dá um novo sentido às coisas. Não é?"

Silêncio, durante o qual ele olhou de soslaio para a cara da velha.

"Bom", ela disse, "por mais que seja muito bom ouvir você falar mais de uma frase... faz, sei lá... um ou dois anos desde que disse tantas palavras assim para mim? Apesar do prazer que me dá, acho que está mentindo."

"Não", Nat respondeu.

Ela saiu do quarto.

Nat sabia por instinto que o problema não estava resolvido, mas não deixou que isso interferisse em seu treino. Apenas continuou socando por vários minutos, sentindo o suor escorrer por baixo da camiseta, fazendo um pouco de cócegas.

Ele gostava do som de sua respiração ofegante.

A velha reapareceu. Ele, deliberadamente, não a encarou.

"Telefonei para a casa da sua professora de história. Ela me informou que vocês estudaram revolução francesa *semana passada* e que hoje você não foi à aula. Estou impressionada por ter prestado atenção aos comentários sobre Maria Antonieta. Mas, mesmo assim, você é um mentiroso."

Nat parou de socar. Manteve as mãos enluvadas no saco de pancada e ficou levemente inclinado. Ofegante. "Acho que deve ser um traço de família", disse ele.

A velha perdeu a cabeça e avançou contra ele.

"E isso vai ser devolvido!" Ela agarrou o saco de pancada e tentou tirá-lo do gancho.

"Não!", disse Nat. "De jeito nenhum, porra!"

"*Não* use esse vocabulário comigo, rapaz!", ela berrou. E lhe deu uma bofetada forte. "Esse presente vai ser devolvido."

Ela agarrou uma das luvas. Como estava desamarrada, conseguiu tirá-la da mão dele. Nat tentou recuperá-la, mas ela virou de costas e a segurou contra a barriga, abraçando o troféu.

Ele a atacou. Tentou pegar a luva. Em vez disso, só conseguiu bater com o ombro nela. Com força. Ela se chocou contra a parede, ricocheteou e caiu sentada no chão.

Nat recuperou a luva e saiu. Sabia que tinha sacrificado o saco, mas não sabia como mudar isso. Só sabia que tinha chegado a hora de ir.

Ele parou no meio da escada. Olhou para trás. Não parecia provável que ela estivesse machucada. Não machucada de verdade. Ele mesmo podia correr contra a parede, cair daquele jeito e ficar bem. Mas ela era velha, a vovó. Talvez fosse melhor voltar.

Mas ela encontraria um jeito de castigá-lo por isso. Ele sabia que ela iria.

Nat viu o rosto dela na janela. Viu ela pôr as mãos no vidro, observando-o partir.

Ele deu as costas e desceu de dois em dois degraus e correu.

* * *

Ele foi direto para o pátio de trens, correndo desenfreado. Porque sabia que sua única chance era sair dali depressa. Sabia que aquele era o primeiro lugar onde iriam buscá-lo. Sua única esperança de escapar era chegar lá antes que a velha chamasse a polícia e contasse a eles onde procurá-lo, e eles fossem para lá.

Desceu a rua correndo em direção aos trilhos e continuou correndo por eles, esperando que um trem aparecesse. Se conseguisse entrar em algo em movimento, seria muito melhor.

Ele até parou e aproximou a orelha do trilho, mas não ouviu nada.

Quando o vão estreito de cada lado dos trilhos se alargou, formando o pátio, ele viu que a área estava vazia. Não havia trens parados ali. Não que um trem parado tivesse alguma utilidade para ele, a menos que estivesse prestes a partir.

Nat se encolheu no meio dos arbustos ao se aproximar. Tentava decidir qual o melhor lugar para se esconder. Ele se enfiou entre os arbustos e se agachou, sentindo os galhos finos arranharem o pescoço, a nuca e a cabeça. Ele ficou muito quieto e ouviu o som da própria respiração. Tinha normalizado pela primeira vez em horas.

A escuridão começou a se aproximar, oferecendo o princípio de uma cobertura bem-vinda.

Não tinha casaco. Teria que encontrar algum jeito de se manter aquecido.

Ele fechou os olhos. Depois de vários minutos — ou pode ter sido até mesmo meia hora —, ele ouviu os trilhos vibrando com a aproximação de um trem. Vinha do outro lado do pátio. Nat ouviu o apito acolhedor.

Não queria correr o risco de tentar pular no trem de onde estava. Era muito estreito. Pouca margem para erro. Nunca tinha pulado em um trem em movimento, e, provavelmente, só teria uma chance. E estava meio escuro.

Ele amarrou as luvas pelos cadarços e as pendurou no pescoço.

Quando viu o grande farol na frente da locomotiva, saiu do meio dos arbustos e correu o mais rápido que podia pelo pátio aberto.

E foi imediatamente interceptado por dois policiais armados.

"Nathan Bates?", um deles perguntou. "Está preso por agressão."

Ele parou. O que mais poderia fazer?

O trem passou fazendo barulho.

"Não sou Nathan Bates", disse, ao ter certeza de que já podia ser ouvido. "Pegaram o cara errado."

"Ah, é? Então você é só um outro garoto da mesma idade, no mesmo bairro, tentando pular em um trem de carga com um par de luvas de boxe? Ok. Vou te dizer uma coisa. Você vai com a gente para o centro da cidade. Vamos ver quem você é. Se não for Nathan Bates, vai ser liberado. Se for, vai ficar preso por agressão *e* por falso testemunho a um policial."

Eles tiraram as luvas de boxe dele, algemaram suas mãos atrás das costas e o levaram em direção a uma viatura estacionada em uma rua próxima.

"Então", falou o outro policial. "Mudou de ideia sobre quem você é?"

"Acho que sou Nathan Bates", ele replicou.

"É um momento maravilhoso quando esses garotos se encontram. Não acha, Ralph?"

MAIS NADA
2 de outubro de 1974

Nat acordou em cima de um banco duro de madeira em uma cela pequena e fria.

A porta da cela estava aberta e os dois policiais estavam na soleira, conversando em um tom de voz exageradamente alto.

"Então, me diz, Ralph... já viu um garoto podre a ponto de atacar a própria avó e causar uma concussão nela?"

Sua avó teve uma concussão? Isso era verdade? Ele não fazia ideia.

"Não. Já vi uns bem podres. Mas esse leva o prêmio."

"O que faria com seu filho se ele fizesse algo assim?"

"Um filho meu jamais faria isso. Eu o eduquei para ser melhor que isso. E ele não se atreveria."

"Só na teoria. O que você faria?"

"Bom, se a avó prestasse queixa, eu o trancaria em uma detenção juvenil por alguns anos, e isso lhe daria uma bela lição."

"E se ela não prestasse queixa?"

"Aí eu mesmo teria que dar essa lição, acho."

Nathan fechou os olhos de novo. Ficou esperando.

Alguns segundos depois, sentiu que era erguido pelas axilas. Posto em pé. Os braços foram imobilizados atrás das costas. Ele abriu os olhos e olhou para o rosto de um deles, demonstrando o mínimo de medo. Seus ombros estavam sendo dolorosamente torcidos, mas ele tomava cuidado para não reclamar nem demonstrar dor.

"Então, como é se sentir indefeso? Hein, garoto? Quando alguém maior e mais forte segura você desse jeito, não se sente indefeso como, sei lá... uma velhinha?"

Na verdade, estar completamente indefeso — e ainda ser motivo de deboche por isso — provocou uma assustadora explosão de fúria em Nat. Rebentou em suas entranhas e o dominou. Mas não havia muito que pudesse fazer.

Quase cuspiu no rosto do policial. Chegou a juntar saliva para fazê-lo.

Mas não. Não faria isso. Não faria nada.

Que fosse só deles, pensou. Toda a culpa. Não lhes dê nem uma boa desculpa.

Em vez disso, Nat se fechou dentro de si mesmo como uma loja no fim do dia. Trancou a porta e pendurou a placa. Podiam fazer o que quisessem com ele e, com exceção da dor física, não provocariam nenhum sentimento.

* * *

"Ah, meu Deus", a velha disse quando levantou a cabeça e viu o rosto dele.

Ela estava ao lado do balcão, discutindo com um policial. Nat ainda não a tinha visto. Ela precisou de um momento para voltar ao que estavam discutindo. Como se ver o rosto dele tivesse sido suficiente para banir todos os pensamentos de sua cabeça.

"Tenho uma pergunta, então", disse o policial atrás do balcão. "Se não vai prestar queixa, por que pediu para irmos buscar o garoto?"

"Bom, eu não podia deixar ele fugir sem fazer nada", ela respondeu.

"Não somos babás, senhora."

"Não, não foi o que eu quis dizer. Você me entendeu mal. Não quis dizer que foi só por isso. Só que... bem, eu pensei em prestar queixa, mas acho que não é o melhor para ele a longo prazo."

"Isso lhe daria uma boa lição."

"Ah, daria? E os garotos que saem do reformatório todos os dias? Está dizendo que eles aprendem a lição e depois disso nunca mais se metem em confusão?"

Silêncio.

"É claro que não", continuou a velha, prolixa. "Só serve para aprenderem a ser criminosos ainda piores. Agora, se não se importa, meu neto e eu vamos para casa."

"Muito bem. Boa sorte com ele, senhora. Tenho certeza de que vai precisar."

Ela se virou para a porta e deu alguns passos rápidos, depois parou e olhou por cima do ombro para Nat.

"Você vem? Ou gostou daqui?"

Nat olhou para o policial atrás do balcão.

"Vai me devolver as luvas de boxe?", perguntou. Em voz baixa.

O policial endireitou a postura.

"Seguindo as leis relacionadas aos bens de um detento... o que confiscamos quando você foi detido já foi entregue à sua guardiã legal. Isto é, tudo que ela quis levar."

Nat fechou os olhos por um momento.

Depois virou e seguiu com cautela a velha para fora do prédio até o carro.

A luz da manhã piorou sua dor de cabeça e o fez encolher. Ele questionou se iria vomitar. Tentando controlar o impulso, se ajeitou no banco do passageiro do carro da velha.

Curvar-se doía mais do que tinha imaginado.

Ela se sentou no banco do motorista e ligou o carro.

Nat sabia que o lado ruim de seu rosto, o esquerdo, estava voltado para ela.

Fala alguma coisa sobre o meu rosto, ele pensou.

Ela levantou a mão para engatar a marcha, mas parou e uniu as mãos no colo de novo. Virou-se para ele e ficou olhando.

Fala alguma coisa sobre o meu rosto.

Um longo silêncio.

E então: "Você começou a briga com aqueles policiais?".

Nat não falou nada.

Quando já tinham percorrido mais da metade do caminho de volta para casa, Nat finalmente abriu a boca. "Não queria te machucar."

A velha não respondeu.

MULAS
4 de outubro de 1974

Nat chegou à academia por volta das 10h30. O homenzinho não estava lá. Jack estava no ringue, lutando contra um homem que parecia ser velho demais para estar ali. Eles não olharam, provavelmente não se atreviam, e Nat ficou só assistindo ao treino.

Apoiou-se com cuidado em um saco pesado, que balançou e encostou na parede suja da academia. E ficou observando os movimentos dos pés de Jack. E como ele posicionava as mãos, de um jeito que, sempre que o velho soltava um jab, só acertava as luvas de Jack.

Ele assistiu por uns cinco minutos, talvez, cheio de admiração. O velho não acertava um golpe.

Quando o velho se cansou, cometeu um erro. E Nat viu. Viu antes de ele terminar de pagar por esse erro, o que Nat achou que era um bom sinal. Ele identificou de verdade o erro do homem. Onde ele abriu a guarda.

O golpe de direita de Jack passou por ele como um trem de carga. Nat ouviu os dois baques do outro lado da sala. O impacto da luva de Jack. E o homem mais velho caindo na lona.

"Ok, *tempo*! Vai tomar banho, Fred. Eu fui manso com você."

"Não seja condescendente *comigo*, seu filho da puta." Até onde Nat podia perceber, não havia rancor genuíno no comentário.

Jack ofereceu o braço dobrado para ajudar o homem a ficar em pé. Depois passou por entre as cordas e foi na direção de Nat, tirando as luvas enquanto andava. Nat percebeu que ele sabia de sua presença desde que chegara. Só estava fazendo uma coisa de cada vez.

Ele estava só de calção, sem camisa. Nat olhou para os músculos definidos de seu peitoral. E para o abdome. Era como um tanque de lavar roupa, cada seção definida e saliente, como se fosse esculpido em argila. Nat soube que queria ser daquele jeito. Queria aquele corpo. Aquele jeito de se portar no mundo. Queria a vida de Jack, se fosse possível.

"Eu falei para você voltar em uma semana. Não faltam uns quatro ou cinco dias?" Ao ver o rosto de Nat de perto, ele assobiou baixinho. "Cara. Você levou uma coça ou o quê?" Ele segurou o queixo de Nat. Virou sua cabeça para o lado a fim de examinar melhor. "Não é de se admirar que você queira aprender a lutar. Não devia deixar ninguém fazer uma merda dessas com você."

"E se for um policial?"

"Ah. Bem, aí fica um pouquinho complicado, então. Não fica? Ei. Você não devia estar na escola?"

"Acho que sim."

"Pensando bem, não devia estar na escola na última vez que esteve aqui?"

"Acho que sim."

"Não se importa com a escola?"

"Não se eu puder evitar."

"Bem, não sou nenhum bedel. Onde estão suas luvas, garoto?"

"Não tenho."

"Não trouxe?"

"Não tenho. Ponto final. Não tenho mais."

"Rasgaram ou alguma coisa assim?"

"É. Por aí."

"Cara. Aquelas luvas. Eram de primeira, de verdade. Que merda, garoto."

"É. É mesmo. Também não tenho mais o saco." Uma longa pausa. "Quanto acha que custa um par de luvas como aquelas?"

"Mais do que você tem, aposto. Quanto tem?"

"Nada." Fazia quase um ano que não recebia mesada.

"Então elas custam mais do que você tem."

"Tem algum trabalho aqui que eu possa fazer?"

Jack riu, um riso que expeliu um jato de ar por entre seus lábios quase selados.

"Que tipo de trabalho?"

"Não precisa de alguém na limpeza ou algo assim? Enxugar o suor do chão?"

"Isso é trabalho do Mannyzinho. Não. Lamento, garoto. Não posso ajudar com as luvas." Jack suspirou. Contraiu as mandíbulas como se mastigasse algo com os molares. "Vou lhe dizer uma coisa. *Não* pode levá-las para casa. Nunca. Não quero *nunca* ver nenhuma luva minha saindo por aquela porta. Mas, se quer treinar aqui... pode pegar um par." Ele apontou com o queixo para a parede do outro lado, onde havia meia dúzia de pares de luvas velhas penduradas em ganchos.

Nathan foi dar uma olhada nelas.

Tentou encontrar um par que estivesse em condições melhores que as outras. Mas eram todas iguais. Todas horríveis. Nathan achava que deviam ter uns vinte anos, pelo menos. A maior parte da cor marrom havia sido gasta ou esfolada da superfície. E elas tinham sido reforçadas com fita adesiva para não desmontar onde as costuras estavam rompidas.

Ele pegou um par qualquer, incapaz de determinar se um par era melhor que qualquer outro.

"Eu sei, eu sei." Jack falou por trás de seu ombro direito. "É como ter uma Ferrari roubada e ser obrigado a andar de mula. Mas, se quer treinar..."

"Quero."

Ele pôs as luvas. Estendeu as mãos para Jack amarrá-las.

Nat se aproximou do saco e deu um bom soco de direita. A dor reverberou pelo corpo. Sacudiu as entranhas. Fez tremer os músculos do peito e do abdome. O choque do impacto fez até a cabeça doer.

Ele ficou quieto por um minuto, de olhos fechados, a testa apoiada no saco, ainda com as luvas encostadas nele.

Sentiu a mão de Jack no ombro.

"Talvez em alguns dias. Quando estiver melhor."

"Estou bem."

Ele se endireitou e bateu no saco de novo.

E de novo. E de novo. E de novo. E de novo.

Jack observava. Então, Nat podia fazer qualquer coisa.

AH
17 de janeiro de 1975

A cidadezinha miserável de Nat tinha só um shopping. Ficava a uns bons 25 minutos do centro. Nat só estivera lá uma vez. Quando tinha 9 anos e a velha o arrastou até lá para fazer compras de Natal. Foi no ano em que a irmã dela morreu e deixou para ela uma herança modesta. Desde então, as compras de Natal ficaram bem menores.

Nat pegou uma carona para lá na sexta-feira de manhã. Tinha uma loja de produtos esportivos no shopping, pelo que ele tinha ouvido falar. E Nat queria dar uma olhada nas luvas de boxe.

* * *

Ele estava em um corredor no fundo da loja quando as viu. Estavam em uma caixa de papelão pesada, mas a caixa era aberta na frente. Com três lados, como uma caixa de exposição.

As mesmas luvas que tinha ganhado e depois foram tiradas dele.

Nat parou de repente e só olhou para elas por um bom tempo. Depois estendeu a mão para tocá-las.

Era como dar de cara, inesperadamente, com alguém que se amava em uma rua movimentada. Alguém que se pensava ter ido embora. Ou, pelo menos, Nat imaginava que seria algo assim. Se houvesse alguém que ele amasse.

Podiam ser literalmente as mesmas luvas. Bom, não. Não era verdade, ele pensou. Não podiam ser. Não literalmente. Essas eram novas. Mas as que ele perdeu também eram novas. Jamais teria conseguido distinguir as duas.

Ele tirou a caixa da prateleira e leu a etiqueta. Quase 30 dólares. Nat engoliu em seco. Quando tinha mesada, ganhava 2 dólares por semana. Agora não recebia nada por semana.

Estava prestes a devolvê-las à prateleira.

Olhou para os dois lados. Estava sozinho naquele corredor. Não tinha ninguém para ver o que aconteceria a seguir.

Ele tirou as luvas da pesada caixa de papelão, uma de cada vez. E as colocou na mochila da escola. Depois pôs a caixa vazia na prateleira, atrás de outras duas.

Pendurou a mochila nos ombros e saiu da loja. Ficou dizendo para si mesmo para não correr.

Não se arraste, mas não se apresse. Apenas aja naturalmente.

Uau, pensou. Foi fácil demais.

Nat foi direto para a escada rolante. Antes de chegar lá, um homem uniformizado parou na frente dele. Um homem muito grande, usando uma camiseta cinza e exibindo uma expressão de autossatisfação.

"Segurança do shopping", ele disse. "Pode abrir a mochila? Mostrar o que tem aí?"

O primeiro pensamento de Nat foi correr. Mas ele decidiu que tinha uma solução melhor, mais inteligente. Afinal, havia dois meses, ele andava com um par idêntico de luvas dentro da mochila. Não significava que tinha feito algo errado.

"Só minhas luvas de boxe", falou. E abriu a mochila para deixar o guarda olhar lá dentro.

"*Suas* luvas."

"Sim, senhor. Foram um presente do... são minhas. Acabei de voltar da academia."

Nat não conseguiu interpretar o olhar que o homem lhe deu. Mas não era bom. Isso era óbvio.

"Garoto. Você foi observado por um monitor de segurança o tempo todo."

"Ah", exclamou Nat.

* * *

A velha estava sentada ao volante de seu carro velho, olhando para a frente. Nathan se perguntava quando — ou mesmo se — ela ligaria o carro e iria para casa.

"Acabei de usar metade das minhas economias para pagar sua fiança."

"Você vai ter seu dinheiro de volta. Não vou a lugar nenhum."

"Não aguento mais isso."

"É o que você sempre diz."

"Estou avisando. Agora mesmo. Se acontecer mais uma coisa como essa..."

Nat esperou. Mas ela não terminou a frase.

"O *quê*?"

"Não me provoca. Não vou ter essa conversa com você."

"Não, é sério. Fala. O que vai fazer se eu aprontar de novo?"

Nenhuma resposta.

"Acho que não vai adiantar me jogar no bosque perto do lago. Agora sou mais velho e mais esperto. Provavelmente, vou conseguir sair de lá sozinho."

Ela não olhou para ele. Continuou olhando para a frente, pelo para-brisa. Ele esperou a expressão da bofetada. Mas ela já tinha passado disso. Agora sua expressão dizia: "Estou blindada contra você e nunca mais vai me esbofetear".

Ela não respondeu.

"Com a sua sorte, dessa vez eu também não morreria", ele disse em voz baixa.

Uma pausa, depois ela ligou o carro, engatou a marcha e partiu.

Assim começou o primeiro momento de uma nova era entre eles. Uma era em que a velha também não falava nada.

Na opinião de Nat, era um grande passo na direção certa.

No começo daquele silêncio, ele soube de uma coisa. Com clareza. Uma vez lançado o ultimato, "mais uma coisa como essa" iria acontecer. Nat deduziu que não importava o que seria. Essa seria a gota d'água que a faria transbordar. E havia sido definido. Preparado. Portanto, aconteceria.

Era só uma questão de tempo.

ELE AINDA SENTE A MESMA COISA
23 de setembro de 1975

Nathan ouviu as batidas na porta, foi abrir e se deparou com uma mulher idosa do outro lado, acompanhada por um adolescente com cara de poucos amigos. O cabelo encobria os olhos do menino; ele desviou o olhar do de Nathan, como se pudesse estabelecer seu desdém com essa simplicidade. Sua pele era assolada pela acne juvenil. Tinha um buraco desfiado no joelho da calça jeans.

Nathan não gostava de visitas inesperadas, nem se lembrou inicialmente de ter visto essas pessoas antes.

"Nathan McCann?", a mulher perguntou.

"Sim."

"Nathan McCann, este é Nathan Bates. O menino que você achou no bosque."

Seguiu-se um breve silêncio.

Nathan olhou com mais atenção para o menino, que continuava evitando seu olhar.

Nathan sentiu uma pontada de decepção. Como se parte dele soubesse que esse momento chegaria, ou um momento como esse, ainda que parte dele esperasse mais. Alguma sensação de conexão já estabelecida ou uma identificação instantânea. Mas não se via esse laço em nenhum lugar desde sua porta até o horizonte. O menino era simplesmente um estranho. Um garoto carrancudo, indiferente e, ainda por cima, desleixado. E seria inútil negar o que a mulher dizia, mesmo que fosse possível.

Ertha Bates continuou: "Eu me lembro de um tempo em que você queria cuidar desse menino. Queria muito. Como se sempre tivesse esperado que as coisas acontecessem exatamente daquele jeito. E talvez até como se presumisse que seria uma coisa boa ter esse jovem na sua vida. Talvez você tenha escapado de uma grande decepção. A menos que seja corajoso a ponto de querer uma segunda chance. Então, sr. McCann, diga-me, ainda sente a mesma coisa? Porque eu cheguei no meu limite. Cansei, é só o que posso dizer. É só isso. Cansei. Cada pessoa tem seu estoque de paciência, e ele acabou com o meu. Simplesmente destruiu. E não vou mais viver desse jeito. Essa situação está muito além da minha capacidade de resolução. Criei cinco filhos dentro do que considerava uma disciplina normal, mas, se tem algo a que esse menino responda, eu ainda não conheço. Ainda quer esse menino, sr. McCann? Estaria me fazendo um grande favor. E estaria fazendo um favor a ele também. Acho que ele estaria melhor aqui do que aos cuidados do estado, e essa é a próxima parada, pode ter certeza.

"Eu estava a caminho da delegacia agora mesmo para entregar o garoto. Desistir da custódia e deixar que ele seja problema de outra pessoa, para variar. E então, no meio do caminho, pensei em você. No início pensei: 'Bem, se vou desistir da custódia, tenho que, pelo menos, cumprir a promessa que fiz a você quinze anos atrás. Trazer o garoto para te conhecer'. E então uma voz na minha cabeça disse: 'Pergunte se ele ainda se sente da mesma forma'. Embora eu não consiga imaginar por que alguém se sentiria assim. Como alguém poderia ser tão tolo. Mas a voz disse para eu perguntar. E estou perguntando. Porque tenho certeza de que ele estaria melhor aqui. Isto é, se ainda sente a mesma coisa."

"Sim", Nathan respondeu. "Ainda sinto a mesma coisa."

O menino ergueu o olhar por um breve instante quando ele disse isso, depois o desviou outra vez.

"Que bom. As coisas dele estão no carro."

"Vamos te ajudar a trazê-las para dentro", disse Nathan. "Não vamos, Nathan?"

Ertha Bates não demorou. Parecia não querer prolongar o assunto. Não houve olhares demorados de pesar. Não houve uma despedida sentimental. Se ela sentia que teria saudade do garoto que havia criado como seu durante quinze anos, não demonstrou.

Assim que tiraram do carro as três malas e um saco de roupa suja, ela entrou no velho sedã marrom, acelerou com um leve cantar de pneus e foi embora.

* * *

Nas viagens que fizeram ao interior da casa para levar as coisas do garoto, Nathan sentiu uma pontada de tristeza por Flora não ter vivido para ver esse dia.

Ela sempre debochou impiedosamente da sensação que ele tinha de que isso era para ser.

* * *

"Você pode dormir no antigo quarto da minha esposa", ele explicou ao menino. "A que você atende?"

"Quê?"

"Como as pessoas te chamam?"

"Ah. Nat."

Ao fundo, Nathan ouvia Maggie latindo intensamente no quintal. Ela podia ouvir e farejar uma nova presença na casa, e provavelmente continuaria latindo até que dessem a ela uma oportunidade de investigar.

Nat mantinha o ombro apoiado no batente. "Vocês dois nem dormiam juntos?"

Nathan largou a mala e se levantou, endireitando as costas. Olhou para o menino por um momento; o garoto sustentou seu olhar sem hesitar. Nathan sentia a importância desses primeiros testes.

"Não é algo que eu espero que entenda", ele comentou. "Mas nos amávamos do nosso jeito. Talvez não fosse sempre o melhor jeito, mas era o que podíamos fazer."

Ele, intencionalmente, não esperou para ver a reação no rosto de Nat, porque nenhuma poderia ser bem-vinda. Deu sua resposta e ninguém tinha o direito de questionar o assunto.

Em vez disso, ele se dirigiu à porta dos fundos e deixou a cachorra entrar em casa. Era um luxo que permitia a si mesmo e a Maggie com frequência, desde a morte de Flora.

Eles foram juntos ao novo quarto de Nat.

Nat levantou a cabeça, aparentemente chocado.

"Esse é o cachorro?"

Maggie aproximou-se do garoto balançando o rabo em movimentos largos. Ela farejou a mão estendida por um momento, depois a lambeu com entusiasmo. Pela cara de Nat, Nathan deduziu que o garoto não estava acostumado com cumprimentos calorosos.

"Não, não é", respondeu Nathan, lamentando por dar a má notícia a Nat, e lamentando também, por si mesmo, que não fosse ela. "Não, Sadie morreu faz tempo. Essa é Maggie."

"Ah, ok", disse Nat, e baniu a expressão de choque.

Quando Nathan estava saindo da sala, o menino falou: "Que coincidência, hein? Nós dois temos o mesmo nome".

Nathan se virou e estudou o rosto do menino por um instante. Pelo que parecia, não havia sinal de deboche ou sarcasmo. Não que tivesse evidente, pelo menos. Ele acreditava mesmo que era coincidência? Ninguém havia contado essa história para ele?

"Não é coincidência. Você tem esse nome por minha causa."

Ele observou o garoto esperando alguma reação. Mas Nat parecia saber o básico sobre não demonstrar emoções. Era como se não sentisse nada, nem registrasse nada. Mas Nathan não acreditava nessa apatia. Nem desse jovem. Nem de ninguém.

"É mesmo? Por quê?"

"Porque eu sou o homem que te encontrou no bosque", Nathan respondeu, sem imaginar que a situação poderia exigir alguma explicação além dessa.

"Ah", exclamou Nat. E, quando Nathan se virou de novo para sair, ele acrescentou: "Acho que você não me fez nenhum grande favor".

Nathan parou. Virou. Mais testes, supôs. Mais drama do tipo que não suportava com facilidade.

"Ah, você acha?"

"Acho."

"Sua vida não é um grande favor?"

"Como sabe que eu a quero?"

"Toda pessoa sã quer viver."

"Ah. Então, você acha que sou insano?"

"Não. Acho que você quer viver, na verdade, e só está querendo causar uma impressão com essa conversa."

"O que estou dizendo", ele explicou, com um pouco mais de raiva se revelando através das bochechas meio vermelhas, "é que queria saber para que serve minha vida."

"O valor da sua vida é você quem decide", disse Nathan.

O menino manteve o queixo erguido, as costas contra a porta do closet. Não disse nada por um momento, mas Nathan sentia as palavras batendo nele e voltando sem serem absorvidas.

"Está falando minha língua, pelo menos?"

Nathan respirou fundo.

"Tem alguma palavra na frase que você não entende?"

"Hum. Vamos ver. O. Valor. Vida. Decide. Não, acho que conheço todas. É o que devo entender disso que não ficou claro."

"Mas reconhece que é seu idioma."

"Talvez uma palavra de cada vez."

"Você sabe que é seu idioma."

"Ela devia significar alguma coisa. Essa frase não significa nada."

"O fato de você não absorver o significado de algo não quer dizer que ele não existe."

"E o que devo fazer com uma frase como essa? Que não significa nada para mim?"

"Talvez arquivar para uso futuro."

"Tudo bem", respondeu Nat. "Mas vou avisar desde já... ela vai ficar arquivada por muito tempo."

* * *

Na hora de dormir, Nathan bateu na porta antes de entrar no quarto do menino.

"O que é?", Nat perguntou quando o viu puxar uma cadeira para perto da cama.

"Vim dar boa noite."

"Ah."

Nathan tirou a fotografia do bolso do suéter e a deixou na beirada da cama. "Essa era a Sadie", disse. "Ela era uma retriever de pelo encaracolado. Um animal impressionante. Sinto muita saudade dela. Maggie também é uma boa cadela. Mas isso não me impede de sentir saudade da Sadie."

Nat pegou a foto e a examinou rapidamente.

Depois, como se não tivesse registrado a imagem da velha fotografia, disse: "Por que tenho que vir para a cama tão cedo? Não são nem 20h. Não consigo dormir tão cedo. Não sou criança, sabe?".

Mas parecia ser. Parecia muito. Era pequeno para os seus quase 15 anos e parecia um pouco indefeso e perdido embaixo dos lençóis e da colcha florida de Flora. Nathan queria saber se o menino conseguia reconhecer o próprio terror. Até para ele mesmo.

"Porque de manhã vou te acordar muito cedo, e vamos caçar."

"Caçar?"

"Sim. Caçar patos. Com Maggie."

"Eu não caço."

"Bom, estou sugerindo que tente."

"Que horas vou ter que acordar?"

"Umas 4h30."

"De jeito nenhum. Esquece."

"Eu venho te acordar. Quero que experimente isso comigo uma vez."

Um silêncio prolongado, mal-humorado. Depois, o rosto do menino mudou. Só um pouco. Mas de maneira perceptível.

"Você sempre vai àquele mesmo lugar?"

Ele não precisou explicar. Não teve que especificar que lugar. Os dois sabiam do que ele estava falando.

"Sim."

"Pode me mostrar o local exato?"

"Sim."

"Ok. Eu vou com você, então. Dessa vez."

Nathan pegou a fotografia. Bateu de leve no joelho de Nat por cima das cobertas. Estendeu a mão para o interruptor a caminho da saída.

Como se não tivesse pressa para se livrar dele, Nat perguntou: "Não vai nem me perguntar o que fiz para ser expulso de casa?".

"Não. Acho melhor começarmos do zero. Semana que vem é seu aniversário. Vamos comemorar."

"Por que ainda se lembra do meu aniversário depois de todo esse tempo?"

"Como posso não lembrar do seu aniversário? Encontrei você no bosque no dia 2 de outubro de 1960. Como poderia esquecer uma data como essa? Você nasceu no dia anterior, primeiro de outubro. Vai fazer 15 anos."

"Como vou morar aqui? Eu nem te conheço." Parecia não haver relação entre essa declaração e o que Nathan tinha acabado de falar, e Nathan supôs que tenha sido por isso que o menino disse. "Não conheço esse lugar. Tudo isso é completamente estranho para mim. Como vou morar aqui?"

Nathan suspirou.

"Alguns minutos por vez, acho, no início. Não vou fingir que isso não é um problema para você."

"E para você?", o menino perguntou, ainda mais agitado. "Isso não é um problema para você?"

"De jeito nenhum", respondeu Nathan. "Estou feliz por ter você aqui comigo."

Ele apagou a luz enquanto saía do quarto.

ELE SE DISPÕE A MORRER PARA QUE ISSO ACONTEÇA
24 de setembro de 1975

"Não acredito que é burro a ponto de me dar uma arma", o menino falou, tentando puxar a enorme colcha florida sobre a cabeça. Mas Nathan a segurava com firmeza. "Com certeza não me conhece muito bem. Não quero caçar patos. São 4h, porra. Quero voltar a dormir."

"Nesta casa não se fala palavrão", Nathan avisou. "E são quatro e quarenta e cinco. Só estou pedindo para experimentar e vir comigo dessa vez. Se não gostar, não vou pedir para ir de novo."

"Eu não devia ser obrigado a fazer coisas contra a minha vontade."

"Ontem à noite você concordou. Só estou pedindo que cumpra sua palavra."

"Bom, não lembro *por que* concordei."

"Porque queria que eu te mostrasse o local exato."

"Ah."

Nat sentou-se. Jogou as pernas para fora da cama. Esfregou os olhos. Vestia só uma camiseta de mangas curtas e cueca desbotada. Parecia meio resignado, mas ainda longe de ser cooperativo.

Maggie, que girava em círculos em torno dos joelhos de Nathan, de repente se levantou sobre as patas traseiras e lambeu o nariz de Nat. Como se dissesse: "Por que quer ficar enrolando em um momento como esse?".

"Por que ela está tão agitada?", o menino perguntou a Nathan.

"Ela adora caçar."

"Ah", disse Nat. "Bom. Pelo menos um de nós gosta."

Nat parecia bem satisfeito com a ideia de sair e deixar a cama desarrumada. Mas Nathan se ofereceu para ajudar, e eles arrumaram a cama juntos. Nathan ensinou como fazer cantos de hospital, trabalhando de um lado enquanto Nat trabalhava do outro.

Nathan fez questão de ignorar a forma como Nat revirava os olhos.

Então, Nathan tentou fazer uma moeda saltar na cama, mas não teve muito sucesso.

* * *

O garoto ficou quieto e carrancudo no trajeto de carro até o lago, mas mostrou parte de quem realmente era ao esticar o braço para trás e afagar a cabeça de Maggie. Pelo menos, Nathan sentia, ele mostrou algo do interior de sua recalcitrante concha de *bad boy*.

Talvez Nat não percebesse que estava se permitindo exibir alguma vulnerabilidade ao estabelecer uma conexão com a cachorra de Nathan.

Nathan fez uma observação mental: Ertha Bates dissera que, se havia alguma coisa a que o menino respondia, ela ainda não havia descoberto. Mas Nathan já podia ver uma brecha na armadura. Nat respondia a cachorros. Queria saber se a casa dos Bates incluía animais de estimação. Achava que não.

Ele olhou rapidamente para Nat, que encontrou seu olhar e ficou na defensiva.

"Que foi?"

"Nada."

Nat tirou a mão da cabeça de Maggie e olhou para a frente, mantendo as mãos no colo e a cara fechada durante o resto do caminho até o lago.

Maggie debruçou entre os bancos da frente, se esticou até onde podia ir sem quebrar as regras e até ganiu baixinho na direção de Nat. Mas Nat olhava pela janela como se não a ouvisse.

* * *

"Veja se a trava de segurança está no lugar", Nathan avisou quando descarregavam o carro no escuro. "E carregue a arma de um jeito que ela fique apontada para o nada. Em cima do ombro ou na dobra do braço, apontada para a frente e para o chão."

"Mas está travada."

"Quando se lida com uma arma, é melhor redobrar a segurança."

Eles começaram a andar lado a lado em direção ao lago, com Maggie saltitando na frente.

Nathan iluminava o caminho com uma lanterna.

O céu começava a clarear. Em cinco ou dez minutos, conseguiriam enxergar os próprios passos sobre as folhas secas sem a luz artificial. Era a hora perfeita para caçar. Quando chegassem ao lago, a lanterna poderia ser guardada e eles poderiam contar apenas com a luz natural. Mas ainda não teria amanhecido.

Era a hora da manhã que sempre fazia Nathan agradecer por sua vida.

"Queria que você não me fizesse perguntar", o menino falou depois de uma curta caminhada. "Queria que só me falasse, sem me obrigar a pedir."

"Quando chegarmos lá", Nathan respondeu, "eu te mostro o lugar."

Uns cento e cinquenta metros adiante, Nathan apontou e disse: "Bem ali. Embaixo daquela árvore".

O garoto se aproximou do local e ficou olhando, quase no escuro, para a camada fresca de folhas da nova estação.

Nathan e Maggie esperaram, de forma respeitosa, até ele se dar por satisfeito. Nathan até resistiu à tentação de ficar impaciente ao ver o céu clareando. A experiência era como a de ver um enlutado se aproximar do caixão aberto no silêncio sombrio de um funeral.

Não era um momento que se pudesse apressar.

Vários minutos mais tarde, Nat voltou para perto de Nathan e da cachorra. Maggie pulou e bateu no peito dele com as patas. Era absolutamente contra as regras e ela sabia disso, mas, naquele momento, não conseguiu conter o próprio entusiasmo. Nat não disse nada. Nathan decidiu deixar passar.

Agora que tinha conseguido o que queria, Nathan esperava que o garoto renegasse o compromisso de ir caçar. Nathan esperava que ele mostrasse o dedo do meio e voltasse para o carro.

Em vez disso, ele seguiu Nathan e Maggie em direção ao lago, andando de cabeça meio baixa. Como se, de repente, estivesse cansado demais para discutir a questão.

* * *

A aula de caça não foi boa. Na verdade, em determinado momento ela desandou por completo, com Nat pulando e balançando os braços para espantar os patos de propósito.

"Vão embora", ele gritava. "Fujam, seus idiotas, ou vão levar um tiro."

Os patos voaram, e o movimento coletivo das asas batendo foi refletido na água.

Depois ele se sentou e esperou para ver o que Nathan faria.

"Esse descontrole todo a que você está acostumado não é aceitável para mim", Nathan avisou. "Enquanto estiver comigo, vai se comportar como uma pessoa civilizada."

"Maravilha. Quer que eu atire em coisas. Muito civilizado."

"Você come aves?", Nathan perguntou.

"O *quê*?"

"Você é vegetariano?"

"Não. Não sou."

"Então, sim. É civilizado. O que um homem come, ele deve estar disposto a matar. Não é absolutamente indispensável, mas ele deve estar disposto, no mínimo, a enfrentar essa realidade. Comer um frango só se ele vier do mercado é o máximo da covardia e da negação. Alguém, ainda assim, teve que matá-lo."

Nat se levantou e deu alguns passos. Chutou a grama por um momento.

Quando Nathan levantou a cabeça de novo, estava diante do cano da arma do garoto.

A arma, é claro, tinha munição leve, para aves. E o garoto era um atirador inexperiente. Mesmo assim, é difícil errar um alvo grande com uma espingarda. Além disso, o coice levantaria um pouco a mira, e uma bala no olho sem dúvida seria fatal. Portanto, era possível, mesmo que improvável, que Nathan fosse morto.

Ele ponderou e pesou esses fatores, enquanto o menino fazia seu discurso.

"Você não pode me civilizar", disse Nat. "Não pode me fazer parar de xingar. Ou aprender a caçar. Ou agir como um cavalheiro, ou ser precavido. Eu atiro em você antes de permitir que me transforme em algo que eu não sou."

"Quero que você seja o que é", disse Nathan, "mas civilizado. E a única maneira de me fazer parar é atirar para me matar, então, se está decidido a me fazer parar, acho melhor acabar com isso agora."

As mãos do menino tremeram na espingarda por mais um momento, antes de ele deixar a mira baixar um pouco.

Nathan disse: "Durante todo esse tempo, tudo que você precisou, provavelmente, foi de alguém que se importasse o suficiente para insistir que se comportasse".

E talvez morrer por isso, ele pensou.

O menino baixou a arma e saiu correndo.

* * *

Quando Nathan e Maggie voltaram à perua umas duas horas mais tarde, o menino esperava por ele lá dentro. Nathan ficou satisfeito com isso, mas não exagerou na demonstração.

Ele pôs os quatro patos na frente, em um saco de lona: dois no console entre os bancos e dois no assoalho do passageiro, perto dos pés de Nat.

"Não vou insistir nisso", disse Nathan, "mas é muito trabalho limpar e temperar quatro patos. Seria muito bom se me ajudasse."

"Por que ela fez isso?", Nat perguntou.

"Não sei", respondeu Nathan. "Não consigo imaginar."

"Pense em como me sinto com isso."

"Eu penso. Muitas vezes."

"Depois minha avó me abandona."

"Chore pelo primeiro evento", Nathan sugeriu. "Você tem todo direito. Mas seja duro consigo mesmo pelo segundo. Você fez alguma coisa para levar sua avó a desistir de você. Não quero saber o que foi."

"O que tenho que fazer para convencer *você* a desistir também?"

"Não tem nada que possa fazer. Nunca vou desistir de você."

Eles seguiram em silêncio pelo resto do caminho até em casa.

* * *

Nat juntou-se a ele na garagem para limpar e temperar as aves. Não queria eviscerar, mas se sentia capaz de depenar.

"Vamos guardar três no freezer e vou assar um para o nosso jantar esta noite. Já comeu pato assado?"

"Acho que não."

"Você vai se surpreender."

Eles trabalharam em silêncio por alguns minutos, então o menino perguntou: "Sabe o que aconteceu com minha mãe, depois que ela saiu da prisão?".

Nathan interrompeu seus movimentos, ficando parado com a mão cheia de entranhas.

Lembrou-se da promessa feita à sra. Bates. Tinha concordado com o pedido de não tocar em nenhum assunto que ela pudesse considerar inadequado. Mas Nathan não tinha tocado nesse assunto. O garoto tinha feito a pergunta.

Além do mais, ele se deu conta de repente, a sra. Bates tinha saído de cena. Não criava mais o menino como achava certo; tinha abdicado dessa posição. Agora, tudo girava em torno de como Nathan considerava adequado criar o menino.

"O que sua avó te falou sobre isso?"

"No começo ela não me dizia nada. E, se eu perguntava, ela começava a chorar. Mas na semana passada eu perguntei mesmo assim, e ela disse que minha mãe foi para a Califórnia. Que estava muito ocupada tentando construir uma grande carreira e por isso nunca tinha tempo para escrever." Com as mãos cheias de penas, ele olhou para Nathan. "Vai ficar segurando essas entranhas nojentas para sempre? Se fosse eu, largaria essa coisa horrorosa bem depressa."

"Ah", exclamou Nathan. E as deixou no jornal que tinha providenciado para embrulhá-las. "Na minha opinião, ela errou ao dizer isso para você."

"Por quê?"

"Porque não é verdade."

Nat levantou a cabeça depressa. Bruscamente. Soltou o pato meio depenado em cima da mesa improvisada com um baque audível.

Outra brecha na armadura, Nathan observou. Ele se importa muito com a verdade desse assunto. E tem medo de ouvi-la. E tem medo de não ouvir também.

"Qual é a verdade?"

"Lamento ter que dizer, mas ela morreu na prisão. Poucos dias depois de você nascer. Teve um sangramento. Foi um parto difícil. Ela entrou em sepse."

"Que é..."

"Uma infecção séria que entra na corrente sanguínea."
"E eles nem a ajudaram?"
"Ela não deixou ninguém perceber que precisava de ajuda."
"Ah." O menino pegou a ave de novo. Voltou a remover as penas. "E meu pai?"
"O que tem ele?"
"Sei o nome dele. Richard A. Ford. Ele está preso?"
"Não. Pagou a fiança. E sumiu."
"Eu posso ir atrás dele. Talvez possa morar com ele."
Nathan ouviu a esperança na voz do garoto. Odiava destruí-la.
"Essa primeira parte é improvável. Ele fugiu e está escondido para evitar o processo. Se a polícia não o encontrou, é pouco provável que você consiga. Mas acho que a segunda parte da ideia é ainda mais complicada."
"Como assim?"
"Bem... dizem que a melhor maneira de julgar o que um homem vai fazer é olhar o que ele fez no passado. Até agora, ele não agiu bem como um pai amoroso. Na verdade, correndo o risco de te magoar ou ofender, vou além e digo que seu pai biológico nem pai é. Há certas qualidades humanas envolvidas na paternidade. Eu diria que ele é só um jovem que engravidou uma garota sem querer. Olha, Nat, você pode tentar encontrá-lo. Em algum momento da vida, tenho certeza de que vai tentar. É o tipo de coisa que as pessoas se sentem compelidas a fazer. Só me prometa que vai se preparar para uma decepção."

Um longo silêncio, durante o qual Nathan não conseguia achar que esse seria um fim apropriado para essa conversa.

"Não sei por que sua avó não contou a verdade. Acho que ela pensava que certas verdades não são adequadas para pessoas muito novas. Mas eu penso diferente. Sinto que a verdade é só a verdade. E que proteger alguém dela é só um jeito de tratar essa pessoa sem muito respeito. Mas tenho certeza de que ela não teve essa intenção. Tenho certeza de que ela fez o que achava melhor."

Nenhuma resposta.

"Sinto muito. Sei que deve ser difícil ouvir essas coisas."

"Sim e não." Nat não explicou.

Nathan decidiu deixá-lo em paz por um tempo. Na verdade, por todo tempo que parecesse justo, mesmo que fosse muito tempo.

* * *

Eles se sentaram para comer o pato assado com molho de maçã e purê de batatas.

Ambos ficaram estagnados em um momento de estranha reverência antes de se servirem. Como se a situação os tivesse feito parar, congelados como a superfície de um lago no auge do inverno.

Depois, Nathan quebrou a promessa que tinha feito a si mesmo. Perguntou: "Preferia que eu não tivesse contado? Ou é melhor saber?".

De início, nenhuma resposta. Ainda sem se servir.

Então, Nat falou: "Pelo menos sei por que ela nunca escreveu para mim. Nunca mandou um presente de aniversário. Ou um presente de Natal".

"Mas eu mandei", Nathan lembrou. "Espero que tenham sido entregues."

"Sim, todos os anos, no meu aniversário e no Natal, minha avó me dava um presente e dizia: 'Este é do homem que te encontrou no bosque'."

A voz dele estava diferente, o que fez Nathan levantar a cabeça, mas o menino olhava inexpressivamente para o prato.

"Estou surpreso por ela ter falado sobre mim."

"Acho que ela pensava que, se continuasse repetindo isso... desde que cheguei a uma idade suficiente para conversar... eu não pensaria muito no assunto se alguém mais falasse sobre ele."

"Se ela te entregou um presente meu todos os anos, no dia primeiro de outubro... por que ficou surpreso por eu ainda lembrar do seu aniversário?"

O menino só deu de ombros.

"Talvez não tenham sido os melhores presentes, os mais apropriados", observou Nathan. "Não sei se dei os presentes que você queria. Porque eu não o conhecia. Não sabia do que você gostava ou não."

"Mas acho que não é isso que importa", respondeu Nat. "Acho que o negócio é que você nunca esqueceu, nenhuma vez."

"Bom", Nathan falou meio constrangido. "Vamos comer?"

E deu o maior pedaço do pato para Nat.

Usando garfo e faca com educação, Nat provou um pedaço da ave, antes mesmo de aceitar a travessa com batatas.

"É bom", ele disse.

Nathan pensou que talvez tivessem virado uma esquina. Esperava que as coisas ficassem bem entre eles, afinal.

ELE NÃO VAI DESISTIR DE VOCÊ
25 de setembro de 1975

No dia seguinte, Nathan acordou às 7h, fez café — coisa que ele se acostumou a fazer depois da morte de Flora — e comeu uma refeição rápida, um mingau instantâneo.

Antes de sair, bateu de leve na porta fechada do quarto de Nat. Não abriu porque queria que o menino sentisse que tinha privacidade. Especialmente diante de todas as mudanças que estavam acontecendo com Nat em tão pouco tempo. Mas queria lembrar o garoto de que passaria a manhã toda fora.

Na noite anterior, quando contou a Nat qual era a programação do dia, teve a nítida impressão de que ele não prestava muita atenção. Se é que prestava alguma.

"Nat, estou saindo. Vou passar a manhã toda fora. Como disse ontem à noite. Tem três tipos de cereal no armário em cima da geladeira."

Sem resposta.

Em parte, Nathan se sentia muito tentado a persistir até obter alguma resposta. Mas estava insistindo demais ultimamente.

Mais tarde, teria que providenciar a matrícula de Nat na escola nesse novo distrito, mas, depois da caçada de madrugada, o melhor a fazer era sair e deixar o garoto dormir.

* * *

Nathan dirigiu durante uma hora e meia até o canil rural fora da cidade. O mesmo canil administrado pelo criador que tinha gerado Sadie e Maggie.

Sam, o criador, o cumprimentou na porta do celeiro.

"Como vai a menina?", Sam perguntou.

"Maggie vai bem. Obrigado."

"Que bom. Fiquei assustado ao te ver. Não imaginei que precisaria de outro cachorro tão cedo."

"Não é para mim", disse Nathan. "Agora tenho um rapazinho sob os meus cuidados. Vai fazer 15 anos. Parece que não responde a muita coisa. Mas, pelo jeito, gosta de cachorros. Sei que sua especialidade é criar bons cães de caça, e não é bem o que a situação pede, mas achei que você poderia saber onde eu posso encontrar..."

"Cara, você está com sorte", falou Sam. "Tenho justamente o que você quer."

Ele levou Nathan até uma jaula no canil onde havia um retriever adulto de pelo encaracolado e um filhote meio crescido que parecia não ter raça definida. Seu pelo era mais longo e liso, o que dava a ele a aparência de um cão pastor mal projetado. A cor castanha herdada da mãe era pintada de manchas brancas. O pelo do focinho parecia se projetar em todas as direções ao mesmo tempo.

"Uma das minhas melhores cadelas escapou e voltou prenha. Um azar, teve dez filhotes. Você não tem ideia de como é difícil encontrar lar para dez filhotes de vira-lata. O rapazinho aqui é o último que sobrou. Tem cinco meses."

"Com que tipo de cachorro ela cruzou?"

Nathan olhou dentro dos olhos escuros da retriever adulta de pelo encaracolado, que sustentou seu olhar com firmeza. Era parecida com Sadie, o que não era surpreendente. Provavelmente havia algum parentesco entre elas.

"Não faço ideia. Mas as pessoas que levaram os outros filhotes dizem que são bons cães. Espertos, com boa disposição. Tive retorno de três dessas pessoas. E nenhum foi devolvido."

Sam abriu a porta de arame da jaula. O filhote saiu saltitante e pulou em cima de Nathan, mordendo seu pulso como se fosse um osso ainda cheio de carne.

"Só precisa de alguém que ensine boas maneiras", disse Sam. "Rapaz, isso é destino na minha opinião. Menos de uma hora antes de você aparecer aqui, eu estava olhando o filhote no canil e tentando decidir o que fazer com ele."

Nathan pôs o filhote no chão de concreto do celeiro e olhou nos olhos dele. Daria trabalho, por um tempo. Mas seria trabalho para Nat. E seus olhos refletiam inteligência e equilíbrio. Talvez puxasse a mãe. Talvez os genes de campeão fossem mais fortes, de algum jeito.

"Quanto quer por ele?"

"É um vira-lata. Quero um bom lar para ele. E não quero ter que criá-lo. Só isso."

* * *

Quando voltou à cidade, Nathan parou no banco e deixou o filhote na caixinha de viagem no banco de trás do carro. Podia ouvir os latidos até quando estava na frente do guichê do caixa.

Tinha acabado de sair do banco e tomava seu rumo pela calçada coberta de folhas da Rua Principal quando ouviu uma mulher dizer seu nome.

"Nathan?"

Ele se virou.

Levou um momento para reconhecê-la. Na verdade, ela teve que se aproximar vários passos antes de ele entender que era Eleanor MacElroy.

"Eleanor", disse, demonstrando na voz o prazer de vê-la inesperadamente. E era autêntico. Não adotou um tom agradável só para ser educado.

Nathan notou que ela não tinha mudado muito. Ah, tinha envelhecido. Mas com elegância. Não tanto quanto ele, pelo jeito. Ela desistira da vaidade de colorir os cabelos, um hábito adotado por muitas mulheres de certa idade. Mas só havia alguns trechos grisalhos, principalmente nas mechas da frente, as que emolduravam a testa.

Nathan acreditava piamente na teoria de que as pessoas, ao envelhecerem, adquiriam o rosto que merecem de verdade. No caso dela, não era nenhuma tragédia.

"Nathan, não vejo você há muitos anos. Doze, talvez. Como vai? E a Flora?"

Nathan nem precisou responder à segunda pergunta. Aparentemente, sua expressão disse tudo.

"Ah, Nathan. Sinto muito. Há quanto tempo?"

"Três anos."

"E você se casou de novo?"

Nathan ficou surpreso com a pergunta. Ele, na verdade, ficou bastante espantado.

"Ora, não. Nem mesmo pensei em uma coisa dessa. Não sei por que achou que eu iria..."

"Acho que nem eu", ela o interrompeu. "Afinal, sou viúva há quinze anos e não me casei de novo. É muito bom te ver, Nathan. Está com pressa? Tem um tempinho? Adoraria conversar um pouco, saber sobre sua vida. Podemos tomar um café. Ou... acho que está quase hora do almoço. Ainda não, mas... bem, podemos almoçar cedo."

Nathan ficou parado, quieto em meio à agitação dos pensamentos. Certos elementos dessa conversa confusa com Eleanor se esclareciam. Saíam do esconderijo. Mas, ao mesmo tempo, ele estava ponderando quanto tempo devia ficar fora. Teria gostado de verdade de almoçar com ela. Muito. Mas sentia que pagaria um preço se deixasse Nat sozinho por muito tempo.

E ainda havia o filhote, que agora uivava no banco traseiro do carro.

"Eu, ah..."

"Ah, deixa para lá. Eu nem devia ter sugerido."

"Não, não é nada disso, é que..."

"Eu entendo. De verdade."

"Não", disse Nathan. "Acho que não entende. Só não estou livre agora, hoje. Não assim, em cima da hora. Mas outra hora..."

"Ah, é claro. Jantar? Na minha casa? Ainda sei cozinhar. Acho que sei, pelo menos."

"Seria maravilhoso. Ainda não sou um grande cozinheiro. Faço um pato assado aceitável, mas, fora isso, não como uma refeição caseira decente desde que..." E parou, não querendo citar o nome de Flora.

"Quando?"

"Bem, qualquer noite."

"Hoje? Às 19h?"

Hoje. Teria que deixar Nat sozinho de novo hoje. Mas supunha que não teria problema. Desde que pudesse antecipar a situação. Além do mais, Nat estaria ocupado com o novo cachorrinho.

"Sim. Vai ser ótimo. Obrigado. Hoje às 19h é perfeito."

* * *

Quando Nathan chegou em casa, pôs o filhote no canil com Maggie.

"Cuida dele", disse a ela. E ela já parecia propensa a isso.

Depois entrou para procurar Nat. Mas Nat não estava em lugar nenhum.

Nathan abriu a porta do quarto do menino e encontrou a cama bem-arrumada.

Seria possível que ele tivesse feito a cama por conta própria antes de sair? E, é claro, a pergunta óbvia: sair para onde?

Nathan se aproximou da cama e verificou os cantos do lençol. Perfeitos de um lado, frouxos do outro.

Não, ele compreendeu. Por mais que quisesse pensar o contrário, ninguém havia dormido nessa cama desde a manhã anterior, quando ele e Nathan tinham saído para caçar.

Ele tinha colocado Nat na cama na noite passada? Tinha ido dar boa noite? Não, não tinha. Só dera a ele uma toalha e uma bucha e dissera que o veria na manhã seguinte. Estava bem ciente de que o menino se sentia sobrecarregado. E em nenhum momento duvidou de que sua previsão se confirmaria. Encontrou a toalha dobrada ao lado da bucha, intocada e sem uso, sobre a pia do antigo banheiro de Flora.

Nathan sentou-se na sala por alguns momentos, aquietando a mente e pedindo a ela que fizesse uma avaliação mais organizada.

O menino podia ter fugido, voltado para a casa da avó. Afinal, era só o que ele conhecia. Nathan tinha certeza de que ela não o receberia, mas era bem possível que Nat tivesse se iludido quanto a isso. Teria ido à escola antiga, do outro lado da cidade? Mesmo sem transporte e sem a insistência de Nathan? Era mais que improvável. Não, era mais plausível que tivesse fugido. E não necessariamente para a casa da avó. O mais provável era que tivesse partido para um destino desconhecido.

Nathan pensou em chamar a polícia, mas duas coisas retardaram a decisão. Primeiramente, ele ponderou se um adolescente, especialmente um propenso a criar problemas, não teria que estar desaparecido há mais tempo antes de a polícia intervir. Depois, ele achava que seria difícil comprovar sua posição de guardião legal.

Ele decidiu verificar o sótão e o porão. Não porque esperava encontrar Nat em um desses lugares. Era mais uma ação organizada de pesquisa. Se alguma mala tivesse sido levada, por exemplo, significaria algo.

Então ele se deu conta de que não tinha verificado o closet e as gavetas de Nat. E foi o que fez primeiro. Mas parecia não faltar nada, todos os pertences dele estavam ali. Para Nathan, esse era um bom sinal.

Ele desceu a escada do porão. Acendeu a luz.

A porta do armário de armas — um armário que ficava trancado — estava aberta. No chão à frente, estava sua serra e um punhado de aparas de metal. E, apesar de ser dono de três espingardas, a única que não estava ali — o que era mais que inconveniente — era a que recebera de presente do avô e tinha um valor inestimável.

Seria possível que o garoto tivesse ido caçar sozinho? Talvez achasse que levando um pato para casa conquistaria a aprovação de Nathan. Mas não, se quisesse que Nathan se orgulhasse dele, não teria serrado a tranca do seu armário de armas. Isso não é atitude de um jovem que busca aprovação.

Nathan ficou paralisado, considerando tudo isso, até o telefone tocar lá em cima. O som pareceu congelar suas entranhas. Como se o toque anunciasse más notícias.

Ele subiu a escada de dois em dois degraus. Agarrou o telefone da parede da cozinha.

Era Nat. Para seu grande alívio, era Nat.

"Onde você estava?", Nat perguntou. "Passei a manhã inteira tentando te ligar."

"Eu te avisei que passaria a manhã toda fora."

"Avisou? Quando?"

"Ontem à noite."

"Ah. Preciso de ajuda."

"Qual é o problema?"

"Estou meio encrencado. E preciso de você para vir pagar a fiança."

"Literalmente?"

"É. De verdade."

"Onde você está?"

"No centro de custódia para menores."

Nathan suspirou profundamente. Bom, pelo menos ele tinha sido encontrado. E teria que ficar onde estava.

"Onde é isso?"

"Não sei. Sabe, eu não vim para cá dirigindo por conta própria."

"Tem um policial aí com você?"

"Bom, essa é bem óbvia, não é? Não, estou preso porque honro o sistema. Podia sair andando, mas sou honesto demais para isso."

"Quando uma pessoa está na sua posição, convém ser educado com qualquer indivíduo que ela creia que possa ser de alguma ajuda."

"Convém? Indivíduo? Está de novo falando como se fosse um idioma estrangeiro? Ops. Sabe de uma coisa? Deixa para lá. Esquece que eu disse isso. Nesse caso, acho que entendo o que quer dizer. Vou passar o telefone para um desses agradáveis policiais. Para que eles possam revelar mais sobre onde estou."

* * *

Para Nathan, parecia um infortúnio que todos os policiais do condado estivessem reunidos em só um local dessa cidade. Porque, para entrar no centro de custódia juvenil, era preciso usar a mesma porta utilizada por quem se dirigia à penitenciária masculina ou feminina. E Nathan não gostava das lembranças que tinha deste lugar. Nem um pouco.

Apesar das duas tentativas, nenhum orçamento havia sido aprovado, e o local estava ainda mais deteriorado quinze anos depois. Nathan tinha votado pela aprovação duas vezes, depois da primeira visita. Mas era preciso que se formasse uma maioria de dois terços, e as propostas orçamentárias foram derrotadas.

Nathan aproximou-se da recepção e foi recebido pelo mesmo policial. Demorou um momento para reconhecer o homem. Ele havia engordado uns vinte quilos. Estava mais grisalho e mais careca. Se ao menos tivesse se aposentado, Nathan pensou, antes que eu fosse obrigado a voltar aqui. Ele parecia perto da idade de se aposentar.

Seu nome no crachá era Chas. A. Frawley.

Os dois homens ficaram se olhando com cautela.

Nathan achava impossível que o homem se lembrasse dele. Por outro lado, ele se lembrava do policial. Depois de quinze anos. Mas havia sido um episódio perturbador para Nathan, e o trauma costuma cimentar as memórias. Além disso, Nathan tinha a vantagem de ver o homem em determinado contexto.

"Conheço você. Não?", Frawley perguntou.

"Não sei", Nathan respondeu, sem ser — inusitadamente — muito comunicativo.

"Eu nunca esqueço um rosto."

"Vim ver Nathan Bates. O adolescente que vocês prenderam hoje."

"Espera. Já sei. Você é o cara que quase me fez perder o emprego. Quando aquela garota morreu na prisão."

Então, ao que parecia, Frawley tinha seu próprio trauma para cimentar as memórias.

"Eu nunca disse que era pai da garota."

"Também não disse que não era."

"Quando conhece alguém, você costuma dizer de quem é ou não é pai?"

"Aquilo foi um pouco diferente..."

"Depois de tantos anos, não posso evitar pensar que são águas passadas. Vim ver Nathan Bates."

O policial bufou. Jogou — literalmente jogou — a prancheta com a folha de registro em cima do balcão na frente de Nathan. Ela deslizou, e um de seus cantos bateu de leve na barriga dele.

"Pelo menos esse aí está vivo e cheio de energia", disse Frawley. "Muita energia. Muita. Um furacão, se quer minha opinião."

Não quero, Nathan pensou. Mas guardou a resposta para si, sentindo que já estava em desvantagem naquele lugar.

"Pode me dizer qual é a acusação?"

"Assalto à mão armada."

O queixo de Nathan caiu, literalmente. Ele teve que se lembrar de fechar a boca.

"É uma acusação muito séria", disse.

"Não me diga. Ele tentou assaltar um posto de gasolina com uma espingarda. Sorte dele ninguém ter morrido."

"Talvez a arma não estivesse carregada", Nathan sugeriu. Pode ouvir a esperança em suas palavras. Como se pudesse moldar a verdade com elas.

Frawley bufou.

"Não só estava carregada, como foi descarregada."

"Ele *atirou* em alguém?"

"Só sei o que consta no relatório. Arma disparada. Dono do posto de gasolina ferido. Não corre risco de morte. Foi atendido no pronto-socorro e liberado. Sorte do seu garoto. Se o homem tivesse sofrido algum ferimento grave, você não poderia pagar a fiança. Se houvesse uma. Espere só até saber o valor da fiança com as coisas como estão."

"Não preciso saber nada disso", disse Nathan, "porque não tenho a menor intenção de pagar. Só preciso vê-lo."

* * *

"Legal", disse Nat. "Veio pagar minha fiança."

"Não", respondeu Nathan. "Eu venho te ver nos dias de visita. Mas não vou pagar a fiança. Porque sei que vai fugir. Você vai ficar aqui até ser julgado e depois vai pagar pelo que fez no sistema penitenciário juvenil. Quero que me diga exatamente o que aconteceu. Quero saber como acabou roubando minha espingarda e atirando em um estranho totalmente inocente."

Os olhos de Nat revelavam um alarme autêntico.

"Não atirei em ninguém! É o que eles estão dizendo? É mentira! Nunca atirei em ninguém!"

"O homem na recepção disse que a arma foi descarregada. E que o dono do posto de gasolina foi ferido."

"Quer me deixar contar o que aconteceu?"

"Claro." Nathan cruzou os braços. Inclinou-se para trás, sentindo o plástico duro da cadeira pressionar suas costas. "Diga."

"Eu só estava tentando convencer o homem a abrir o caixa. Apontei a espingarda para ele. E ele se inclinou para abrir a gaveta. E aí o que ele fez foi tirar uma pistola da gaveta e atirar em mim. Quem faz isso? Atirar em alguém que está segurando uma espingarda carregada apontada para a sua cara?"

"Quer que eu acredite que a culpa é toda dele? Por tentar defender sua propriedade?"

"Eu não disse isso. Enfim, me joguei fugindo da mira da arma. Sabe? Para não levar um tiro. E caí. E a arma meio que... disparou."

"Então, você atirou nele. Mesmo que tenha sido sem querer."

"Não! Não atirei! Não acertei nele. Acertei a caixa registradora. Ela explodiu e um pedaço acertou o rosto dele. Sei que foi o que aconteceu, porque eu ainda estava lá quando o policial o ajudou. Ele ficou mais ou menos sentado em cima de mim até os policiais chegarem."

Um longo silêncio. Nesse meio-tempo, o menino ao menos teve o bom senso de parecer humilhado.

"E se o tiro tivesse acertado o homem?"

"Mas não acertou."

"E se tivesse?"

"Era só chumbinho."

"Sabe o que chumbinho pode fazer quando disparado de perto? Bem na cara de alguém? Você podia ter matado aquele homem. E foi muita sorte não ter matado. Se a manhã não foi um desastre completo e irreversível, não foi graças a você."

Mais um silêncio longo e constrangedor.

"Eu sei", Nat respondeu. "Pensei nisso."

"Bom, você vai ter tempo para pensar muito mais. Provavelmente vai ficar aqui até os 18 anos. Porque eu estava falando sério sobre a fiança. Você fez isso, então é você quem tem que pagar."

O menino não disse nada por um bom tempo. Depois falou: "Você tem razão sobre uma coisa. Se pagasse a fiança, eu fugiria".

"Por que faz isso?", Nathan perguntou. "Está tentando chamar minha atenção?"

O menino deu de ombros.

"Todo mundo faz coisas ruins. Por que eu não faria?"

"Eu não faço. Muita gente não faz."

O garoto suspirou e afastou o cabelo dos olhos.

"Eu acreditei em você", ele falou. "Acreditei que, enquanto você fosse vivo, nunca desistiria de mim. Nunca deixaria de tentar me civilizar. Eu estava tentando me afastar."

"Entendo."

"Vai desistir de mim agora?"

"Não", respondeu Nathan.

* * *

Nathan estava em casa havia várias horas. Alimentou Maggie e o filhote no canil. Esquentou o jantar, hambúrguer com purê de batatas, e comeu em frente à televisão. Assistiu ao jornal.

Depois levou Maggie e o filhote sem nome para a sala com ele.

Só quando desligou a televisão e olhou para o relógio, vendo que eram quase 20h, é que ele se lembrou.

Tentou achar o número de Eleanor no catálogo telefônico, porém não estava listado.

Demorou vários minutos, mas ele encontrou o telefone dela nos registros dos antigos clientes, em um cofre na garagem.

Quando voltou para dentro, o filhote estava urinando na quina do sofá.

Resmungando palavrões brandos, nada ofensivos, primeiro ele levou de volta ao canil o cachorrinho, que ficou ganindo e latindo. Depois, voltou à garagem para pegar o limpador de carpetes e estofados. Mas parou, lembrando que o telefonema era mais urgente. O que, considerando a preocupação de Nathan com limpeza, era uma urgência incomum.

Ela atendeu no segundo toque.

"Ah, Eleanor", disse ele. "Desculpe. Na verdade, pedir desculpas não é suficiente. Estou morrendo de vergonha."

Em meio ao silêncio, ele ouviu os latidos agitados do cachorrinho.

"Provavelmente, eu não devia ter convidado", ela respondeu.

"Eleanor, sou viúvo há três anos. Você perdeu o marido há quinze anos. Não tem absolutamente nada de impróprio em me convidar para jantar."

"Mas você não apareceu, e eu pensei..."

"Pensou errado", ele explicou. E contou a ela, em uma versão de três ou quatro minutos, sobre a chegada, seguida da partida do menino que tinha encontrado no bosque. "Alguma vez teve um dia assim?", perguntou. "Quando acontece algo tão grande que apaga tudo que aconteceu antes?"

Silêncio do outro lado da linha. Nathan acreditava que ela estivesse realmente levando em consideração sua pergunta.

Depois ela disse: "Acho que o dia em que Arthur sofreu o infarto foi assim".

Uma lembrança nítida invadiu a mente de Nathan. Abriu a porta do quarto de Flora às 11h e viu por que ela ainda não tinha acordado. Com firmeza, ele empurrou a imagem de volta para o fundo da memória.

"Lamento pelo que deve ter pensado", ele falou. "E lamento por seu jantar ter sido arruinado. E acho que não posso te culpar se decidir que não mereço uma segunda chance. Mas talvez outro dia..."

Dessa vez, pelo menos, não teria que se preocupar com Nat sozinho, criando problemas. Porque todo o problema do mundo já tinha chegado para ficar.

ELE AINDA NÃO CONHECE VOCÊ DE VERDADE

1º de outubro de 1975

Vários dias depois, no aniversário do menino, Nathan foi visitá-lo.

Na verdade, tinha ido visitá-lo todos os dias desde que Nat tinha sido preso. Mas hoje transformava a visita em uma produção. Tentava fazer com que fosse especial sem ser triste, como costuma acontecer com as ocasiões especiais em circunstâncias trágicas.

Levou um cupcake de aniversário — um bolo inteiro parecia exagero naquelas circunstâncias —, meio pato assado em papel alumínio em uma sacola de papel de supermercado, uma foto do filhote ainda sem nome e um pequeno presente embrulhado.

Ele passou pela porta da frente da penitenciária, lamentando em silêncio como o lugar tinha se tornado familiar.

"Ah. Você", disse o policial Frawley quando Nathan se registrou.

Nathan ainda via o próprio nome em destaque na folha de registro entre os visitantes do dia anterior. Só havia mais dois, além dele.

"Sim", Nathan respondeu. "Eu."

Era uma crítica velada ao tipo de conversa inútil que Nathan desprezava. Qualquer tipo de conversa fiada era desagradável para ele. Mas o policial não tinha como saber, por isso não havia sido um comentário rude ou, pelo menos, podia não ser percebido dessa forma. Na verdade, Nathan presumia que, para Frawley, era algo normal a se dizer.

"Algum progresso sobre a devolução da minha espingarda?", Nathan perguntou. Como fazia cada vez que se registrava.

"Não, mas vai acontecer em algum momento. As engrenagens das evidências giram devagar. O que tem nesse pacote? Não posso deixar você entrar com isso. A menos que desembrulhe. Tenho que fazer a inspeção visual de tudo que entra aqui. Pode desembrulhar o pacote?"

"Acho que sim se é absolutamente imprescindível. Mas é aniversário dele. Odeio estragar a surpresa. Acho que posso embrulhar de novo, depois da sua inspeção. Se tiver fita adesiva para emprestar."

"Hum. Lamento. Não tem fita. Usamos grampeador em tudo. Vamos ver o que tem aí, então."

Nathan entregou o presente.

Era pequeno, leve e macio. Não estava em nenhuma caixa. Nathan esperava que fosse óbvio, apenas pelo toque, que não era potencialmente perigoso.

"Tudo bem. Posso abrir uma exceção para isso. Seja o que for, não tem como machucar ninguém. Então, o pequeno delinquente faz aniversário hoje."

"O nome dele é Nat."

O policial olhou para ele. Avaliando. Medindo. Pela voz de Nathan, era evidente que o homem tinha ultrapassado um limite. Seu interesse parecia ser descobrir se havia ido muito longe.

"Certo", ele respondeu. "Erro meu."

"Todo mundo pode errar", disse Nathan. Sabia que boa parte de seu destino estaria nas mãos dos funcionários do centro de detenção, ao menos, pelos próximos anos.

"Mais ninguém faz visitas diárias", o oficial comentou. "Por que isso?"

"Não posso falar por outras pessoas."

"Na verdade, quis saber por que você é tão diferente."

"Também não sei se tenho resposta para isso. Eu sou como sou. Todo mundo é como é, e não sei se alguém sabe por quê."

"Acho que tem razão", Frawley concordou.

* * *

Nathan deixou o cupcake, o pato assado, a fotografia e o presente na mesa de madeira entre ele e Nat.

Nat pegou a foto.

"O que é isso?"

"Seu novo cachorro."

"Você me deu um cachorro de aniversário?"

"Não. Eu te dei o cachorro no dia em que você foi preso. Só não tinha tirado a foto até agora."

"Ah, isso faz mais sentido. Já que você não sabia que eu não estaria em casa para conhecer o cachorro. Que pena. Vai devolvê-lo?"

"Não."

"Vai cuidar dele para mim?"

"Se você quiser o cachorro."

"É claro que quero. Como é o nome dele?"

"Ele não tem nome. O cachorro é seu, você escolhe o nome."

Então, o menino olhou para o presente embrulhado. O mistério expulsou todos os pensamentos de sua cabeça. Nem cachorros podiam superar a curiosidade provocada por um presente embrulhado.

"Abro agora?", o menino perguntou.

O guarda olhou por cima do ombro de Nat para confirmar que aquilo não era mais do que Nathan disse ser.

"Pode abrir quando quiser."

O menino rasgou o papel e olhou para o presente.

"Parece uma touquinha bem pequena", disse, revirando-a na ponta dos dedos.

"E é."

O guarda voltou ao canto da sala.

"Quem poderia usar uma touca tão pequena?"

"Você, quando só tinha um dia de vida."
"Quer dizer que eu usava essa touca?"
"Isso mesmo."
"Quando me encontrou? Eu usava isso? E o que mais?"
"Você estava embrulhado em um suéter. Um suéter de adulto."
Nathan tentou avaliar a reação do garoto por sua expressão. Pelos olhos. Ver se o presente o agradava ou desagradava. Para Nathan, sempre estivera claro que o pêndulo poderia ir para qualquer lado.

No entanto, era um risco que se sentia impelido a correr.

Mas não havia nada no rosto do jovem que servisse de base para o julgamento. Era como tentar olhar dentro de uma sala cujas cortinas permaneciam fechadas.

Por um breve instante, Nathan se perguntou se a vida ali era dura para Nat. Se os outros jovens eram maiores. Mais violentos. Mas essa era uma pergunta sem resposta, uma situação sobre a qual não podia fazer nada, de qualquer maneira. Não era de sua conta e certamente não faria a pergunta em voz alta.

"Onde será que ela conseguiu essa touca tão pequena?"
"Minha teoria é que ela a tricotou. Sei que fazia tricô."

Nat deixou escapar uma risada bufada.

"Claro. Como minha avó. Deve ser coisa de família. Nunca tive um chapéu ou um suéter comprado. Nem meias, nem luvas. Então, como conseguiu isso? Não era, sei lá, evidência ou alguma coisa assim?"

"Eles te levaram para a sala de atendimento no pronto-socorro e jogaram a touca no chão."

"E você guardou esse tempo todo? Por que me deu agora?"

"Queria que você soubesse que sua mãe tinha alguma ambivalência, pelo menos. Deixou você lá para morrer, mas parte dela queria que você vivesse. Ela estava tentando manter você aquecido."

Nat se recostou na cadeira. De repente. Bateu com as costas no encosto com um baque. Girou a touquinha na ponta do dedo indicador algumas vezes, depois a jogou para cima, pegou e amassou na mão fechada com firmeza.

"Não é um grande consolo", comentou.

"Não, mas é algum. Nem sempre temos muito. Lamento se não é um bom presente. Ainda não conheço você de verdade. Não sei de que coisas você gosta."

Nat abriu a mão e deixou a touca em cima da mesa entre eles. Depois a pegou e alisou. Ajeitou sua forma com cuidado. E a deixou na mesa de novo, dessa vez com mais gentileza. Na verdade, com uma gentileza quase exagerada.

"Não, é bom", disse o menino. "É um bom presente." Ficou quieto por um minuto, então acrescentou: "A luva de beisebol também foi. Gostei muito dela".

"Que bom", disse Nathan. "Isso é importante."

"E a fazenda de formigas, mas minha avó não me deixou ficar com ela", Nat contou. "E também..." Ele não concluiu o pensamento. Pegou a foto do filhote de vira-lata. "Esse é o melhor de todos. É uma droga não poder conhecer o cachorro."

"Você vai conhecer."

"E obrigado pelo pato assado. Quero comer isso de novo desde o dia em que fomos caçar. Bom. *Você* foi caçar."

"Por nada. É bom saber que gosta tanto quanto eu."

"Tenho uma pergunta. Sei que, provavelmente, você não sabe a resposta. Mas vou perguntar assim mesmo. Só para ouvir o que você acha."

"Tudo bem."

"Acha que foi suicídio?"

"Está falando da sua mãe?"

"Sim. Minha mãe. Ela morreu de infecção, mas não pediu ajuda a ninguém. Só esperou para morrer."

"Passou pela minha cabeça."

"Talvez ela se sentisse culpada."

"Tenho certeza. Não tenho dúvida disso. Não existe uma pessoa no planeta — quer dizer, ninguém com uma cabeça normal — que não se sentiria culpada depois de fazer uma coisa dessas. Na verdade, acho que *isso*..." Nathan apontou para a touquinha na mesa de madeira riscada entre eles. "Acho que isso é uma evidência razoável da culpa que ela sentiu. Bem aí. E por isso eu a trouxe."

Eles ficaram em silêncio por um tempo inquietantemente longo. Nathan resistiu à tentação de expor mais de seus pensamentos. Parecia mais respeitoso deixar o garoto pensar por conta própria.

E ele parecia estar ocupado com isso.

"Ótimo", falou Nat. "Ela merecia sentir culpa."

Se merecia ou não morrer dessa culpa, era uma questão que não foi abordada.

Depois de mais um longo e incômodo silêncio, Nat falou de repente, assustando Nathan.

"O nome dele vai ser Penas."

"Penas?"

"Isso."

"Ele não tem penas. Tem pelos, meio espetados."

"Bom, é claro que ele não tem penas. Não é uma ave, é?"

"Estava pensando em plumas, como as que os cachorros têm às vezes", Nathan explicou. Nat fez uma cara confusa. "Aqueles pelos finos e leves que algumas raças têm na parte de trás das patas. E no peito. Na cauda. As pessoas chamam de plumas."

"Ah. Eu não sabia."

"E você vai chamar seu cachorro de Penas porque..."

Nat deu de ombros.

"Ele parece um Penas. E tenho outra pergunta para você. Uma ave sem penas pode voar?"

"Não."

"Nunca?"

"De jeito nenhum, que eu saiba." E depois de um tempo para organizar os pensamentos: "Não, seria impossível. Se quer impedir um pássaro de voar, você corta as penas de suas asas. Sem penas nas asas, é impossível um pássaro voar".

"Certo", disse Nat. "Era exatamente o que eu pensava."

ELE TENTA RESPONDER POR QUÊ
2 de outubro de 1976

Felizmente em alguns aspectos e infelizmente em outros, Nat foi condenado a ir para um centro de detenção juvenil que ficava a mais de duas horas e meia da casa de Nathan. A viagem longa era um fator desestimulante. Isso e o fato de só permitirem visitas três vezes por semana.

A boa notícia, para Nathan, era que o lugar não lhe trazia lembranças. E não havia nenhum funcionário que se lembrasse dele.

E vários funcionários do novo centro eram bem civilizados e gentis. Como Roger, por exemplo, o guarda que supervisionava as visitas de Nathan. Em algumas ocasiões, Roger até falava com Nathan. Como se Nathan fosse um amigo.

E como Roger, muitas vezes, era o único a falar com Nathan nessas visitas, sua gentileza era extremamente bem-vinda.

* * *

Como havia acontecido com frequência ao longo do ano que se passara, o menino quase não falava naquele dia de visita.

Então, como tinha se tornado um hábito de Nathan, ele pegou um livro e começou a ler para Nat. Parecia o jeito lógico de resolver o dilema. Perder um dia de visita não era uma opção viável. Nem ficar falando sozinho ou com uma parede. E certamente não podia controlar as respostas de outra pessoa. Especialmente a pessoa em questão.

E não podiam simplesmente se olhar por uma hora e meia.

Nathan achava que talvez Nat estivesse enfrentando dificuldades para se manter nesse ambiente difícil. Talvez estivesse aprendendo que não era tão durão quanto pensava. E que a situação o deixava taciturno. Mas Nat não parecia propenso a discutir a questão. E Nathan não queria ser invasivo.

Nesse dia, ele lia para Nat trechos de *Ideias e Opiniões*, de Albert Einstein.

Leu a parte sobre nossa estrutura social inerente como humanos. Como nossas ações e desejos são inseparavelmente ligados à existência de outros seres humanos.

Quando ele parou para virar uma página, Nat fez seu único comentário do dia.

Ele disse: "Pensei que esse cara fosse inteligente".

"Há registros de que Einstein era inteligente", Nathan respondeu.

Nat apenas soltou uma risada bufada.

Depois, sem se abalar, Nathan continuou lendo os textos de Einstein, até Roger avisar que o tempo tinha acabado.

* * *

Roger levantou a cabeça e sorriu ao abrir a porta de segurança para Nathan.

"Acha que ler para ele daquele jeito ajuda em alguma coisa?"

"Bem", disse Nathan, "li em algum lugar que é bom ler para um paciente em coma. Então, em comparação, acho que meu paciente reage mais."

Roger riu. Uma risada um pouco mais longa e forte do que o necessário.

Depois falou: "Eu diria que você é o paciente aqui. Dirigir para tão longe. Três vezes por semana. Pontual como um relógio. Eu poderia acertar meu relógio por suas visitas".

"E isso é excepcional?", Nathan perguntou.

"Ah, cara. Você nem imagina. A maioria desses garotos provavelmente tem pai e mãe morando a no máximo vinte minutos daqui, e eles têm sorte se conseguem alguns minutos por mês. Ou, dependendo do caso, falta de sorte."

"Alguém tinha que romper o infeliz estereótipo parental", Nathan disse. "Ainda acho que não é tão excepcional assim."

"É sim, se pensar que ele mal te conhecia três dias antes de ser preso."

"Não. Eu o conheço durante toda a vida dele."

Roger arqueou um pouco as sobrancelhas.

"Ele está mentindo, então?"

"Não é mentira. Ele vê a situação de um jeito diferente do meu. Mas não sou pai ou avô dele."

"Eu sei. Ouvi a história. Sei que não deveria saber desse tipo de coisa, mas as notícias correm. Não estou tentando invadir sua privacidade, acredite. Só fiquei intrigado."

Nathan sentia que o homem tentava uma espécie de aproximação e percebeu, de repente, que fazia algum tempo que Roger estava doido para fazer perguntas e comentários. Mas tinha sido cuidadoso para não ultrapassar seus limites, o que Nathan respeitava. E era isso que tornava Nathan mais propenso a responder.

Roger continuou: "É que a situação é muito incomum. É muito raro que algo assim aconteça por aqui. Então eu fico meio curioso, sabe? Mas não quero ser desrespeitoso. Só fico pensando nas consequências que um ato como esse pode ter. É porque salvou a vida dele? Porque uma vez ouvi falar sobre uma religião oriental cujos devotos acreditavam que, se você salva a vida de alguém, fica eternamente responsável pela alma da pessoa. Ou eram os indígenas americanos?".

"Não importa", disse Nathan. "Já que, de qualquer forma, não acredito em nada disso."

"Então por quê?", Roger perguntou. Parecia sinceramente curioso. Era como se flutuasse no vácuo entre a pergunta e a resposta. Nathan estava disposto a acreditar que era curiosidade pessoal. Não esperava que Roger transformasse a resposta em fofoca de cadeia. E torcia para não se decepcionar. "Por que esse comprometimento excepcional?"

"Por que não?", Nathan argumentou. "O que mais fiz de excepcional na vida?"

Parte Quatro
Nathan Bates

NOJENTO
8 de maio de 1978

Roger entrou na cela na hora de sempre, para dizer o mesmo de sempre. Ou assim Nat pensava.

Estava cochilando. Sem querer. Dormindo e acordando. Sonhando com Jack. Que se exercitava na academia com Jack. No sonho, o desenvolvimento do peitoral e dos braços de Nat era exatamente igual ao de Jack.

Nat ficou deitado de costas na cama, evitando se levantar, se sentar ou tomar qualquer outra atitude que pudesse demonstrar interesse.

Era um evento tão regular, todos os dias de visita, que seus dois companheiros de cela carrancudos nem prestavam atenção. Na verdade, se atentavam muito para não prestar atenção. Uma nota de negatividade pairava no ar em torno de cada um deles nessas ocasiões. Roger disse várias vezes que era ciúme, coisa que Nat não conseguia imaginar. Se acreditasse nisso, teria convidado, com o maior prazer, qualquer um dos dois para se sentar à mesa em seu lugar. E, quando voltassem, os faria ficar de boca fechada sobre os pensamentos de Ernest Hemingway sobre pesca; de Albert Einstein sobre a sociedade; ou do presidente Carter sobre as realidades fiscais do país neste ano.

"Você tem visitas", disse Roger.

Era uma coisa tão estranha para ele dizer, um pensamento tão fora do lugar, que Nat pensou honestamente que ele tinha falado errado. Por um instante, esperou Roger se corrigir. Falar que queria dizer "visita". No singular.

Ele não fez isso.

"*Visitas?*"

"Sim. Sabe o que é? É como uma visita. Como você sempre recebe. Só que, nesse caso, é mais de uma."

"Quem é?"

"Bom, tenho uma ideia. Levanta a bunda da cama, vai para a sala de visitas e seus olhos vão lhe contar tudo que você precisa saber."

Nat suspirou profundamente.

* * *

Pelo menos não eram dois completos estranhos. Pelo menos era só um.

Nat sentou-se à mesa diante d'O Homem e de uma mulher que ele havia levado. Uma mulher da idade do velho. Ela sorriu para Nat. Ele franziu a testa e se afundou um pouco mais na cadeira.

O velho parecia sentir a necessidade de romper o silêncio.

"Nat, esta é Eleanor. Eleanor, esse é o jovem de quem tanto falo há tanto tempo. Nat."

"O que falou para ela sobre mim?", Nat perguntou.

Nesse momento, Nat notou que Roger, o guarda, tinha se posicionado muito perto deles. Estava de costas para a parede, de braços cruzados, próximo o bastante para ouvir a conversa. Mantinha-se na linha de visão de Nat, mas atrás dos visitantes, fora das vistas deles.

Roger balançou a cabeça discretamente diante da pergunta de Nat.

Maravilha, Nat pensou. O fiscal da grosseria.

Ele escorregou ainda mais para baixo na cadeira e decidiu não falar nada.

O velho falou por mais ou menos uns cinco minutos. Podia ter sido mais. Com certeza, parecia ter sido mais. Ele parecia a única pessoa na sala disposta a falar, e assim o fez. Contou como ele e essa mulher tinham se conhecido uns vinte anos atrás, como se reencontraram no dia em que Nat foi preso, e como vinham se encontrando há uns dois anos enquanto Nat estava longe.

Enquanto ele falava, às vezes Nat sentia o olhar da mulher o observando. Tomava o cuidado de não a encarar. Mas era difícil evitar os olhos dela e os de Roger ao mesmo tempo. E Roger parecia decidido a transmitir uma mensagem com os olhos também.

Por um breve instante, Nat refletiu se completar 18 anos significaria andar pelo mundo sem ninguém lhe dizendo constantemente o que fazer, o que falar, o que pensar. Para onde olhar.

Sair desse buraco também seria útil para esse fim.

"Então queríamos que você fosse o primeiro a saber", ele ouviu o velho dizer. Invadindo e interrompendo seus pensamentos sobre liberdade.

"Saber o quê?", Nat perguntou. Não entendia se tinha perdido uma parte da conversa ou não.

"Que Eleanor e eu vamos nos casar." Um silêncio estridente.

"Vocês vão se casar?"

"Sim. Vamos."

"*Por quê?*"

Pelo canto do olho, Nat viu Roger franzir o cenho e balançar a cabeça. Também viu que a senhora se movia desconfortável na cadeira.

Nat olhou para o velho, que o perfurou com o olhar.

"Pelo mesmo motivo que quaisquer duas pessoas se casam. Porque se amam e gostam da companhia uma da outra. E porque chegaram a um ponto no relacionamento em que sabem que vão ser mais felizes juntas do que separadas."

Nat franziu a testa e não disse nada. O que criou uma espécie de vácuo constrangedor. Especialmente porque ainda faltava mais de uma hora para o fim do horário de visita.

* * *

"Qual é o seu problema?", Roger perguntou enquanto levava Nat pelo corredor até sua cela.

"De qual dos meus muitos problemas está falando?"

"Aquele cara te deu tudo. Salvou sua vida no dia em que você nasceu. Vem te ver todos os dias de visita. Dirige cinco horas para ir e voltar três vezes por semana, para que você saiba que existe alguém que se importa com você..."

"Eu não pedi para ele..."

"Eu não terminei. O que acha de ouvir, só para variar? Ele vai te acolher quando você sair daqui. Vai te dar uma chance de começar de novo. Agora... dá para me explicar por que se ressente de um pouco de felicidade na vida de um homem como aquele?"

Nat só continuou andando.

Roger parou. E o segurou pelas costas do uniforme cor de laranja. Puxou-o de volta e — até com alguma gentileza para uma figura de autoridade sem supervisão, Nat pensou — o empurrou contra a parede de pintura descascada.

"Acho que vamos ter uma conversinha", Roger avisou, o rosto próximo do dele.

Nat revirou os olhos.

"Qual era a droga da pergunta mesmo?"

"Por que ele *não deveria* se casar?"

"Eu nunca disse que ele não deveria."

"Por que não pode ficar feliz por ele? Por que tem que criar dificuldade para eles?"

"É que é nojento."

"Não é nojento. É doce."

"Eles são velhos."

"Nem tanto."

"Devem ter... mais de sessenta. Acho."

"E daí?"

"Então você não acha isso nojento?"

"Muita gente se casa quando é jovem e continua casada aos 60 anos. E aos 70. E 80. Isso é nojento?"

"Se parar e pensar nisso de verdade, sim."

"Ah", disse Roger. "Não acredito em uma palavra do que você diz. Não está me dizendo a verdade. E não está sendo verdadeiro com você mesmo. Isso te incomoda por algum motivo. E nem você mesmo sabe qual é."

"Que motivo?"

"Talvez esteja bravo por ele estar se dando bem enquanto você está aqui trancado com um bando de homens?"

"Meu Deus. Agora ficou ainda mais nojento. Não quero pensar neles..."

"Ou talvez você só queira toda a atenção dele o tempo todo."

Nat realmente pensou nisso por um minuto. Sua avó também o acusara de precisar ser o centro das atenções. Mas ela formara uma opinião errada sobre o que estava acontecendo na época. Não tinha nem ideia. Mesmo assim, ele dava certo peso às palavras que ouvia duas vezes. Por isso as considerou. Mas não pareciam se encaixar.

Por um instante, ele desejou que alguém aparecesse no corredor e interrompesse esse momento. Mas ninguém apareceu.

"Não, acho que não seja isso", ele afirmou.

"Vou lhe dizer uma coisa..." Roger pôs a mão no bolso e pegou um maço de dinheiro. Puxou uma nota de dez e a segurou debaixo do nariz de Nat. "Te dou 10 dólares por uma resposta honesta." Ele olhou para os dois lados e guardou o dinheiro.

Era proibido um detento ter dinheiro enquanto estivesse lá dentro. E era algo muito disputado e valioso. Nat sabia que poderia se livrar de muitos problemas com dez pratas. E Roger também.

"Como vai saber que é honesta?"

"Se tiver um quê de verdade, te dou o benefício da dúvida. Não tenha pressa. Pensa um pouco e fala comigo depois."

Então ele segurou o ombro do uniforme de Nat, o virou e o levou de volta à cela.

ESQUISITO
10 de agosto de 1978

No pátio de exercícios, à tarde, Nat abandonou o jogo de propósito. Deixou um grupo de garotos de quem não gostava jogar basquete sem ele, fingindo ter estirado um músculo da panturrilha.

Ele atraiu o olhar de Roger ao mancar em direção à mesa de piquenique no canto do pátio. Quatro cantos, quatro guardas. É claro que ele escolheu o canto de Roger.

Tinha algo a dizer. E Roger parecia ter percebido.

Roger se apoiou na mesa com ele, e os dois assistiram ao jogo.

"E aí, o que tem para mim?", Roger perguntou. "Alguma coisa?"

Nat assistiu ao jogo em silêncio por mais um minuto.

Depois disse: "É esquisito...".

"Ah. Não. Parei no esquisito."

"Não. Você não me deixou terminar. Não era isso que eu ia dizer. Não ia dizer que *eles* são esquisitos. Só que é esquisito... sabe... para mim. Em alguns meses vou voltar a morar naquela casa. E só estive lá por uns dois dias. Então vai ser tudo novo e estranho para mim. Mas agora eu meio que conheço o cara. Depois de todas essas visitas. Aí achei que seria tranquilo. Mas não conheço *a mulher*. Então, agora é tudo novo e estranho de novo. É como... acho que esquisito não é a palavra certa, mas não consigo pensar em outra."

"Assustador?"

"Talvez. É. Acho que sim."

Uma pausa, durante a qual Nat ficou curioso para saber como tinha se saído.

Roger se virou de repente e segurou Nat pelo uniforme. Aproximou o rosto do dele. Nat se encolheu e se preparou. Estava prestes a ouvir um sermão por alguma coisa. Mas não sabia por quê.

Mas em seguida, naquele momento íntimo que ele havia construído, Roger deu uma piscada para ele. Enfiou uma nota dobrada no bolso do peito do uniforme.

"Isso tem um quê de verdade", disse Roger.

Então o soltou, e Nat bateu as mãos na roupa como se limpasse a poeira. Controlou a respiração.

Roger desencostou da mesa e começou a se afastar.

"Espera", chamou Nat.

Roger parou e olhou para trás. Voltou para perto dele.

"Por que isso vale 10 dólares para você?", Nat perguntou em voz baixa. Sabia que era importante que nenhum outro guarda ouvisse ou soubesse.

Roger respirou fundo.

"Porque... do meu ponto de vista, ninguém parece saber por que faz *alguma coisa*. Ah, as pessoas têm histórias para contar. Mas sempre me parece bobagem. Porque é bobagem. Na minha opinião, isso é o que preenche um lugar como este aqui. Um bando de idiotas amedrontados correndo por aí, mentindo para todo mundo sobre por que fazem o que fazem. Até para eles mesmos. Quanto mais velho fico, mais isso me incomoda. Só queria ver se você conseguia. Sabe? Se tivesse algum tempo para pensar e um incentivo autêntico para fazer a coisa certa. Acho que pensei que, se você conseguisse, qualquer um conseguiria."

"Caramba, valeu", disse Nat.

COM PRAZER
27 de setembro de 1978

Nat entrou se arrastando na sala de visita como fazia todas as segundas, quartas e sextas-feiras. Procurou O Homem na sala, mas só viu os pais de outro cara e uma velha.

Quando olhou com mais atenção para a velha, ela levantou a cabeça.

Era sua avó.

Nat olhou para Roger, que desviou o olhar. Ele queria atrair a atenção de Roger. Perguntar sem palavras por que Roger não tinha falado nada. Por que não tinha lhe ajudado com um aviso. Mas Roger não parecia estar disposto a brincar disso.

Nat ficou em pé na frente da mesa por um bom tempo. Até Roger se aproximar dele, colocar as mãos em seus ombros e empurrá-lo para a cadeira com firmeza.

"Oi, Nat", disse a velha.

Nat não falou nada.

"Então. Ainda não está falando comigo depois de todos esses anos?"

"Cadê o homem que me achou no bosque?", Nat perguntou. A frase era estranha, mas estava incerto de como se referir a ele. Nathan? Sr. McCann? O cara que, diferente de você, *deveria* estar aqui?

"Ele aceitou ficar na sala de espera até terminarmos nossa conversa."

"Se quer minha opinião, nossa conversa *já* acabou."

"Bom, *eu* tenho algumas coisas a dizer."

Nat franziu a testa e afundou na cadeira. Seu impulso era ir embora, mas ele resistiu, sabendo que Roger o faria sentar de novo.

"Em primeiro lugar", ela disse, "tenho uma pergunta para fazer. E a pergunta é: 'O que eu podia fazer?'. Devia ter contado tudo quando você era só um menininho, devia ter dito que sua mãe fez aquela coisa horrível com você? Era isso que eu devia ter feito?"

Nat a fitou dentro dos olhos pela primeira vez, e ela desviou o olhar, como era de se esperar.

"Sim", ele respondeu sem rodeio. "Essa teria sido a coisa certa."

"Por quê? Pode me explicar por que esse teria sido um bom jeito de lidar com as coisas?"

"É claro", declarou Nat. "Com prazer. Porque, desse jeito, eu saberia que minha mãe era um lixo podre que estava pouco se fodendo para mim..." Nat sentiu que ela se preparava para censurar seu linguajar, mas levantou a mão e ela ficou em silêncio. Pelo canto do olho, ele viu Roger dar um passo à frente, depois parar e esperar. "Não. Não terminei. Eu saberia isso sobre *ela*. Mas saberia também que podia confiar em *você*. E então haveria uma pessoa na minha vida em que eu saberia que podia confiar."

Os dois olharam para a mesa por um longo e desconfortável espaço de tempo.

"Bom, não sei se concordo com você", ela disse. "Mas digamos que esteja certo. Sou humana, e todo mundo erra. Certa ou errada, fiz o que achava que era melhor. Pode me perdoar por isso. Não pode?"

Nat não respondeu. Porque não a perdoava.

"Depois de tudo que você me deu para perdoar?", ela continuou.

Para mim, é novidade que você tenha me perdoado por alguma coisa, Nat pensou. Mas não falou nada.

"E a outra coisa que vim te dizer. Sei que vai sair daqui semana que vem. Quando fizer 18 anos. E se realmente tiver aprendido essa lição... e espero que tenha aprendido... se *prometer* que não vai haver mais violência, roubos e mentiras, e que vai arrumar um emprego e andar na linha... pode voltar para casa. E podemos tentar de novo."

Nat abriu a boca para dizer onde ela podia enfiar aquela ofertazinha condescendente, mas lembrou que Roger, o fiscal da grosseria, podia ouvir a conversa de onde estava.

"Não, obrigado."

"Como é que é? O que foi que você disse?"

"Você ouviu. Eu disse não, obrigado."

"Então para onde vai?"

"Para a casa de Nathan McCann."

"Está dizendo que aquele homem vai mesmo te aceitar de volta? Depois de tudo que você fez? Para mim, isso parece ilusão. Pensei que ele tivesse desistido de você há muito tempo."

"Ele nunca vai desistir de mim!", Nat gritou, batendo na mesa com a mão fechada. Pelo canto do olho, Nat viu o outro garoto e os pais dele pularem de susto. Roger lançou um olhar severo, de alerta, em sua direção. "Se ele tivesse desistido de mim, por que estaria na sala de espera agora?", Nat perguntou, ainda bem agitado. "Vá lá perguntar para ele se sou bem-vindo. Aproveite e diga que ele pode entrar. E vá para casa. E nunca mais volte aqui. Essa conversa acabou."

De início, nada. Nenhum movimento. Nenhuma resposta.

Depois a velha suspirou profundamente. Levantou-se com dificuldade e um grunhido.

Nat não olhou quando ela saiu da sala.

"Que bela maneira de falar com sua avó", comentou Roger.

"Não se mete", Nat rebateu.

Para sua surpresa, Roger não falou mais nada.

Nat levantou a cabeça e viu Nathan McCann sentar-se na cadeira diante dele.

"E então?", o velho perguntou. "Você e sua avó tiveram uma boa conversa?"

"Não", respondeu Nat. "Foi uma porcaria. Mas pelo menos foi nossa última conversa. Foi a única parte boa."

"Ela telefona para mim, sabe? Toda semana. Para saber se você está bem."

"Não. Eu não sabia. Você nunca me contou."

"Estou contando agora", disse o velho.

INERENTE
3 de outubro de 1978

Nat estava do lado de fora, sem nenhuma parede diante de si, na tarde fria, ao lado da perua do velho. Esperou que ele abrisse a porta do passageiro. O cara tinha uma perua nova, mas era igualzinha à antiga. Mesmo modelo, da Chevrolet, só alguns anos mais nova. Até a cor era a mesma, aquele marrom meio enferrujado e sem graça. Nat pensou por um instante em como seria ter esse nível de mesmice.

Especialmente hoje, quando tudo estava mudando.

Nat resistiu à tentação de estreitar os olhos contra o sol, porque, disse a si mesmo, o impulso era bobo e irreal. Afinal, o mesmo sol brilhara no pátio de exercício por três anos. Ainda assim, parecia diferente fora daqueles muros horríveis.

Provavelmente era só sua imaginação.

O velho esticou o braço dentro do carro e levantou a trava da porta. Nat abriu-a e entrou. Olhou pelo para-brisa de um carro pela primeira vez em três anos.

Demorou um minuto para se perguntar por que o velho não engatava a marcha e ia embora.

Nat olhou para ele.

"Assim que afivelar o cinto de segurança, nós vamos para casa", o velho avisou.

Nat tinha que admitir, mesmo que só para si mesmo, que a palavra *casa* tinha um som agradável. Mesmo que só tivesse morado lá por uns dois dias. Mesmo que uma mulher que só tinha visto uma vez também morasse lá.

Ele pôs o cinto de segurança. O homem engatou a marcha e eles partiram, viajando a uma velocidade que Nat só lembrava vagamente em sonhos. Na prisão, só se anda na velocidade em que os pés podem alcançar.

De início, silêncio.

Depois, o velho disse: "Qual é a sensação de ser um homem livre?".

"Hum", disse Nat. "Achei que seria incrível. E é, de certa forma. Mas também é... é muita coisa ao mesmo tempo."

No breve silêncio que se seguiu, Nat se deu conta de que tinha acabado de ser chamado de homem. Tinha 18 anos havia poucos dias, e ninguém tinha se importado em parabenizá-lo pelo novo status. Isso conferia uma nova camada à intrincada rede de sentimentos que experimentava.

"A maioria dos grandes acontecimentos da vida é assim. Você espera que sejam emocionalmente singulares, mas quando olha para eles, tudo é mais complexo."

"Eu não sabia disso", Nat falou. O que queria dizer era que não sabia que outras pessoas experimentavam a vida de um jeito que ele era capaz de reconhecer. Que suas reações eram compartilhadas por outros seres humanos. Mas não conseguia encontrar palavras para tudo isso, por isso não elaborou. "Pensei que ia trazer o Penas", disse, olhando para o banco de trás como se apenas pudesse não ter percebido a presença dele.

"Pensei nisso. Mas a Maggie teria insistido em vir também, e achei que seria meio caótico."

"Ah."

"Você o verá assim que chegarmos em casa."

"Ok."

Silêncio. Por um quilômetro mais ou menos.

Agora estavam na interestadual, e Nat via as plantações passando e teve uma lembrança nítida de ver o mundo pela fresta da porta de um vagão de carga. Não era só o mundo que parecia corresponder à memória, mas o sentimento associado a ela. Liberdade.

Quando o sentimento arrefeceu e ele se cansou de olhar, Nat disse: "Também pensei que traria... desculpa. Como é mesmo o nome dela? Da sua esposa".

"Eleanor."

"Isso. Desculpa."

"Ela está em casa preparando o jantar. Achou que você ia gostar de uma boa refeição caseira na sua primeira noite em casa. Contei para ela o que você disse sobre a comida que estava comendo. Ela está fazendo um pernil assado com todos os acompanhamentos."

"Sério? É muito gentil da parte dela. Especialmente depois de eu ter sido tão..." Ele decidiu não concluir a frase. "Então... ah... como devo chamar sua esposa?"

"Eleanor."

"Ok." Outra longa pausa. "Bom, e... como chamo *você*?"

"O que acha de Nathan? É meu nome, afinal."

Mais um longo silêncio. Por três ou quatro quilômetros.

Nat comentou: "É meio esquisito. Não é? Ter visto você três vezes por semana nos últimos três anos, estar indo para casa morar com você e só agora perguntar como devo te chamar? É meio esquisito".

O velho pensou nisso por um momento, depois disse: "Tem algumas coisas diferentes... algumas... complicações... inerentes à nossa situação".

"Não sei o que significa essa palavra."

"Inerente?"

"Sim."

"Significa interno, embutido."

"Ah. Desculpa se pareço burro."

"Não parece. De jeito nenhum. É sinal de inteligência perguntar o significado de uma palavra se você não a conhece."

"Ah. Eu não sabia disso." E Nat, no mesmo instante, se sentiu burro de novo. "Tem uma coisa que eu queria perguntar. Mas eu..." Ele parou, hesitou. Recomeçou. "Não vou reclamar se a resposta for sim, mas... vou ter que dormir no sofá ou alguma coisa assim?"

"Não, vai voltar para o seu quarto."

"Ah. Que bom."

Nat suspirou. Encostou-se no assento e observou o mundo mais um pouco. Não tinha mudado. Longas fileiras de árvores. Campos semeados. Vacas malhadas pastando.

Depois ele disse: "Então, vocês dois dormem no mesmo quarto".

O velho não respondeu, mas olhou de lado para Nat, demonstrando desagrado. Esse olhar dizia com a clareza das palavras: "Não continue".

"Sabe de uma coisa? É sério, sério mesmo, de verdade, não falei com a intenção que pode ter parecido. Não estava mesmo tentando invadir sua privacidade. De verdade. Não tive essa intenção, de forma alguma. Não é da minha conta. Eu só queria... bom, sei que fui um babaca quando você me contou. Mas só estou tentando dizer que você parece feliz. Naquele primeiro dia, quando cheguei à sua casa e você me contou sobre você e sua outra esposa e que ela dormia em outro quarto, achei triste. Mas agora isso parece feliz. Eu só estava tentando dizer que... se isso é verdade... e você está feliz... então estou contente. Por você estar feliz."

"Minha nossa", o homem comentou. "Acho que foram mais palavras do que as que você me disse nos últimos três anos juntos."

Bom, Nat pensou, hoje tem mais coisas a serem ditas. O que poderia ter para falar dia após dia naquele buraco? Além do mais, estava empolgado e um pouco assustado. E sua empolgação transbordava em palavras. Mas não conseguia verbalizar nada disso.

Então, disse apenas: "Desculpa. Não queria falar demais".

"Não foi uma queixa. Obrigado por sua felicitação atenciosa pelo meu casamento. *Estou* feliz, sim. E é bom saber que você fica feliz por mim."

Parecia um bom começo, mas não era. Nat percebeu que essa troca inusitadamente bem-sucedida poderia ser um trampolim para quase tudo. Mas o salto parecia extremamente assustador. Na verdade, era assim que ele via. Um salto. Como estar à beira de um penhasco de vários milhares de metros de altura, se preparando para dar um passo.

Isso apavorou Nat de tal forma que ele se fechou e não falou mais pelo resto da viagem.

* * *

O velho abriu o canil e deixou os dois cachorros saírem.

Nat esperou Penas correr para cumprimentá-lo. Mas ele não correu. Só ficou dando voltas em torno do velho, pulando reto, mas sem encostar com as patas nele.

"Oi, Penas!", Nat chamou. "Penas, meu garoto. Você é meu cachorro. Eu sou seu dono. Vem me dar oi."

O velho levou os dois cachorros para perto dele. Maggie lambeu a mão de Nat com entusiasmo, mas Penas só a farejou uma vez, depois se manteve perto do velho, meio escondido atrás das pernas dele.

"Ele não gosta de mim", Nat falou.

"Você tem que dar um tempo a ele. *Eu* sei que ele é seu cachorro, *você* sabe, mas *ele* ainda não sabe. Como pode? Sou eu que cuido dele há três anos."

"Então, ele não é meu cachorro de verdade."

"É claro que é."

"De acordo com ele, não."

"Dá um tempo para ele, Nat. Brinca com ele. Leva para passear. E vai ser você que dará comida para ele de agora em diante. Ele vai entender."

"Posso levar o cachorro para dentro de casa?"

"Só até o jantar ser servido. E não faça muita confusão. Eleanor não é muito fã de cachorros dentro de casa. Eu levo os dois lá dentro uma vez por dia pelo menos. Mas fique atento para que todo mundo se comporte da melhor maneira possível."

Nat não sabia se fazia parte desse mundo. E não perguntou.

* * *

Era uma cena quase bonita, Nat pensou. Como aquelas que você vê em um filme ou programa de TV sobre uma família. A esposa na cozinha preparando a comida. Todos aqueles cheiros bons invadindo a sala de estar. O marido sentado no sofá lendo o jornal. E o filho — que nesses filmes nunca acabou de sair de uma detenção juvenil por assalto à mão armada — brincando com o cachorro, correndo entre a sala de estar e a de jantar. O cachorro correndo atrás dele e tentando pegar o brinquedo que ele segurava: uma cordinha com um nó em cada extremidade que Nat tinha pegado no canil.

A cada corrida, ele percebia que a mesa estava cada vez mais arrumada. Primeiro, pratos foram acrescentados enquanto ele estava na sala de estar. Depois, velas em castiçais de prata.

Depois um vaso solitário de porcelana branca e acabamento dourado, com apenas uma flor vermelha.

"Por favor, tenha cuidado", Eleanor disse ao entrar na sala de jantar enquanto Nat corria em volta da mesa atrás de Penas.

Quando Nat voltou à sala de estar, o velho estava em pé de braços cruzados. Impedindo sua passagem.

"Acho que agora é hora de Penas ir lá para fora."

"Por quê? Só estamos brincando."

"Não quero problemas."

"É só um pedaço de corda", Nat argumentou. "Não vai quebrar nada."

Quando ele disse isso, Penas, que não entendeu por que não estava mais sendo perseguido, soltou o brinquedo em cima do pé de Nat. O rapaz pegou a corda e, como se quisesse provar o que dizia, a jogou na sala de jantar.

Eleanor espiou da porta da cozinha. Nat e o velho viram tudo da sala de estar. Penas correu atrás do brinquedo, derrapando no assoalho de madeira. Bateu em um pé da mesa com um baque alto.

O vaso de porcelana branca balançou uma, duas vezes. Foi como se o tempo parasse por um momento. Então ele caiu para o lado e quebrou em três pedaços. A água que havia nele se espalhou pela toalha de renda cor de marfim.

Nat ficou paralisado, olhando para a cara de Eleanor. Ela parecia ficar mais pálida a cada segundo. De início, ele achou que fosse sua imaginação. Mas não era. Todo o sangue estava deixando o rosto da mulher. Cada gota, a julgar pelo que via.

Penas trouxe a corda de volta e a soltou em cima do pé de Nat.

"Leva o cachorro para fora", disse o velho. "Agora."

E foi consolar a esposa, que parecia estar chorando. O que podia ser imaginação de Nat. Afinal, ninguém chora por causa de um vaso.

Chora?

* * *

Quando Nat voltou — porque ele demorou o máximo de tempo que podia — o vaso quebrado tinha desaparecido e a toalha de renda havia sido substituída por outra mais simples, azul-marinho.

"O jantar está na mesa", a mulher anunciou. Sua voz parecia irreal. Enrijecida.

Nat sentou-se e viu Eleanor e o velho carregarem pratos e mais pratos de comida. O pernil assado, que parecia revestido de mel e borbulhava na superfície como as comidas nos comerciais de televisão. Caçarola de vagens. Caçarola de inhame. Bolinhos caseiros. Salada verde. Uma torta de frutas.

"Sinto muito mesmo pelo acidente", disse Nat.

Eleanor tropeçou quando voltava à cozinha. O velho disparou um olhar para Nat e balançou a cabeça. Como se dissesse, não. Não faça isso. É melhor nem tocar nesse assunto.

Nat esperou em silêncio que eles se sentassem.

Quando se sentaram, um silêncio dominou a mesa. Uma pausa difícil. Nat queria pegar uma fatia de pernil, mas não sabia se ainda dariam graças. Ou se o dono da casa devia ser o primeiro a se servir. Ou se havia alguma outra regra que Nat não conhecia, mas devia conhecer.

Ouvia Penas ganindo no canil, querendo brincar. Talvez estivesse reclamando o tempo todo e só agora Nat percebera.

"Bem, vamos lá, sirvam-se", Eleanor disse.

Nat pegou o grande garfo e espetou três fatias de pernil de uma vez.

Começou a comer sem esperar os acompanhamentos, passados de mão em mão.

"Salada?", perguntou o velho.

"Não, obrigado."

"Vagem."

"Não sou muito fã de vagem."

"Devia experimentar a que Eleanor faz. Não recuse antes de provar. Ela faz com creme de sopa de galinha e aquelas tiras de cebola frita crocante em cima."

"Ok. Vou experimentar."

Nat queria que Eleanor falasse algo. Mas ela não dizia nada.

O velho serviu uma pequena porção de vagens no prato de Nat, e ele se serviu cauteloso. Experimentou um pouquinho.

"Uau. Tem razão. É bom mesmo."

Um sorrisinho de Eleanor. Mais nada.

"E vou aceitar um bolinho, por favor. E o inhame parece bom."

O velho passou o inhame para ele. Qualquer coisa com cobertura de marshmallow devia ser boa. Ele serviu uma montanha no prato e provou.

"Humm. Laranja. Tem gosto de laranja. Nunca teria chutado laranja. Mas é muito bom."

Outro sorrisinho.

"Sabe, foi muita gentileza sua cozinhar tudo isso. Não como tão bem há anos. A última refeição boa que fiz foi naquela noite quando fomos caçar. Bem", ele se virou para o velho, "você foi caçar. E comemos pato assado com purê de batata e molho de maçã. Nunca esqueci aquela refeição. Durante os três anos que passei lá dentro. É como se ainda pudesse sentir aquele gosto. Não o tempo todo, mas de vez em quando. Se eu tentasse. E às vezes quando eu nem estava tentando. Quando nem estava pensando nisso. Não estava nem pensando em comida. Mas de repente sentia aquele gosto. E é claro, você levava aquela metade de pato assado todos os anos, no meu aniversário", ele lembrou, olhando de novo para o velho, que olhava para seu prato.

Silêncio. Ou Nat falava, ou o silêncio reinava.

Uma sensação gelada se apoderou do estômago de Nat. Quão ruim era aquilo? Pior do que havia imaginado?

"E acho que o único motivo para eu não estar incluindo esses também, é porque não tinha como esquentar e não havia purê de batata. Ou molho de maçã. Mas ainda era bom. Mas esta... esta é a melhor refeição que faço em anos. Literalmente. A comida lá era muito ruim. Não dá para imaginar o quanto era ruim. Houve ocasiões em que passei três dias me alimentando só de maçãs e água, porque não suportava comer aquela comida. Mas as maçãs também eram horríveis. Cheias de manchas e batidas. Acho que as frutas eram doadas por agricultores porque eram ruins demais para vender. Ou talvez eles comprassem bem barato. Mas eram horríveis demais para chegar ao supermercado. Podem acreditar."

Ele parou. Esperando que alguém falasse. Silêncio. E ele continuou.

"Todos os dias, na hora do almoço, tinha uma caixa de laranjas no fim da fila. Mas nem eram cor de laranja. Eram quase todas verdes. E eu revirava aquela caixa tentando achar uma laranja boa. Mas o guarda que vigiava a fila da comida, Gerry, sempre dizia: 'Pega uma e pronto. São todas iguais. É só pegar uma'. Eu tinha dificuldade para acreditar nisso. Porque elas pareciam péssimas. Mas, sério, ele estava certo. Eram todas iguais. Todos os dias. Todas completamente nojentas."

Silêncio.

Nele, Nat ouviu o eco de suas palavras. Como se as ouvisse pela primeira vez. Como se estivesse fora de si mesmo, vendo e ouvindo. E percebeu, com um baque, que parecia um idiota. Até pra si mesmo.

"Desculpem. Estou falando demais. Não estou? Nunca faço direito. Ou não falo o suficiente, ou falo demais. Deve haver uma quantidade certa para falar. Mas parece que nunca consigo encontrá-la."

Outro sorrisinho tenso da mulher.

Nat olhou para o pernil em seu prato e percebeu que podia estar comendo em vez de ficar falando. Mas, por alguma razão — por melhor que fosse a comida, por mais saudade que sentisse de comer daquele jeito — estava perdendo o apetite rapidamente.

Começou a comer devagar. Porções pequenas, cautelosas.

Pouco mais foi dito.

* * *

Nat ficou deitado embaixo das cobertas, se sentindo pequeno na cama grande. A colcha florida e feminina tinha sido substituída por uma mais masculina, simples e verde. O quarto não tinha mais decoração nas paredes e a maior parte da mobília havia sido removida, como se fosse um convite para Nat ocupar esse espaço.

Conseguia entender que isso refletia uma grande consideração por ele. Mesmo assim, não se sentia menos imprestável.

O velho entrou para dar boa noite, e Nat sentou-se na cama.

"Posso comprar outro vaso para ela", disse Nat. "Quer dizer, não agora, mas depois que arrumar um emprego. Quando receber o primeiro pagamento. Seja lá quando for. Aí vou poder."

O velho puxou uma cadeira simples e sentou-se ao lado da cama. Como tinha feito em sua primeira noite ali. Tanto tempo atrás.

"O vaso foi da falecida avó dela. Por isso ela ficou um pouco emocionada. Ela tem poucas coisas que foram da casa da avó, porque tem oito irmãos e irmãs, e não havia muito a ser dividido."

"Ah. Pode dizer a ela que sinto muito?"

"Ela sabe que você lamenta. E sabe que acidentes podem acontecer com todo mundo. Só precisa de tempo para sentir o que tiver que sentir em relação a isso."

Eles ficaram em silêncio por alguns momentos.

Depois Nat falou: "Ela não gosta de mim".

"Ela não te conhece."

Nat riu.

"Tenho uma novidade para te contar. Muita gente não gosta de mim. E, quando essas pessoas me conhecem melhor, isso não resolve as coisas. Se é que entende o que eu quero dizer."

O velho sorriu com tristeza. Bateu de leve no joelho de Nat através da nova colcha.

Nat esperava que ele dissesse alguma coisa. Mas, em vez disso, ele só se levantou para sair.

Quando o velho devolveu a cadeira ao canto, Nat perguntou: "*Você* gosta de mim?".

Um longo silêncio. Muito longo.

O velho se dirigiu à porta do quarto. Ficou parado um momento com a mão no interruptor.

"Reconheço seu valor", replicou com delicadeza.

"Ele é inerente?"

O velho riu, como se Nat tivesse feito a pergunta brincando. Mas ele falava sério.

"Sim. É inerente."

"Isso significa sim ou não?"

Nat estudou o rosto do velho por um momento. Era quase como observar alguém pensando.

"Vai dormir", disse o velho. "Amanhã cedo você vai querer sair para procurar um emprego."

Depois apagou a luz e deixou Nat sozinho.

DUAS ALGUMAS COISAS
4 de outubro de 1978

Quando Nat entrou na cozinha e se sentou à mesa, o velho parecia ter saído. Eleanor olhava o interior da geladeira. Já estava arrumada com um vestido acinturado e graciosos sapatos de tecido. E de cabelo preso. Perfeitamente, como se não tivesse dormido em cima dos fios.

Ela olhou para Nat por cima do ombro.

"Você toma café?"

"Sempre que posso", ele disse.

Não tomava café havia mais de três anos.

Enquanto ela servia uma xícara do café da cafeteira, ele percebeu que o vaso solitário branco estava inteiro outra vez. Sobre uma parte do jornal matinal em cima do balcão. Colado recentemente. Mesmo daquela distância, Nat via as fissuras, provas do acidente.

Eleanor colocou o café diante dele. Não em uma grande e sólida caneca, como ele preferia, mas em uma delicada xícara de porcelana com pires. Tinha a sensação de que teria que beber com o dedinho levantado. Ou de que estragaria a xícara só por tocá-la. Mas era café, e café era bom, e ele não estava em posição e nem com disposição para reclamar.

"Você coloca alguma coisa no café?"

"Açúcar e leite, por favor."

Ela entregou a ele um guardanapo e uma colher e apontou para um elegante açucareiro de porcelana com tampa no centro da mesa. Enquanto servia três colheres de chá de açúcar na xícara, ele a viu abrir a porta do refrigerador, pegar uma embalagem pequena de creme e — em vez de simplesmente deixá-la na mesa na frente dele — servir cerca de um terço do conteúdo em uma pequena jarra de creme da mesma porcelana.

Ele não tinha ideia de que a vida podia ser tão complicada.

"Ficou parecendo novo", comentou Nat.

"O quê?"

"Seu vaso. Ali no balcão. Foi colado."

Ele esperou, mas ela não disse nada. Só deixou a jarrinha de creme diante dele. Nat olhou para a jarra por um momento, sentindo uma leve camada de gelo revestir a cozinha e penetrar suas entranhas.

"Ok, não é verdade", ele continuou. "Desculpa. Não parece novo. E nunca vai parecer. Eu não devia ter dito isso."

Silêncio. Nat queria sacudi-la e gritar: "Goste de mim! Por favor! Estou me esforçando muito! Não dá para ver o quanto estou me esforçando?".

Ela não respondeu.

"Sinto muito, de verdade."

"Eu sei que sente, Nat."

Mais silêncio. Nat disse àquela parte dele que queria mais — que ainda esperava por mais — para se sentar e calar a boca. Porque não conseguiria nada.

Então, ela disse: "Guardei massa de panqueca para você. Se quiser panqueca".

"Obrigado. Eu adoraria panquecas."

"Ok. Vou fazer algumas."

"Obrigado."

Nat bebeu o café enquanto a observava, notando que ela parecia mais relaxada enquanto fazia as panquecas. Enquanto tinha alguma coisa com que se ocupar.

"Então. Cadê o Nathan?"

Ela olhou por cima do ombro como se a pergunta a surpreendesse.

"Ora, foi trabalhar. Visitar clientes. São mais de 10h, sabe?"

"Ah. Não. Não sabia que era tão tarde. Em geral não durmo até tarde. Acho que é porque na detenção não deixavam. Fazem a gente acordar cedo todos os dias e trabalhar ou assistir às aulas. Inclusive nos fins de semana. Sete dias por semana. Então acho que me deixei levar. Sabe? Porque faz muito tempo que não faço isso."

Ele se interrompeu. Ouviu o eco das palavras. Pensou: "Não. Não vou repetir o que fiz ontem à noite. Vou calar a boca. Agora. Não vou ficar tagarelando desse jeito, como um idiota, não de novo".

Em silêncio, ele a viu despejar quatro conchas cheias de massa de panqueca na chapa quente. Viu quando ela levantou as beiradas com a espátula para testar a consistência. Examinar se estavam douradas no fundo.

Ela as virou com cuidado. Pegou um prato do armário.

"Ah", disse. "Acabei de lembrar. Nathan me pediu para te dar um recado. Se arrumar um emprego hoje... ou qualquer dia, quando ele estiver no trabalho... ele disse para te avisar que vão te dar um formulário de imposto para preencher. Falou o número do formulário, mas agora esqueci. Acho que é W-4, mas posso estar enganada. Mas acho que só vão te dar um. Tem alguma decisão de desconto no pagamento. Ele disse que você deve trazer esse formulário para casa. Não é para preencher no local. Ele quer te dar alguns conselhos sobre isso."

"Ok." Silêncio. Uma bela pilha de panquecas apareceu na mesa diante dele. "Obrigado."

"Por nada, Nat."

"Sabe onde Nathan guarda as coleiras dos cachorros?"

"Penduradas na porta da garagem, do lado de dentro."

"Ah. Ok. Obrigado. Acho que vou levar Penas ao centro da cidade."

"*Para fazer entrevistas de emprego?*"

"Ah. Bem. Não. Não nas *entrevistas*", ele falou depressa. Recuando rápido. "Pensei em começar procurando vagas, vendo quem está precisando de gente para trabalhar. Talvez alguém aceite inscrições. Se tiver que entrar para preencher uma ficha, posso deixar Penas preso do lado de fora."

"Ah. Acho que isso é tranquilo. Quer um pouco de xarope caseiro de framboesa para as panquecas?"

"Ah, quero", disse Nat. "Quem não ia querer?"

* * *

Nat podia ouvir Maggie uivando seu descontentamento enquanto ele saía com Penas, que corria à frente preso na coleira.

A caminhada até a cidade era de pouco mais de três quilômetros. Mas Nat pretendia ir correndo. Bom, *pretendia* talvez fosse a palavra errada. Não era uma decisão premeditada. Ele só precisava correr. Só começou naturalmente. E, depois de começar, não conseguiu mais parar.

A cabeça ficou estranhamente limpa conforme corria. Não havia pensamentos aglomerados, como quase sempre acontecia, disputando uma posição. Agora era como se eles fossem expulsos de lá pelo vento que invadia olhos e nariz e pelo impacto dos tênis na calçada.

Isso é liberdade.

As palavras surgiram do nada.

No dia anterior, enquanto ia para casa de carro com Nathan, aquilo não era liberdade. Era só sair com alguém, como diziam que tinha que ser feito. O jantar sem dúvida não foi liberdade. E deitar-se na cama que Nathan deu a ele era muito melhor que deitar-se na cama da detenção juvenil, ouvindo os roncos irregulares de Rico e olhando para as barras na penumbra. Mas não era liberdade.

Isso era liberdade.

Ninguém olhando. Ninguém dizendo o que tinha que fazer.

O peito doía, e ele começou a sentir uma pontada de um dos lados do corpo. Mas continuou correndo.

* * *

Em algum ponto da Rua Principal, uma garota sentada em um ponto de ônibus sorriu acanhada para ele. Ele sorriu de volta.

Então ele parou. Voltou um quarto de quarteirão.

Sentou-se no banco ao lado dela.

A menina tinha um cabelo castanho, longo e cheio, com reflexos avermelhados que surgiam sob o sol. Ela o fazia lembrar-se de alguém, mas ele não conseguia identificar quem. Tinha sardas no nariz e nas bochechas.

Ela o encarou, meio que na defensiva.

"Oi", disse Nat, tão ofegante que mal conseguia falar.

Ela não respondeu. Só olhou para o outro lado de propósito.

"Eu só precisava descansar um minuto." A respiração confirmava o que ele dizia.

Penas se aproximou da menina e lambeu uma de suas mãos.

"Gosto do seu cachorro", ela comentou. Seus olhos eram castanho-claros, como um mel de boa qualidade.

"Obrigado. Também gosto dele."

"Qual é o nome dele?"

"Penas."

Ela riu. Uma risada de garota. Tímida. Só uma risadinha.

"Não, sério."

"É sério. É o nome dele. Penas."

"Mas por que dar ao seu cachorro esse nome estranho? Ele não é uma ave."

"Não. É um cachorro." Nat agora respirava um pouco melhor. Ficara mais fácil se fazer entender.

"Não acha esse nome estranho para um cachorro?"

"É o nome do único animal de estimação que já tive."

"E *ele* era um pássaro? O outro animal?"

"Isso. Era."

"Então, *ele* tinha penas."

"Bom, na verdade... não. Ele também não tinha penas."

"Vamos ver se entendi. Você só teve outro animal de estimação, e foi um pássaro sem penas."

"Isso."

"Mas, mesmo assim, o nome dele era Penas."

"Isso."

"E aí deu o nome de Penas ao seu outro animal de estimação, mesmo ele sendo um cachorro."

"Isso."

"Você é um garoto muito estranho. Alguém já te disse isso?"

Ela o encarou e sorriu, mas desviou o olhar em seguida. Como se estivesse envergonhada.

Nat riu.

"Ah, sim. Todo mundo me diz isso."

"Ah. Meu ônibus vem vindo."

"Não, espera. Não vai", exclamou Nat. E concluiu que o comentário não era muito razoável.

"Por que não?"

"Bom, é que a conversa está tão boa..."

"Tenho que ir trabalhar."

"Ah. Pode me dar seu telefone?"

"É claro que não."

"Por que não?"

Nat acompanhava o ônibus pelo canto do olho. Ele se aproximava depressa. O jovem teria que se apressar.

"Porque não sou esse tipo de garota."

O semáforo da esquina fechou e o ônibus parou do outro lado do cruzamento. Nat respirou aliviado.

"Que tipo de garota? Não é o tipo de garota que tem telefone? Não é o tipo de garota que lembra o número do próprio telefone?"

"Não, bobo. Não sou o tipo de garota que conhece garotos estranhos na rua."

"E onde você conhece garotos estranhos?"

"Não sei. De preferência, eu nem chego a conhecer os estranhos. Se eu conhecesse um garoto na faculdade, no trabalho ou na igreja, acho que seria diferente."

O sinal abriu e o ônibus avançou.
"Onde você trabalha?"
Ela se levantou. Deu alguns passos em direção à rua. Nat a observava e esperava, prendendo a respiração. Ela parecia estar pensando se respondia ou não.
O ônibus parou na frente dela com um ruído dos freios.
"Na Frosty Freeze", ela falou por cima do ombro quando a porta abriu. Depois entrou no ônibus.
"Espera. Você nem me disse seu nome." Mas era tarde demais. A porta tinha fechado. Ela havia ido embora.

* * *

Nat amarrou a coleira de Penas em uma caixa de jornal do lado de fora da academia de ginástica. Depois, ficou parado por um instante, olhando para o lugar velho. Jack devia estar ganhando mais dinheiro, pensou. Ele tinha ajeitado bem aquilo ali.
Ele abriu a porta e parou. Nem entrou. Só ficou ali, segurando a maçaneta larga e fria. Apenas olhando.
Não havia sacos de velocidade. Nem sacos de pancada. Nem luvas velhas penduradas na parede. Nem ringue. Nem Mannyzinho. Nem Jack.
Em vez disso, Nat viu um homem que certamente usava esteroides deitado em um banco, levantando peso sem ninguém para supervisionar ou orientar o exercício, e três mulheres de roupas justas e coloridas se exercitando em esteiras e escadas. Todas tinham uma toalha no pescoço. A mulher na esteira lia uma revista aberta no painel do equipamento.
"Com licença. Posso ajudar?"
Nat olhou para a jovem atrás do balcão. Um balcão que não existia antes. Um balcão que nem deveria estar ali agora. Ele o olhou por um instante, depois voltou-se para as mulheres de roupa justa.
"Desculpe, mas você está deixando o ar frio entrar. Posso ajudar?"

"Ah. Desculpe." Nat entrou e soltou a porta, que se fechou atrás dele. Ele se dirigiu ao balcão como se estivesse sonhando. "Onde encontro o Jack?"

"Que Jack?"

"Você sabe. Jack. O cara que..." Era dono daqui? Ele era o dono? Nat percebeu que não sabia. Nunca perguntou. Tinha muita coisa que ele não sabia, na verdade. "Sabe? Jack. O boxeador. O cara que treina pessoas que querem lutar."

"Não tem nenhum Jack aqui", ela afirmou. Era loira, com um nariz empinado, e Nat sentiu que ela o olhava com superioridade. E isso estava começando a irritá-lo. E ela parecia saber.

"Bom, mas *tinha*. Quer dizer, costumava ter. E preciso saber onde ele está agora."

"Vou chamar o gerente", ela avisou.

Nat esperou e, deliberadamente, não olhou ao redor. Sabia que não suportaria. Já estava no limite com as coisas como estavam. Por isso, ficou olhando para o balcão e fechando os olhos com força de maneira intermitente.

Momentos depois, um homem grande com um rabo de cavalo loiro que descia até a cintura saiu de trás de uma cortina. Um fisiculturista.

"Posso ajudar?", ele perguntou.

Nat queria não ter que começar tudo de novo.

"Estou procurando o Jack."

"Jack Trudell?"

"Hum. É. Acho que sim."

"O homem que alugava este espaço?"

"Isso. Ele mesmo."

"Receio que o sr. Trudell tenha falecido."

Nat ficou parado com cara de idiota, mudo, avaliando quanta certeza tinha de sua compreensão do significado dessa palavra. Não o suficiente. Achava que provavelmente sabia. Mas não tinha certeza. O velho achava que era inteligente perguntar aquilo que não se sabia. Foi o que ele disse. Nat não tinha certeza de que o sr. Músculos concordaria com isso.

"Ele morreu?"

"Sim, receio que sim."

"Morreu de quê?"

"Não saberia dizer."

"Ele não era um cara tão velho."

"Não, pelo que ouvi dizer, não era. Podemos fazer mais alguma coisa por você?"

"Hum. Não. Obrigado."

Nat saiu de cabeça baixa.

Penas o esperava na calçada e abanava o rabo como se soubesse que era o cachorro de Nat, mas nem isso o fez se sentir melhor.

* * *

Nat se sentou no concreto gelado da viela atrás da academia. Penas sentou-se ao lado dele, encarando o rapaz. Inclinou um pouco a cabeça de pelos espetados, como se tentasse perguntar qual era o problema. Nat coçou sua orelha, e ele endireitou a cabeça.

"Acho melhor descer a rua e procurar placas anunciando vagas de emprego", Nat falou para o cachorro.

Penas inclinou a cabeça de novo. Nat observou as nuvens formadas pela respiração dos dois se expandindo e se misturando.

"Mas acho que não vou."

Nat tentava banir a ideia da cabeça a manhã toda. Mas ela pesava milhões de toneladas. Era mais pesada que o mundo em que ele teria que aceitar um emprego desse tipo. Era impossível até imaginar, mesmo se Nat tivesse certeza de que um contratante não perguntaria ao candidato se ele já havia sido preso. Mas Nat não tinha nenhuma certeza disso. Na verdade, imaginava que provavelmente perguntavam.

"Será que perguntam se você já foi preso? Acha que tem um espaço para isso em uma ficha de inscrição para uma vaga de emprego?", Nat perguntou a Penas. "Aposto que tem. Talvez eu só não conte. Acha que eles verificam?"

Um longo silêncio.

Estava ficando com o traseiro dormente por causa da calçada gelada e sentia o frio atravessando a jaqueta nos pontos que encostavam na parede do prédio. O muro do fundo da lavanderia a seco. Nat sentia o cheiro dos produtos químicos que eles usavam. Estava ficando um pouco enjoado por causa deles.

Bom. Estava ficando enjoado com alguma coisa.

"Talvez eu deva ir ao Frosty Freeze em vez disso. É uma ideia melhor. Não é?"

Mas, no silêncio que seguiu seu comentário, ele percebeu que não era uma boa ideia. De jeito nenhum.

Porque não tinha dinheiro no bolso. Nem um centavo.

Como poderia aparecer na Frosty Freeze e não ter dinheiro nem para pedir um milk-shake? Ou uma Coca? O que isso diria sobre ele? E como poderia fingir que estava lá como cliente, como todo mundo, como qualquer pessoa que tivesse esse direito? O que responderia quando ela perguntasse o que estava fazendo lá? E ela perguntaria, é claro. Se ele não pudesse dizer "Ah, queria tomar um milk-shake de chocolate", o que diria então?

"Não", ele disse a Penas. "Primeiro preciso arrumar um emprego. Depois podemos ir ao Frosty Freeze."

Mas, no instante em que disse isso, os milhares de quilos caíram sobre ele de novo. Nat sentia que seus pensamentos o tinham arrastado para o ciclo interminável mais deprimente do mundo, fazendo-o sempre voltar ao ponto impossível em que começara.

Uma voz o assustou.

"Eu te conheço. Você é aquele garoto que Jack ia treinar."

Nat levantou a cabeça.

"Mannyzinho!"

"É, sou eu, isso mesmo. O que aconteceu com você, garoto? Jack estava começando a gostar de você. Aí, você desapareceu."

"Passei três anos no centro de detenção juvenil."

"Ah. Isso explica tudo." Mannyzinho se agachou ao lado de Nat, apoiando as costas na parede da lavanderia a seco. Afagou a cabeça de Penas. "Cachorro engraçado", disse, sem fazer parecer um insulto.

Ele não tingia mais o cabelo, Nat percebeu. Agora era possível ver as mechas grisalhas. E parecia mais desleixado. Não tinha mais creme de cabelo nem marcas de pente. Como se ele não tivesse mais tempo ou paciência. Talvez só tivesse deixado de se importar.

"Mannyzinho. O que faz aqui?"

"O que sempre fiz. Limpo o chão na hora de fechar. Jogo alvejante nos chuveiros. Limpo suor das máquinas."

"Então você ainda trabalha aqui."

"Bem, eles ainda precisam de alguém para limpar. E eu moro aqui. Então, por que não eu?", ele apontou para uma janela no segundo andar da academia, e Nat olhou para cima. "Foi assim que soube que você estava aqui. Ouvi você falando. Minha janela estava aberta. Gosto do frio. As pessoas acham que eu sou maluco, mas eu gosto. Quanto mais frio, melhor. Aí olhei pela janela porque ouvi você falando. E tudo que vi foi um garoto e um cachorro. Então, desci para ver que tipo de garoto conversa com seu cachorro. E era você."

"É. Sou eu. Sou um garoto estranho."

"Eu que o diga."

Um longo silêncio. Penas lambeu o pulso de Mannyzinho.

Então Nat perguntou: "O que aconteceu com Jack?".

Outro silêncio.

"Jack morreu."

"Sim, isso eu sei. Mas por quê? Como? Morreu de quê?"

Nat ouviu apenas um longo suspiro. Achou que Mannyzinho nunca iria responder. Então: "Vamos dizer que foi uma série de escolhas infelizes e encerrar o assunto".

"Ah. Acho que consigo me identificar com escolhas ruins."

"Pelo menos você ainda está aqui."

"É. Ótimo. Ainda estou aqui. Que ótima notícia, hein? Como isso me ajuda?"

"O que tem de tão ruim em não estar morto? Quer dizer, quando você bota na balança as alternativas."

Nat pensou se conseguiria explicar. Só a ideia de tentar já o deixava cansado. Mas era Mannyzinho quem perguntava. Então tinha que pelo menos tentar.

"Não sei. É que... o tempo todo em que estive lá dentro, os três anos inteiros, eu só pensava em voltar para cá. Pensava que passaria pela porta, e Jack estaria lá. Lutando com um velho no ringue. Imaginei isso um milhão de vezes. Eu via essa cena em minha cabeça. Imaginava que ele se aproximaria e perguntaria por onde eu tinha andado depois de tanto tempo. E eu contava para ele. E ele assentia como se entendesse totalmente. Porque ele entendia essas coisas. E então ele diria algo como: 'Bom, vamos lá, garoto. Já perdemos três anos. Não vamos perder mais tempo. Põe as luvas e vamos recuperar o tempo perdido'."

"É, ele provavelmente teria dito isso aí mesmo."

"E agora, quem vai me ensinar a lutar boxe?"

"Bom...", respondeu Mannyzinho, e fez uma pausa. Como se tentasse decidir se concluía o pensamento.

"Que foi? Conhece alguém? Tem alguma ideia?"

"Bem..."

"Eu estou bem desesperado. Caso não tenha notado. Se tiver alguma ideia, vou adorar ouvir."

"Fui eu que treinei o Jack."

"*Você* treinou o Jack?"

"Sim. Ensinei tudo que ele sabe. Digo, sabia. Eu tinha o conhecimento e tudo o mais. Sabe, os instintos. Sabia lutar, mas não valia muito no ringue. Não tinha porte físico para isso. Existe treinamento para ganhar peso, mas não para ganhar altura. Sabe? Onde eu poderia bater senão abaixo da cintura? Não alcançava muito acima disso. Você conhece o ditado. Quem não pode fazer alguma coisa, bem, ensina."

"Então *me* ensina."

"Não sei, garoto."

"Por favor?"

"Faz muito tempo que não treino ninguém."

"Você é minha única esperança."

"Ah, não vem com essa, garoto. Não aguento. Estou velho e arruinado demais para ser a última esperança de alguém."

"Você é mais jovem e menos acabado do que qualquer outra pessoa que aceite me treinar para lutar."

"É, acho que entendo seu ponto."

Um longo suspiro. Uma longa pausa.

Nat observou a respiração deles saindo em grandes nuvens de vapor. Dos três. Sabia que Mannyzinho diria sim. Porque tinha que dizer. Não podia ser de outro jeito. Era importante demais.

"Ai, que inferno. Vamos subir. É melhor. O que mais tenho para fazer? Tenho uns sacos de pancada no meu quarto. Vamos ver se você lembra alguma coisa."

* * *

Nat chegou em casa um pouco depois das 17h.

O velho estava sentado na sala de estar, assistindo ao jornal do começo da noite.

Ele levantou a cabeça e sorriu para Nat, então se levantou e atravessou a sala para abaixar o volume da televisão.

"O que acha de não entrar com o Penas? Que tal deixá-lo no canil e se lavar para jantar?"

Nat ficou paralisado no hall, ainda segurando a coleira do cachorro. Sem atravessar a soleira para a sala de estar.

"É. Tudo bem. Quer dizer, boa ideia."

"Você deve ter tido um dia proveitoso."

"Como assim?"

"Você passou o dia todo fora, imaginei que tivesse encontrado alguma coisa."

Ah, sim. Encontrei alguma coisa, Nat pensou. Finalmente encontrei alguma coisa. Finalmente. Talvez até duas algumas coisas.

"Ah. Está falando de trabalho?"

"Sim. Achei que pudesse ter encontrado um emprego."

"Ah. Não. Não encontrei nada."

"Bem, então, o que fez o dia todo?"

"Ah. Bem. Estava procurando."

Um momento breve, tenso. Foi tenso? Nat achou que sim. Mas talvez a tensão só estivesse dentro dele. Talvez o velho não pudesse vê-la ou ouvi-la.

Então, o velho disse: "Talvez tenha mais sorte amanhã".

"É", concordou Nat. "Talvez amanhã. Talvez."

* * *

Nat pediu um despertador emprestado ao velho, que parecia mais que satisfeito ao fazer o empréstimo.

Nat o programou para 6h.

TARDE
5 de outubro de 1978

Nat chegou à mesa do café antes das 7h. De banho tomado. Vestido. Cabelo penteado.

Foi o terceiro e último a chegar.

O velho estava sentado à mesa da cozinha, lendo o jornal matinal e comendo presunto e ovos mexidos. Eleanor estava no fogão, preparando mais ovos. Para ele? Nat ponderou. Torcia para que fossem. Tinha um dia importante pela frente. Ia precisar de força.

Nat olhou para a manchete do jornal. Por alguma estranha razão, ela o levou de volta aos 12 anos. Uma lembrança repentina e importante o atingiu com força. Podia quase ver a manchete do jornal com a data de dois dias depois de seu nascimento. Em sua cabeça. Atrás dos olhos. Era como se estivesse impresso ali, sem que ele soubesse. Não foi a manchete do jornal de hoje em si que desencadeou tudo isso. Ela não era nada. Dizia apenas ELEIÇÃO ESPECIAL: MEDIDA D SOFRE DERROTA DEVASTADORA. Talvez fosse por não ver o jornal matinal há anos. Ou talvez por causa das mãos que o seguravam.

Nat quase sentia as tábuas duras e frias do assoalho do quarto da avó sob os joelhos.

Imaginou o que a avó estaria fazendo essa manhã.

Ele se questionou se o velho tinha se sentado na mesma cozinha, dezoito anos atrás, e lido o jornal matinal, como fazia agora. Se tinha visto a manchete e pensado, ok, eu sei. Não precisa *me* dizer. Eu estava lá. Eu era o caçador cujo nome eles nunca mencionaram.

Expulsou os pensamentos de novo, mas eles deixaram uma ressaca inquietante.

Eleanor deixou uma xícara de café e uma jarrinha de creme diante dele.

"Obrigado", Nat disse.

O velho dobrou o jornal e o pôs na mesa.

"Bom te ver acordado e arrumado tão cedo. Você está ótimo. Parece muito profissional."

"Pensei em dar uma caprichada nessa coisa de procurar emprego."

"Acontece que tenho uma boa surpresa para você sobre isso. Telefonei para um amigo há meia hora e falei sobre você. Marvin LaPlante. Ele tem uma grande e próspera fábrica de laticínios na periferia da cidade. Perto da antiga Hunt Road. Faço a contabilidade dele há anos. Uns vinte anos, talvez. E consegui uma entrevista para você hoje de manhã."

Nat sentiu o rosto ficar flácido e frio. E, esperava, inexpressivo. Tentava desesperadamente não demonstrar desânimo. Não sabia se estava conseguindo.

"Uma entrevista?"

"Sim. Marvin disse que está sempre precisando de novos funcionários na área de carga e descarga."

"Área de carga e descarga?"

"Sim, sabe, carregar os caminhões de entrega com o leite."

"Ah. É claro. Bem... que bom. Bem... isso é bom, então. Uma entrevista. Hoje de manhã. É ótimo."

"Achei que ficaria contente. Especialmente depois de ter passado o dia todo ontem procurando e não ter encontrado nada."

"Hum. Tudo bem. E... que horas tenho que estar lá?"

"Ele disse que qualquer hora durante a manhã está bom."

"Como chego lá?"

"O ônibus número doze passa lá. Mas hoje posso te dar carona, só vou ter que desviar do meu caminho por uns quinze minutos. Já que você acordou tão cedo, enfim. Se tivesse dormido até mais tarde, eu teria deixado o dinheiro do ônibus. Mas você acordou e já está pronto. E tenho que ir até Ellis para o meu primeiro compromisso. E deixo com você algum dinheiro para a volta de ônibus. E, se você voltar para casa com um emprego, empresto o dinheiro para o ônibus da semana que vem e do resto desta semana, e você me devolve quando receber o primeiro pagamento."

Silêncio enquanto os pensamentos de Nat rodopiavam. Não tinha o telefone de Mannyzinho. Na verdade, não sabia nem se Mannyzinho tinha telefone. E mesmo que tivesse, e mesmo que o número estivesse na lista, Nat não teria moedas para usar um telefone público. Teria que chegar atrasado. Muito atrasado. Horas atrasado. Não tinha opção.

Talvez Mannyzinho desistisse dele.

Podia pegar o ônibus diretamente para o pequeno apartamento sobre a academia. Depois da entrevista de emprego. E depois voltaria para casa a pé. Mas talvez Mannyzinho não estivesse lá a essa altura. Ou talvez mandasse Nat para o inferno se ele não era capaz de evitar um atraso de horas. Se não dava mais importância a uma valiosa oferta de treinamento gratuito.

Eleanor pôs um prato de ovos mexidos e presunto na frente dele, com um pratinho adicional para torrada e geleia de uva.

"Obrigado. Muito obrigado", ele disse a ela. Depois ao velho: "Ele sabe sobre minha... hã...?".

"Sim. Contei que você acabou de cumprir uma pena de três anos de detenção. Achei que honestidade era a melhor política nesse caso."

"E ainda assim ele quis me entrevistar?"

"Foi o que ele disse. É melhor tomar seu café logo. Temos que sair em menos de quinze minutos."

* * *

"Acredito muito em franqueza", disse o sr. LaPlante. "Por isso vou ser absolutamente franco."

Nat ainda não tinha aberto a boca para dizer nada, praticamente. Não teve tempo. Só apertou a mão do homem. Sentou-se no escritório dele, conforme havia sido orientado. E agora isso.

Franqueza. Absolutamente franco.

"Você nem estaria aqui se eu não devesse muito a Nathan McCann. Gosto de pôr todas as cartas na mesa, por isso estou sendo honesto com você desde o início."

Depois ele fez uma pausa. Nat levou um momento para entender que era sua vez de falar.

LaPlante usava o cabelo dividido no meio, o que Nat achava engraçado. Por isso tentava não olhar. Porque, quando olhava, era difícil não sorrir. Em cima da cabeça de LaPlante havia um pôster emoldurado do corvo de um desenho animado. Um corvo de asas abertas e com uma auréola. Sobrevoando uma nuvem cartunesca.

O silêncio se prolongou por um instante longo demais.

"Bem, com certeza aprecio sua honestidade", disse Nat. Esperava que parecesse uma mentira. Porque era.

"Em geral, imagino ser capaz de antecipar muitas coisas sobre um possível empregado a partir de suas origens. Dizem que o passado é o melhor preditor do futuro. Mas tenho muito respeito por Nathan McCann, e ele me pediu para te dar uma chance. E eu faria pelo homem praticamente tudo que ele me pedisse. Dentro do razoável. Mas vai haver uma espécie de período de experiência para você. Não me leve a mal. Não estou dizendo que decidi que você não vai dar certo aqui. Não estou contra você. Ninguém vai ser injusto com você e, se for, vai ter que se ver comigo. Você vai ser avaliado pelos mesmos padrões que todo mundo. Acho que estou dizendo que você vai ter *uma* chance. Acha isso aceitável?"

"Sim, senhor. Com toda certeza. Agradeço pela chance. Quando quer que eu comece a trabalhar?"

"Vou levá-lo à área de carga e descarga e você pode começar agora mesmo."

"Agora?" Nat perguntou, e depois lembrou de fechar a boca.

"Prefere ir a algum outro lugar?"

"Hum. Não. Não, senhor. Agora é ótimo. Agora é perfeito."

* * *

Nat ficou na área de carga e descarga, olhando para pilhas e mais pilhas de caixotes, cada um com dezesseis garrafas de leite. Esperava novas instruções.

O supervisor, um homem velho, mas musculoso, chamado sr. Merino, aproximou-se e bateu em suas costas. Depois pôs um formulário impresso em cima da pilha bem na frente da cintura de Nat.

"LaPlante quer que você preencha isso aí."

"O que é isso?"

"Instruções para dedução. Do seu pagamento, sabe como é."

"Não posso preencher isso aqui."

"E por que é que não pode?"

"Porque prometi a Nathan McCann que levaria o formulário para casa e ouviria os conselhos dele antes."

"Vou ter que falar com LaPlante sobre isso."

"Ele vai concordar. Porque foi Nathan McCann quem disse."

"Ah. Bem, vou falar com ele mesmo assim."

"Sim, senhor. Tudo bem. Devo fazer alguma coisa enquanto espero?"

"Sim. Eu diria que sim. Pode pegar esses caixotes que estão bem embaixo do seu nariz. E carregar para aquele caminhão. Que também está bem embaixo do seu nariz."

"Tudo bem. Só pensei que talvez pudesse haver instruções."

Merino tinha as mãos na cintura, o queixo erguido. Como se quisesse parecer mais alto enquanto olhava para o novato. O novato que tinha uma grande mancha contra si.

"Não sabe como pegar coisas e deixá-las em outro lugar?"

"Não é isso, senhor. Eu sei. É claro que sei. Vou começar imediatamente."

"Bom saber", Merino respondeu. E virou para se afastar.

"Sr. Merino? Que horas acaba o expediente?"

Merino virou-se.

"Como é que é?"

"Falei algo errado?"

"Ainda não levantou o primeiro caixote e já quer saber que horas pode parar?"

"Não foi bem isso que eu quis dizer. De jeito nenhum. É que é um dia de trabalho diferente, sabe? Não é um dia comum. Porque comecei tarde. E tenho que pegar o ônibus para casa, só isso. E só queria ter certeza de que não ficaria aqui até depois do horário de circulação dos ônibus."

Merino continuou olhando para ele com uma expressão dura.

"Os ônibus circulam até às 22h."

"Tudo certo, então", disse Nat. E fez uma breve continência.

Ele levantou um caixote. Era surpreendente quanto dezesseis garrafas de leite podiam pesar dentro de um caixote de madeira.

* * *

Merino voltou uns dez caixotes mais tarde.

"O chefe disse que hoje você pode sair às 17h. Amanhã, e todos os dias úteis depois disso, tem que chegar aqui às 6h. E sair às 15h."

"Sim, senhor."

"Ele também disse que, se Nathan McCann falou para você levar esse formulário W-4 para casa, então leve o formulário para casa."

"Sim, senhor. Foi o que imaginei que ele diria."

"Isso é um comentário engraçadinho?"

"Não, senhor. De jeito nenhum. Nenhuma intenção de desrespeito."

* * *

Quando ele chegou ao apartamento de um cômodo de Mannyzinho, passava das 18h.

Estava ofegante depois de ter corrido até ali desde o ponto de ônibus. Os músculos da parte inferior das costas e entre as escápulas se contraíam em espasmos dolorosos. Os bíceps doíam e queimavam depois de passar o dia todo levantando aqueles caixotes pesados.

E no dia seguinte teria que fazer tudo de novo. A partir das 6h. Das 6h às 15h. Imagine como estariam as suas costas e braços no fim do expediente amanhã.

Ele bateu na porta e ouviu o som abafado de um episódio de *Gilligan's Island* do outro lado. Mais nada. Nenhum movimento. Nenhuma resposta.

Bem, ele se acostumaria com isso. Ficaria em forma para realizar o trabalho. Talvez até o ajudasse no treinamento. Isto é, se ainda tivesse uma proposta de treinamento.

Ele bateu de novo.

Mannyzinho abriu a porta. Estava descabelado, como se estivesse dormindo. O cheiro de fumaça de cigarro praticamente socou o rosto de Nat, fazendo-o tossir.

"Você me deixou plantado esperando, garoto." A voz dele estava rouca de sono.

"Eu sei. Desculpa. Não deu para evitar."

"Pensei que quisesse isso mais que tudo."

"Eu quero. Quero mais que tudo."

"Não, acabou de mostrar que não quer. É claro que não. Não sei o que passou o dia fazendo, mas é isso que quer acima de tudo."

"Preciso trabalhar. Não tenho escolha. Tenho que ter um emprego para continuar morando onde moro. Preciso de um teto. Não trabalho nos fins de semana. Não posso vir nos fins de semana?"

"Fim de semana? Gosto de ter folga nos fins de semana."

"Para *quê*?" Nat torceu para a pergunta não parecer tão grosseira a Mannyzinho quanto tinha parecido para ele.

Silêncio.

"Bom, acho que você tem um ponto. Tudo bem. Sábado de manhã."

E ele bateu a porta.

* * *

Nat foi para casa correndo. Tentando pensar em uma boa desculpa para chegar tão tarde.

PROFISSIONAL
7 de outubro de 1978

Nat estava parado na frente de Mannyzinho no pequeno apartamento cheio de fumaça, usando luvas desconhecidas e desconfortáveis. Ele as mantinha erguidas, a postos, em perfeito posicionamento. Pelo menos, o melhor que conseguia lembrar.

Penas estava entre eles no assoalho de tábuas, ofegando, com gotinhas de suor pingando da língua no piso imundo e velho de Mannyzinho.

Mannyzinho usava duas grandes luvas estofadas que mantinha erguidas para Nat socar. Era tão baixinho que precisava mantê-las acima da cabeça. Nat imaginava que o propósito era permitir que o treinador sentisse a força de seus socos.

"Este cachorro está babando no meu piso."

"Desculpa. Quer que eu o deixe preso lá fora?"

"Não. Quem liga? O chão não está limpo mesmo. Mas por que ele está babando? Está frio."

"Não sei. Talvez seja por causa da caminhada?"

"O que está esperando? Um convite impresso e entregue por mensageiro?"

"Ah. Certo."

Ele soltou um jab de direita, que passou raspando em uma das luvas de treinamento de Mannyzinho.

"O quê? Está de sacanagem?"

Outro jab. Dessa vez mais forte.

"Não, é sério. Está de sacanagem? A maioria dos caras treina na cadeia. O que *você* fez lá durante três anos? Não consigo imaginar. E mesmo que não tenha feito nada, sua mão direita deveria estar em melhor forma."

"É que estou arrebentado por causa do emprego novo. Caramba. Você não tem ideia. Meus braços parecem que vão cair. Ainda bem que comecei em uma quinta-feira. Se tivesse começado na segunda, acho que a semana teria me matado."

Ele tentou mais alguns socos, mas sabia que seriam igualmente patéticos.

"Semana que vem vai ter que começar na segunda."

"Ah. É verdade. Bom, talvez eu esteja mais acostumado com isso, até lá."

Mannyzinho fez um ruído repentino, uma mistura de risada estridente e um som de desaprovação. Penas se assustou e correu para o canto.

"Muito engraçado. Você é uma piada, garoto. Trabalho duro assim? Oito horas por dia? Vai precisar de quatro, cinco semanas para se acostumar. No mínimo."

As mãos de Nat caíram junto do corpo.

"*Quatro ou cinco semanas?*"

"Não para, garoto. Continua socando. Está indo mal, mas está indo, pelo menos."

Mais alguns jabs. Estava começando a doer muito. Não só os socos. Doía desde o começo. Até manter os braços posicionados já estava ficando cada vez mais difícil.

"Mas uma coisa é boa", disse Mannyzinho. "Quando se acostumar, você vai estar muito mais em forma. Estão pagando para você se exercitar."

"Essa é minha esperança. É. Tenho que pensar em alguma coisa boa naquele trabalho. O supervisor me odeia. E passo 45 minutos dentro do ônibus para ir e voltar."

"O que pensa sobre todo esse tempo que passa no ônibus?"

"No quanto isso tudo vai melhorar quando eu for profissional."

"Profissional? Quem falou em ser profissional? Eu nunca falei que achava que você poderia se tornar profissional."

"Ah, vai se ferrar, então. Vou me tornar profissional, ache o que quiser." E socou de novo. Mais forte, dessa vez.

"Arrá. Agora sei como tirar alguma coisa de você. Você é um desses caras que têm que sentir raiva."

"Por isso disse aquilo?"

"Não. Eu disse porque nunca pensei que você poderia ser profissional."

"E por que é que não posso?"

"Eu também nunca disse que não podia. Para de querer apressar as coisas, garoto. Não consigo nem fazer você bater nas minhas luvas com força suficiente para eu sentir, e na sua cabeça você já está conquistando o cinturão dos peso-pena."

"Não sou peso-pena."

Outro jab.

"Melhorou. É claro que é."

"Meio-médio, talvez."

"Vai sonhando, garoto."

"Não faz isso. Não tem graça."

"Bom, me acerta, então."

Nat mirou o soco entre as luvas, mas bem abaixo delas. Bem no tronco do pequeno homem. Mannyzinho o bloqueou perfeitamente. Depois abaixou as luvas e olhou nos olhos de Nat. Nat olhou para o chão.

"A raiva vai te ajudar no ringue. Desrespeitar as regras, não. É para isso que tem os juízes. Não tente dar uma de esperto. Não faça merda. Entendeu? E não pense que não vão estar de olho em você o tempo todo."

"Desculpa."

"Não precisa se desculpar. Só tem que aprender a canalizar o que sente. Usar esse sentimento, sabe? No momento, é seu pior inimigo. E pode ser seu melhor amigo."

"Como?"

"O que acha que estou tentando te ensinar? Por que acha que vai vir para cá todos os dias em que não for trabalhar?"
"Ah. Entendi."
"Agora. Vai me bater ou não, Pequeno Peso-Pena?"

DIA DE PAGAMENTO
14 de outubro de 1978

"Ontem foi dia de pagamento", contou Nat. Entre um soco e outro no saco pesado.

"O primeiro da sua vida?"

"É."

"Como se sentiu?"

"Horrível. Nem acreditei. Descontaram uma quantia enorme por causa dos impostos. E do seguro-desemprego. E todas essas coisas de que eu nunca ouvi falar. E ainda tive que devolver o dinheiro que o velho me emprestou para o ônibus. E reservar o que vou gastar de ônibus até o próximo pagamento. Olhei para o que sobrou e pensei: 'Aguentei todos esses dias por *isso*?'. Não deu para acreditar. Se eu não morasse de graça... quero dizer, como as pessoas conseguem? Não entendo."

Depois de mais uns bons socos, Mannyzinho respondeu: "Bem-vindo ao mundo real, garoto".

Alguns minutos de socos fortes. Nenhum comentário.

Então, Nat perguntou: "Que horas são?".

"Cinco para as onze."

"Preciso de um intervalo."

"A gente mal começou."

"Preciso de um milk-shake de chocolate. De repente, quero um milk-shake de chocolate. Tenho que andar muito para chegar na Frosty Freeze?"

* * *

Nat se aproximou da vitrine com Penas em seu encalço. Atrás do balcão, viu um cara magrelo mais ou menos da sua idade, de óculos, chapéu de papel e camisa listrada em vermelho e branco da Frosty Freeze.

A outra janela ainda estava fechada, e Nat esticou o pescoço para ver se havia mais alguém trabalhando no fundo. Ouvia alguém se mexendo por lá. Mas, quando esse alguém finalmente entrou em seu campo de visão, Nat viu um homem alto e muito gordo.

"Bem-vindo ao Frosty Freeze. O que vai querer?"

"Ah. *Shake* de chocolate."

"Sim, senhor."

Era estranho ser chamado de "senhor" por alguém da sua idade. Acho que trabalhar tem esse efeito, Nat pensou. Põe a pessoa em seu lugar.

"Onde está aquela garota que trabalha aqui?"

"Qual delas? São muitas. Ah, aliás, não permitimos cachorros no pátio."

"Ah, desculpa. Não vi nenhum lugar para amarrar o cachorro."

"É. Tudo bem, mas... se o chefe aparecer... eu avisei que não podia."

"É claro. Você avisou. Ela tem cabelo castanho e olhos verdes."

"Aqui tem umas três assim." E olhou para trás. "Freddy? Um milk-shake de chocolate."

"E sardas no nariz."

"Parece ser a Carol."

"Ok. Cadê a Carol?"

"Só entra às 14h no sábado."

"Merda", Nat resmungou.

Como já havia pedido o *shake* de chocolate, não teve escolha senão pagar por ele e voltar para o apartamento de Mannyzinho com a bebida, se esforçando para sugar o líquido denso pelo canudinho enquanto andava.

* * *

"Tem um despertador por aqui?", Nat perguntou a Mannyzinho.

"Não, por que eu teria um? Só começo a trabalhar depois que a academia fecha."

"Timer de cozinha?"

"Tem um no fogão, mas não sei se funciona. Não cozinho muito. Por quê? Tem algum compromisso?"

"Só estou pensando que às 14h posso querer outro milk-shake de chocolate."

Mannyzinho suspirou e balançou a cabeça.

"Sei o que está fazendo. E não vai dar certo."

"Por que não?"

"Porque só vai te deixar gordo. Você precisa ganhar corpo, mas tem que ser com músculos. Se quer ganhar peso, fala comigo. Eu mostro como fazer do jeito certo. Sou seu treinador. Estou aqui para isso."

"Ok. Me mostra como ganhar peito. Isso seria bom. Mas ainda vou voltar à Frosty Freeze às 14h."

"Então, me conta o que tem lá, além de milk-shake de chocolate?"

"Uma garota."

"Está explicado."

"Estava com medo de que fosse alguma coisa perigosa? Traficantes de droga na Frosty Freeze?"

"Nada é mais perigoso que uma garota", disse Mannyzinho.

* * *

Carol estava atrás da janela quando Nat se dirigiu ao balcão. Ela ficava fofa com o chapéu de papel e a camisa de listras vermelhas e brancas. Usava as mangas curtas enroladas e os braços eram suaves e magros. O cabelo estava preso em um rabo de cavalo e protegido por uma rede embaixo do chapéu engraçado. Mas o chapéu ficava mais bobo no cara magrelo. Nela ficava... adorável.

"Bem-vindo à Frosty Freeze. O que vai querer, menino estranho do cachorro passarinho? Que, aliás, não devia estar no pátio?"

"Quem, eu ou o cachorro?"

Ela sorriu, embora parecesse se esforçar para não sorrir.

"O cachorro."

"Se o proprietário aparecer, eu digo a ele que você me avisou sobre as regras."

"Não é bem de seguir orientações, não é?"

"Para dizer o mínimo."

"Ainda acho que é um nome bobo para um cachorro."

"Bom. Eu acho que Frosty Freeze é um nome bobo para o seu trabalho. Porque *frosty* e *freeze* significam a mesma coisa, congelado. É como falar água molhada."

"Pense o que quiser sobre isso, Garoto Estranho, mas não fui eu que escolhi o nome da Frosty Freeze. Só trabalho aqui. Você escolheu o nome do seu cachorro."

"Acho que você tem razão", disse Nat.

"Posso anotar seu pedido?"

"Pode. Obrigado. Quero um *shake* de chocolate... eu estava treinando. Sabe? Exercício físico. E fiquei com vontade de um milk-shake de chocolate."

"Você tem essa vontade de milk-shake de chocolate muitas vezes, não é?"

"Por que diz isso?"

"Kenny contou que você esteve aqui há três horas e pediu um *shake* de chocolate..."

"Estou tentando ganhar peso. Estou tentando sair de... chegar a meio-médio."

"... e perguntou por mim."

"Achei grosseiro vir ao lugar onde você trabalha e nem dar um oi."

Para seu desânimo, Nat não conseguiu forçar os músculos do rosto para não sorrir. Eles insistiam em se contrair, como um espasmo muscular, naquele tipo de sorriso idiota que ele tentava evitar.

"Ei, Freddy. Outro *shake* de chocolate para o poço sem fundo."

Nat olhou para trás para ver se tinha alguém esperando na fila. Se teria que se afastar do balcão. Não tinha ninguém ali. Ele respirou de novo.

"Então, Garoto Estranho, você é boxeador?"

"Como soube disso?" Orgulhoso e lisonjeado. Como se ela tivesse percebido só de olhar.

"Você falou que estava tentando chegar a meio-médio."

"Ah. Certo. Sim. Sou boxeador."

"É isso que você faz?"

"Bom, não é a única coisa que faço. Mas vai ser. Quero dizer, por enquanto preciso manter um emprego durante o dia. Tem muita coisa envolvida na profissionalização. É um negócio sério. Mas é isso que vou fazer, com certeza."

"Então, agora sei tudo sobre você..."

"Bem, nem..."

"... menos o seu nome."

"Nat."

"Como Nat King Cole."

"Isso. Como Nat King Cole."

"Adoro Nat King Cole. Sei que sua música deve parecer antiquada. Quer dizer, para a maioria das pessoas da nossa idade. Mas ele é meu *crooner* favorito."

Menos de duas semanas atrás, se alguém dissesse a Nat que tinha um *crooner* favorito, iria achar que a pessoa era de outro mundo. Agora, ele fazia uma anotação mental para comprar um álbum de Nat King Cole. Ou talvez até fosse à loja de discos e ouvisse alguns *crooners* diferentes na cabinezinha. Para ver se tinha um favorito.

Não, não seria necessário. Nat King Cole seria seu favorito, sem sombra de dúvidas.

Infelizmente Freddy Gordo se aproximou e deixou o *shake* de chocolate em cima do balcão, ao lado do braço de porcelana de Carol. E, felizmente, se afastou de novo. Nat tinha esperança de que ele trabalhasse bem mais devagar.

"Quanto é?", Nat perguntou a ela.

"Devia saber quanto custa um milk-shake de chocolate. Afinal, é o segundo que você compra hoje."

"Acho que não prestei atenção."

"Shhh", ela sussurrou com o dedo nos lábios. "Este é por minha conta."

Os músculos das bochechas de Nat enlouqueceram.

Ela gosta de mim. Eu sabia. Sabia que ela gostava de mim. Ela gosta mesmo de mim.

Ele abriu a boca, mas não falou nada.

"Tem gente na fila atrás de você", ela apontou.

Nat olhou por cima do ombro e viu um casal de meia-idade esperando. Mas eles ainda liam o cardápio acima da cabeça de Carol. Portanto, ele tinha um tempinho. Mas talvez não muito.

"Então, agora que você me conheceu no trabalho, pode me dar seu telefone?"

"Não conheci você no trabalho. Conheci você em uma parada de ônibus."

"Não. Você me conheceu aqui. Agora."

"Como assim?"

"Não dá para dizer que se conhece alguém até saber o nome da pessoa."

"É, acho que faz algum sentido."

"Então, pode me dar seu número?"

"Não. Não sou esse tipo de garota. Mas, se quiser vir aqui de novo, tudo bem. Agora..." Ela indicou o casal com um movimento de cabeça.

Nat pegou o milk-shake e correu de volta à casa de Mannyzinho. Só porque tinha energia de sobra.

* * *

Nat deitou-se na cama com a porta ainda aberta, um raio de luz do corredor invadia o quarto.

Imaginava que o velho viria dizer boa noite. Ele costumava ir.

Fechou os olhos por um instante, pensando em Carol. Pareceu só um instante, pelo menos. Quando os abriu, o velho estava puxando a cadeira.

"Achei que pudesse estar dormindo", disse o velho enquanto se sentava.

"Não. Só pensando."

"Como acha que está indo no novo emprego?"

"Ah. Isso. Bem. Tudo bem, acho. O supervisor não gosta de mim. Fica em cima de mim o tempo todo. É como se quisesse me derrubar. Quando me deu esse emprego, seu amigo LaPlante disse que ninguém seria injusto comigo e, se alguém fosse, teria que acertar contas com ele. Às vezes fico pensando se devia contar para ele. Mas aí acho que isso só iria piorar tudo. Além do mais, às vezes vejo Merino conversando com os outros caras na plataforma de carga e acho que talvez não seja só comigo. Talvez ele odeie todo mundo."

"Talvez tenha que aprender a não deixar esse homem te incomodar."

"Acho que sim."

"Então, exceto por seu relacionamento de trabalho com o supervisor..."

"Bom. É um trabalho duro para cacete. Desculpa. Muito duro. Minhas costas e meus braços gritam o tempo todo. Mas acho que vou me acostumar. E, quando isso acontecer, vou estar muito mais em forma."

"Não é má ideia ser pago para ficar em boa forma."

"Era o que eu estava pensando."

Uma pausa incômoda. Nat sabia que o velho queria dizer mais alguma coisa. Na verdade, sabia disso o tempo todo, ele percebeu de repente. Desde o jantar. Não, desde que ele tinha chegado em casa.

"Achei que você estaria cansado. Deveria estar, depois de sua primeira semana inteira de trabalho. Por isso fiquei surpreso por você ter passado o dia todo fora hoje. Pensei que ficaria em casa o fim de semana todo, descansando."

"Queria levar Penas para passear. Sabe? Sair de verdade."

"Não está a semana inteira ao ar livre naquela plataforma de carga?"

"Bom. É verdade."

Outro silêncio incômodo.

Então o velho disse: "Você tem 18 anos, Nat. É um homem. Um jovem, mas um homem. Não é uma criança menor de idade. Não precisa me contar os detalhes de todos os lugares aonde vai e tudo que faz. Por outro lado, acho que o sucesso desse acordo depende da sua disponibilidade para ser razoavelmente aberto".

"Como assim? Aberto?"

"Honesto. Mas também é mais que isso. Ser aberto não é só dizer a verdade sob pressão. É realmente se dispor a deixar a verdade vir à tona. Nunca esconder nada."

"Ah. Ok." Nat fez uma pausa para organizar os pensamentos. "Tudo bem. Vou ser aberto. Lá na Frosty Freeze... tem uma garota. O nome dela é Carol. Ela tem sardas no nariz." Uma pausa constrangida. "Não sei o que mais tenho que te contar sobre ela."

"Não precisa me contar mais nada sobre ela. É só o que preciso saber."

"E tudo bem?"

"Essa é uma pergunta estranha. Como eu poderia dizer que não? Isso é parte do ser humano. Só estou feliz por você não ter se metido com más companhias. Algo que pudesse te causar problemas."

O velho se levantou para sair.

"Nathan?"

"Sim, Nat?"

"Tem mais uma coisa que eu quero te contar. Para ser aberto."

Ele se sentou de novo.

"Tudo bem. Pode falar."

"Lembra daquele meu primeiro aniversário depois que fui preso? Você foi me visitar, levou pato assado, um bolo e um presente? E uma foto do meu cachorro? E falamos sobre os presentes que você deixou para mim toda minha vida e quais foram boas escolhas, coisas de que eu realmente poderia gostar?"

"Sim. Eu lembro. Você falou da luva de beisebol. E da fazenda de formigas, que sua avó não deixou você guardar."

"Naquele dia eu comecei a te contar uma coisa. E nem sei por que parei. É como se fosse muito importante para mim, então não consegui falar sobre o assunto. Não sei nem se faz sentido. Enfim, o que comecei a falar... era sobre as luvas de boxe."

"Ah, sim. Seu aniversário de 14 anos, não foi?"

"As luvas de boxe mudaram minha vida toda."

"Como?"

"Naquele momento eu soube... que era aquilo que eu queria fazer. É o que eu quero ser."

"Você quer ser boxeador?"

"Mais que tudo."

"Um boxeador profissional?"

"Isso. Profissional."

"Ainda tem as luvas?"

"Não. Minha avó fez de tudo para eu não ficar com elas."

Um longo silêncio. Nat pensou ter ouvido o velho suspirar.

"Acho que posso me lembrar disso quando chegar o Natal."

"Seria muito importante para mim."

O velho se levantou de novo. Devolveu a cadeira ao canto. Caminhou até a porta do quarto.

"Então tudo bem para você eu ser boxeador?"

Silêncio.

Depois: "É bom ter um sonho, Nat".

"Não é só um sonho. É realmente o que vou fazer."

"Até lá, é um sonho."

"Ah. Ok." Ele observou o velho por um momento, viu que ele segurava a maçaneta. Pronto para encerrar a noite. Iluminado pela luz do corredor. Uma silhueta escura. "Alguma vez *você* teve um sonho, Nathan?"

No silêncio que se seguiu, Nat quis poder enxergar o rosto do velho.

"Vá dormir, Nat. Acho que você tem um grande dia amanhã, lá na Frosty Freeze."

Parte Cinco
Nathan McCann

ERA DE SE PENSAR, NÃO ERA?
25 de novembro de 1978

Era cerca de uma hora ou mais depois do jantar. Nathan tinha até se disposto a acender a lareira, porque parecia apropriado para o clima de outono.

Ele lavou a fuligem das mãos antes de se sentar no sofá ao lado de Eleanor, que enganchou o braço no dele.

"Eu realmente devia estar lavando a louça", ela disse.

"Elas não vão a lugar nenhum."

"A comida vai grudar."

"Fica aqui comigo um minuto, depois te ajudo com prazer, se você quiser."

"Não precisa me ajudar, Nathan, eu posso..."

Nat pôs a cabeça pela porta da sala de estar.

"Tenho que pedir um favor muito importante", anunciou.

Nathan sentiu Eleanor ficar tensa antecipando o pedido. Se tivesse que apostar, ou mesmo chutar, Nathan teria imaginado que havia dinheiro envolvido.

"Pode *pedir*."

"Posso usar seu toca-discos?"

"Ah. Meu toca-discos. Sim, acho que tudo bem. Mas tome cuidado com a agulha, por favor. Elas são muito caras. E, por favor, feche a porta da saleta para não ouvirmos o barulho."

"E, por favor, mantenha o volume baixo", Eleanor acrescentou.

"Combinado", Nat respondeu, e sua cabeça desapareceu.

Eleanor suspirou profundamente.

"Estava uma noite tão agradável e silenciosa. Por que acho que a paz está com os segundos contados? Eu devia saber que não poderia durar."

Eles esperaram em silêncio, que agora estava cheio de tensão, prontos para ver quão terrível isso tudo seria.

Um momento depois, notas suaves de violino vazaram por baixo da porta da saleta. Era quase o completo oposto do que Nathan esperava.

"Conheço essa música", ele disse. Mas não tinha escutado notas suficientes para identificá-la. "É muito familiar. O que é?"

"Acho que é Nat King Cole."

Eles se olharam por um momento, depois gargalharam.

"Meu Deus", disse Eleanor. "Tenho que pedir desculpas ao Nat pelo que estava pensando aqui. Mas talvez seja melhor não pedir, porque assim ele nunca vai precisar saber em que eu estava pensando. Agora, por que é que ele está ouvindo Nat King Cole?"

"Talvez ele tenha mais bom gosto do que acreditávamos."

"É isso que os jovens escutam hoje em dia?"

"Não faço nem ideia do que os jovens escutam hoje em dia. Mas é cavalo dado, não vamos olhar os dentes. Nat!" Ele chamou em voz alta.

A porta da saleta abriu.

"Está muito alto?"

"Aumente, por favor, Nat. Eleanor e eu quase não estamos ouvindo."

"Ah. *Aumentar?* Ah. Ok."

A música ficou um pouco mais alta, e a porta da saleta foi fechada novamente.

Nathan levantou e estendeu a mão para a esposa.

"Posso ter a honra dessa dança?"

Eleanor riu e virou o rosto.

"Ai, Nathan. Não brinque."

"Quem está brincando? Dance comigo."
Ele segurou a mão dela e a ergueu.
"Ainda preciso lavar a louça."
"A louça espera."
"Não deixei de molho."
"Só até o fim desta música." E ele a puxou para perto. Eleanor parou de discutir, apoiou a cabeça em seu ombro e o acompanhou. "Estou enganado ou não saímos para dançar desde antes do nosso casamento?", Nathan perguntou com os lábios próximos da orelha dela.
"Não, não é verdade", ela respondeu. "Saímos depois do casamento. Só não vamos a lugar nenhum desde que Nat chegou para morar aqui."
Nesse momento, a música chegou ao fim. Nathan esperou e a manteve entre os braços, torcendo por outra balada lenta. Mas não teve sorte. A música seguinte era mais animada.
Além disso, ela escapou de seus braços, reclamando que a louça não se lavaria sozinha e que ele não estava cumprindo o que prometeu.

* * *

O telefone tocou dois minutos depois. Nathan estava sentado bem ao lado do aparelho e atendeu no segundo toque.
"Nathan?", perguntou uma voz masculina conhecida.
"Sim, é o Nathan."
"Marvin LaPlante."
"Marvin. Como vai? Estou te devendo um pedido de desculpas. Receio que esteja sendo relapso. Não telefonei nem escrevi para agradecer por ter dado uma chance ao garoto. Acho que pensei que seria mais diplomático esperar para ver como as coisas aconteceriam. Espero que não seja uma atitude muito pessimista."
Silêncio do outro lado. Depois: "Na verdade, é por isso que estou ligando, Nathan. Só queria me desculpar pelas coisas não terem dado certo. Com seu garoto".

"Ah, não. Ele perdeu o emprego?"
"Você não sabia?"
"Não. Quando foi?"
"Semana retrasada", contou Marvin. "Eu não sabia que ele não tinha te contado. Ele começou a telefonar dizendo que estava doente toda quarta-feira. Sempre no mesmo dia. Achei meio estranho. E ele não parecia doente quando chegava no dia seguinte, mas quis dar a ele o benefício da dúvida. Na terceira quarta-feira em que ele ligou, um dos motoristas de entrega o viu no centro da cidade. Então, espero que entenda. Não tive escolha."
"É claro que entendo, Marvin. Nunca esperei que desse tratamento diferenciado para ele."
"Lamento que tenha sido eu a dar a notícia. Imaginei que, a essa altura, você já soubesse."
"Sim. Era de se imaginar. Não era?"

* * *

Alguns minutos depois de Nathan desligar, Eleanor entrou na sala de estar. Olhou para ele sentado no sofá sozinho, olhando para o nada.

"Nathan, céus. O que aconteceu?"

Aquilo o surpreendeu e decepcionou. Tinha tomado a firme decisão de guardar para si pensamentos e reações. E de algum jeito, na sala vazia, antes de Eleanor entrar, achava que estava conseguindo.

"Nada", ele respondeu.

Ela se virou para sair sem dizer nada.

Mas, na mesma hora, Nathan pensou melhor em suas palavras. Assim que elas saíram, ele soube que eram um grave erro. Em sua opinião, nenhum casamento feliz se baseava em inverdades e exclusões automáticas e impensadas. E a melhor maneira de fazer uma pessoa infeliz, senão totalmente desequilibrada, era dizer que o que ela via com os próprios olhos não estava ali.

"Eleanor", ele chamou, e ela parou. "Desculpa. Falei sem pensar. É só um problema com Nat."

Ela se aproximou. Sentou-se ao lado dele no sofá. Pôs a mão sobre a dele.

"Quer me contar o que é?"

"Por favor, não se ofenda se eu disser que não. Não é que não queira dividir essas coisas com você. Não quer dizer nem que exista alguma coisa que eu *não* dividiria com você. Só quero ouvir a versão de Nat sobre os acontecimentos antes de deixar minhas teorias crescerem de um jeito desproporcional."

"Eu entendo", ela respondeu. E beijou seu rosto.

"Entende mesmo?", ele perguntou ao vê-la se levantar.

"É claro."

"Você é uma boa mulher, Eleanor."

"Ah, bobagem."

"Você é."

Ela acenou com a mão para encerrar o assunto e voltou à cozinha.

* * *

Nathan pegou o velho dicionário surrado de seu local de descanso, na estante da sala de estar.

Sentou-se em sua poltrona favorita, o livro aberto no colo. Pôs os óculos de leitura.

Tirando sua boa caneta de prata do bolso, ele abriu a gaveta na mesinha lateral e pegou o estojo de couro com os cartões de anotação, cada cartão com seu nome gravado.

Procurou pela palavra e então fez uma anotação em um cartão com sua caligrafia mais cuidadosa:

Aberto (adjetivo)
1) Franco. Honesto e disposto a cooperar.
2) (sobre uma pessoa) Sincero e disposto a falar.

Ele fechou o dicionário, colocou-o em seu lugar na estante e deixou o cartão com a anotação no meio do travesseiro na cama de Nat.

* * *

Nathan estava diante da cômoda, esvaziando os bolsos da calça antes de ir para a cama. Viu sua imagem no espelho e sentiu-se desanimado com o quanto ainda parecia bravo. Nathan nunca gostou de sentir raiva. Era uma emoção que parecia bárbara e indigna. Sabia que ela sempre mascarava medo ou dor e muitas vezes desejou que todo mundo pudesse ser simplesmente sensato o bastante para eliminar o intermediário.

Viu mais uma vez seu olhar no espelho.

Estava magoado?

Pelo reflexo, viu Eleanor tirando os protetores de travesseiros e puxando as cobertas. Ela levantou a cabeça e reparou.

"Você não fechou a porta", disse ela. "Você sempre fecha a porta."

"Pensei que Nat poderia ter algo para me dizer antes de ir dormir."

Pelo menos, esperava que fosse antes de ir dormir. Torcia para não ter que dormir a noite toda com esse turbilhão.

Um segundo mais tarde, Nathan ouviu uma batida muito suave. Olhou para lá e viu Nat parado do lado de fora, respeitoso, com o rabo entre as pernas, metaforicamente falando, segurando com firmeza o cartão com a anotação.

"Sim, Nat?", Nathan perguntou em um tom que demonstrava sua raiva.

"Posso falar com você? Sabe. A sós."

"É claro. Vamos conversar na sala."

* * *

"Certo", disse Nat, e parecia adequadamente em pânico. "Tudo bem, vou falar de uma vez. Sabe, botar tudo para fora. Fui demitido daquele emprego que você arrumou para mim."

Nathan olhava o rosto do garoto à luz suave que entrava da rua pela janela da sala de estar. Nenhum dos dois se deu ao trabalho de acender a luz.

"Quando isso aconteceu?"

"Há uma semana, na quinta-feira, LaPlante me dispensou."

"E quando você pretendia me contar?"

"Quando arrumasse outro emprego", ele respondeu, rápido e obviamente preparado. "Estava procurando. E torcendo muito, muito para encontrar alguma coisa depressa. E depois ia contar as duas coisas de uma vez só. Algo como: 'Boas e más notícias. A má notícia é que perdi aquele emprego que arrumou para mim, mas a boa notícia é que já consegui outro'. Mas não aconteceu. Preenchi duas fichas. As únicas duas vagas que encontrei. Uma era no mercado Watson, mas o gerente de produção me avisou logo que eu não tinha chance. Disse que tinha muitas fichas de candidatos sem antecedentes criminais. O cara da farmácia disse que ligaria para mim. Mas a placa anunciando a vaga desapareceu, e ele não telefonou. Fui até o departamento de desenvolvimento de emprego e olhei a lista. Mas eles só tinham vagas que exigiam experiência."

"Quando soube que a vaga da farmácia tinha sido preenchida?"

"Tiraram a placa há dois ou três dias."

"Então podia ter falado comigo há dois ou três dias." Um longo e doloroso silêncio. "O que aconteceu no laticínio?"

"Não foi minha culpa. Eu falei, o supervisor implicava comigo. Ele disse que eu cometi um erro com os números em um dos caminhões. Que despachei uma quantidade menor. Como se eu tivesse roubado leite, ou bebido, ou quebrado garrafas ou algo assim e estivesse tentando esconder. Ele mentiu, mas foi minha palavra contra a dele. Em quem acha que LaPlante ia acreditar? Ninguém nunca acredita em *mim*."

"Estou começando a entender por quê", respondeu Nathan.

Nat olhou para ele nervoso na penumbra, depois desviou o olhar. Não respondeu. Aparentemente, não era tão atrevido.

"O que fez nas quartas-feiras quando não foi trabalhar? Estava com aquela garota?"

O rapaz fechou os olhos.

"Falou com LaPlante. Não é? Era o que eu temia. Quando vi a nota que deixou para mim."

"Quando um rapaz da sua idade..."

"Não foi isso. Eu não estava com a Carol. Estava com Mannyzinho. Meu treinador. Treinar dois dias por semana não estava dando certo. Não é o suficiente. Eu nunca chegaria aonde quero. Se pudesse treinar em tempo integral, eu estaria pronto em seis ou sete meses. Talvez oito. Mas só aos fins de semana... é como pedalar com as rodas no ar. Você não chega a lugar nenhum."

Seguiu-se um silêncio, um silêncio tão completo que o som do motor da geladeira na cozinha parecia assustadoramente alto.

Nathan respirou bem fundo antes de falar.

"Vou precisar de um tempinho para pensar em como quero lidar com essa situação. Mas tem uma coisa que quero falar agora. Se mentir para mim de novo... Não. Espera. Vou começar essa frase de novo, desde o princípio. Nunca mais minta para mim. Estamos entendidos?"

"Sim, senhor."

"Meu nome não é senhor."

"Estamos entendidos, Nathan."

* * *

Eleanor já tinha apagado a luz do quarto. Nathan fechou a porta e foi tateando o caminho até a cama.

Ficou surpreso por Eleanor não ter fechado a porta. Ela sempre fechava a porta.

Por outro lado, supunha que ela deveria querer ouvir.

"Está acordada?", Nathan perguntou em voz baixa.

"Que tipo de treinamento? Treinamento para quê?"

"Nat quer ser boxeador profissional."

"Deus nos ajude", disse Eleanor.

"Comecei a dizer a ele que se mentir de novo para mim... está vendo, não consigo terminar a frase nem agora. Se ele mentisse de novo para mim, como eu reagiria? O que faria? Desistiria dele? Prometi a ele que nunca desistiria. Eu o abandonaria? Seria o terceiro a fazer isso."

"Talvez haja um motivo para todo mundo abandoná-lo."

"Acho difícil acreditar que ele tenha ofendido a mãe de maneira irreparável nas primeiras quatro ou cinco horas de vida."

Ela não respondeu imediatamente. No escuro, ele não soube ao certo se a conversa tinha acabado. Não tinha essa sensação.

Então, ela falou: "Está tentando dizer que esse menino sempre vai ter seu apoio, independentemente do que ele fizer?".

"Ora... sim. É exatamente o que estou dizendo."

"Então, seja qual for o problema que ele traga para as nossas vidas, vamos apenas aceitar sem fazer nada?"

"Queria que você não tivesse concluído que ele só vai trazer problemas."

"Boa noite, Nathan."

"Por favor, tente manter a mente aberta em relação ao garoto."

"Boa noite, Nathan."

Uma pausa, enquanto ele considerava os possíveis benefícios de dizer algo mais. Depois, um suspiro, que ele tentou soltar em silêncio.

"Boa noite", respondeu.

UM MUNDO SEM LIMITES
26 de novembro de 1978

Nathan acordou e descobriu que a primeira neve intensa da estação tinha caído durante a noite.

Ele ficou alguns momentos em frente à janela do quarto, examinando o quintal. Todos os limites do mundo desapareciam depois de uma boa nevasca. Nathan sempre observava isso. As linhas divisórias aparentemente sólidas e confiáveis entre seu quintal e o do vizinho, ou entre a calçada e a rua, simplesmente desapareciam. Eram apagadas pela brancura.

Como se o mundo o aconselhasse a não colocar muita fé nesses marcos. Dizendo que talvez essas linhas nunca tivessem sido de todo reais para começo de conversa.

Mas nesta manhã, a observação da cena imaculada era diminuída por uma ardência nos olhos e pela digestão ligeiramente prejudicada, lembretes de uma noite de sono agitada e malsucedida.

Ele olhou para Eleanor, que ainda dormia. Era cedo. Pouco mais de 5h.

Ainda bem que é domingo, ele pensou. Todo mundo pode tomar um café da manhã quente e gostoso, ler o jornal de domingo e acordar sem pressa, antes de se dedicar à grande tarefa de retirar a neve.

Nathan vestiu o robe e foi para a cozinha fazer café.

Encontrou Nat sentado à mesa na penumbra, embrulhado na colcha verde de sua cama.

"Nat?", Nathan acendeu a luz da cozinha, e o garoto piscou e encolheu-se, infeliz, mas não disse nada. "Está com frio?"

"Estou sempre com frio."

"Pode ligar o aquecedor quando estiver com frio."

"Posso?"

"É claro. É para isso que ele serve."

Nathan sentou-se na cadeira ao lado da que o garoto estava. Inclinou-se um pouco mais na direção dele.

"Passei muito tempo acordado na noite passada..."

"Sim, eu passei a noite toda acordado."

"... pensando em qual seria a atitude mais apropriada a tomar em relação à nossa situação."

O rosto de Nat ficou ainda mais pálido. Ainda mais infeliz, se era possível.

"Acho que vou vomitar", ele avisou.

Nathan percebeu que estava falando sério.

"A pia, Nat."

O menino levantou-se e cambaleou até a pia, tropeçando na colcha e segurando-se na bancada. Quando conseguiu chegar à pia, ficou parado por um momento, paralisado, com as mãos agarrando a beirada. Felizmente, nada aconteceu.

Nathan aproximou-se e pôs a mão nas costas do garoto por cima da colcha.

"Você está bem, Nat?"

"Sim, acho que me enganei. Acho que não vou vomitar", ele disse. "Ah. Ah, não. Talvez sim."

"Decidi dar seus seis a oito meses para treinar."

Silêncio total. Por cima da cabeça de Nat, mais uma paisagem do mundo branco e sem limites do quintal lateral.

"O quê?"

"Foi assim que decidi lidar com a nossa situação."

"Vai me dar... me dar como? O que isso quer dizer?"

"Eu vejo da seguinte forma: eu não pretendia mesmo cobrar pelo quarto e pela comida. Insisti para que arrumasse um emprego a princípio. Não queria você jogado em casa brincando com o cachorro o dia todo. Não é saudável viver assim, na minha opinião. Quis insistir na necessidade de você trabalhar duro. Conquistar alguma coisa. Canalizar sua energia em uma boa direção, construir algo. Mas passei a noite acordado, pensando. E decidi que é exatamente isso que você está tentando fazer com seu treinamento. Está tentando trabalhar duro para conquistar alguma coisa que é importante para você. Portanto, não vou mais insistir para que você trabalhe enquanto estiver morando na minha casa. Durante o período de oito meses."

"Não acredito que você faria isso por mim." Nat ainda olhava para o lado, por cima da pia e pela janela.

"Sei que é muito importante para você."

"Eu... isso... não sei o que dizer."

"Mas uma coisa vai ser difícil. Não vou te dar nenhum dinheiro. Nem mesada, nem empréstimos triviais. Espero que cuide da sua vida, portanto, suas finanças são sua responsabilidade. Não vai ter dinheiro nenhum. Nem mesmo para o ônibus."

"Posso ir a pé até a casa de Mannyzinho."

"Não vai ter dinheiro para sair com uma garota."

"Ah", disse Nat. Desanimando ao pronunciar a palavra.

"A menos que encontre um jeito de ganhar algum. Por exemplo, quando eu tinha a sua idade, via uma manhã como esta como uma excelente oportunidade financeira. Eu limpava a entrada da garagem de casa, depois botava a pá no ombro e ia bater à porta dos vizinhos. Limpar neve com uma pá é um trabalho importante, mas ninguém gosta de fazer. Se um jovem forte aparecer na sua porta se oferecendo para resolver o problema por alguns dólares, a tentação pode ser irresistível."

Nenhum movimento. Nenhuma resposta.

Então o garoto se virou de repente. Olhou para Nathan e o abraçou, assustando o velho. A colcha caiu no chão da cozinha.

Nathan ficou parado com os braços abaixados, sem conseguir reagir depressa. Antes que pudesse decidir se correspondia ou não ao abraço, Nat pegou a colcha e saiu.

"Vou me vestir", o garoto avisou.

"Nat. Espera. Não pode bater à porta de ninguém a essa hora."

Mas era tarde demais. Ele já havia saído.

Não tinha problema, Nathan pensou. Pegaria o garoto quando ele estivesse a caminho da porta.

Nathan foi até a sala de estar, onde aumentou o termostato em 5°C. Depois voltou à cozinha para preparar um bule de café muito necessário.

Nat enfiou a cabeça pela cozinha.

"Achei que ia me mandar dar o fora", disse.

"Entendo porque fica tão ressabiado em relação a isso", respondeu Nathan.

Ele levantou a cabeça, pronto para continuar falando, mas Nat já tinha ido.

* * *

"Ah, *isso* é ser duro com ele", disse Eleanor.

Nathan estava um tanto preparado para a reação dela. Sabia que ela não concordaria com sua forma de encarar o problema. Mas não esperava esse sarcasmo da parte dela. Até onde podia lembrar, ela nunca havia sido sarcástica com ele.

Ele se sentou na beirada da cama e a viu escovar o cabelo na frente do espelho da cômoda. Nunca a tinha visto escovar com tanta força antes.

"É o sonho dele."

"Bater nas pessoas para ganhar a vida? Andar por aí com olhos roxos, pontos nos lábios e esparadrapos fechando cortes nos supercílios? Passar o tempo em lugares de quinta com gente de quinta? Aceitar apostas sobre ser ou não capaz de derrubar um grandalhão, antes de ser mandado para o hospital? É esse o sonho dele que você quer apoiar?"

Nathan respirou fundo e pensou com cuidado no que dizer.

"Cada palavra que acabou de dizer se resume a uma coisa e apenas uma. Na minha cabeça, pelo menos. Esse é o sonho do Nat, não o seu. Não pode dizer a alguém para ir atrás do seu sonho apenas se ele casar com a sua expectativa. Não pode determinar *qual* sonho ele deve perseguir."

Ela abaixou as mãos e virou-se para encará-lo.

"Você voltou atrás na sua palavra", ela disse, apontando a escova de cabelo para ele. "A única condição que impôs para ele morar aqui era ter um emprego."

"Eu sei", respondeu Nathan. "Eu sei disso." E parou de novo para organizar os pensamentos. Tinha a impressão de que nunca tinha sido tão crucial uma cuidadosa seleção de palavras. "Lembro que Gandhi uma vez disse que o compromisso dele era com a verdade, não com a coerência. Não que esteja me comparando ao homem, de jeito nenhum. Só estou pegando emprestada um pouco de sua sabedoria."

Eleanor olhou para a janela do quarto, como se alguma coisa tivesse chamado sua atenção.

"Não disse que ele ia limpar neve para os vizinhos?"

Nathan olhou pela janela e viu que Nat tinha limpado quase toda a entrada da casa até a garagem.

"Deve ter sido porque falei para ele que era muito cedo para bater à porta dos outros."

"Ou porque é mais fácil pedir dinheiro para *você* do que para um estranho. Sempre ensinei ao meu filho que fazer algumas coisas em casa era parte de morar lá. Especialmente depois dos 18 anos."

"Concordo com isso."

"Nunca tive esses problemas com meu filho."

"Você teve a vantagem de influenciar o comportamento dele desde o primeiro dia."

"E o que vai dizer quando ele entrar e anunciar que são 20 dólares pelo serviço?"

"Talvez seja *se*, não *quando*. Eleanor. Por favor, não entenda mal. Não é uma crítica a você. Mas sinto que preciso falar, porque acredito que é verdade. Acho que a sua implicância com o Nat é o que está causando a maior parte da inquietação por aqui."

Ela não respondeu.

Deixou a escova de cabelo em cima da cômoda e saiu do quarto.

Nathan a encontrou na cozinha, servindo-se uma xícara de café.

"Então", ela comentou, "o problema não é ter uma unha comprida e encravada no meu pé. Encravando mais a cada passo. O problema é eu me importar com isso."

Nathan suspirou.

"Como isso te machuca, Eleanor? Como isso te afeta, aliás? Pode, por favor, me explicar como o fato de Nat ir treinar todos os dias, em vez de ir trabalhar em uma plataforma de carga, vai te prejudicar diretamente?"

Antes que ela pudesse responder, Nat apareceu na entrada da cozinha, ainda todo protegido contra o frio e um bocado ofegante.

"Nat", disse Eleanor. "Está pingando no meu chão limpo."

"Ah. Desculpa. Limpei a entrada de casa. Não vou cobrar por isso, é claro. Agora vou sair e ver se consigo ganhar algum dinheiro."

Ele saiu apressado.

Eleanor simplesmente voltou-se para o café, e Nathan teve a sabedoria de não falar nada. Não só evitou o "eu avisei", como evitou continuar o assunto.

Tirou algumas folhas de papel toalha do rolo e limpou a neve derretida que tinha pingado das botas de inverno de Nat.

A QUALQUER MINUTO AGORA
4 de março de 1979

"Ah, meu Deus", disse Eleanor quando ouviu a batida da porta da frente. "Nat chegou para jantar. Nat não janta em casa há meses."

"Acho que vai ser bom vê-lo", disse Nathan. Declarando com todo cuidado que, em sua opinião, a presença de Nat era uma surpresa *bem-vinda*.

Quase todos os dias desde novembro passado, Nat saía antes de eles se sentarem à mesa do café, deixando apenas uma tigela suja de cereal na pia como evidência de que ainda morava na casa. Eleanor sempre deixava um prato com o jantar coberto com plástico filme na geladeira para ele. Nathan costumava ouvir o garoto chegando tarde, por volta da meia-noite.

A princípio, achou que era um sinal de vida social ativa, mas Nat o havia reeducado. Carol tinha que estar em casa às 21h. Regras da família. Nat ficava fora até tão tarde porque seu treinador, o homem que ele chamava de Mannyzinho, tinha que esperar a academia fechar para entrar usando sua chave. Treinar era mais do que bater em um saco, ele foi informado. Era um sistema completo de exercícios e requeria muito equipamento profissional.

Nathan odiava admitir, mas as coisas finalmente tinham se acomodado em casa e no seu casamento. Por mais que quisesse que não fosse assim, quanto mais tempo Nat passava fora, mais Eleanor encontrava seu caminho de volta para a felicidade.

"Vou pôr mais um lugar à mesa", ela disse.

Nat apareceu na porta da sala de jantar. De mãos dadas com uma jovem.

Nathan sabia que Carol era da mesma idade que Nat, mas ela parecia ser mais nova. Parecia pequena e tímida. Bonita. Muito bonita, com o cabelo castanho e cheio e o nariz sardento. Fisicamente, era como Nat a descreveu. Mas, de algum jeito, Nathan esperava que ela fosse mais durona. Mais adequada ao ambiente de Nat. Mais vivida.

Então ele se perguntou por que tinha feito essa suposição. E, aliás, qual exatamente era o ambiente de Nat?

"Nat", disse Eleanor. "O que aconteceu com seu olho?"

Nat levantou a mão e tocou o hematoma escuro e inchado.

"Ah. Nada. Quer dizer, foi só um treino de luta. Mannyzinho tem me levado a uma academia do outro lado da cidade onde eu posso treinar com ótimos lutadores. Nathan? Eleanor? Esta é a Carol."

Nathan atravessou a sala de jantar para apertar a mão dela.

"Muito prazer", Carol murmurou, tão baixo que Nathan quase teve que adivinhar, pelo contexto, o que ela dissera.

"Precisamos falar com vocês dois", anunciou Nat.

"Não faça parecer horrível", Carol disse a ele. Nathan percebeu que a voz dela ganhava mais confiança, além de volume, quando se dirigia a Nat.

"Não, não, não é", Nat se explicou. "Não é nada ruim. De jeito nenhum. É uma boa notícia. E quero lhe pedir um favor. Podemos nos sentar na sala de estar?"

"Íamos jantar agora", disse Eleanor. "Eu ia colocar mais um prato para você, Nat. Estão com fome? Posso pôr mais dois pratos."

Nat fez uma cara que sugeria que jantar era um conceito completamente estranho para ele. Pelo menos, nesse momento. Como se alguém tivesse perguntado inesperadamente se ele queria dar uma volta de elefante ou viajar para a Groenlândia.

"Hum. Tem comida suficiente?"

"Acho que sim", respondeu Eleanor. "Posso fazer uma salada. E podemos ter pão e manteiga como acompanhamento."

"Carol come como um passarinho de qualquer maneira", disse Nat. "E eu nem estou com muita fome."

"Meu Deus", disse Eleanor. "E desde quando você não tem fome depois de um longo dia de treinamento?"

Quando está nervoso, Nathan pensou. Ele perde o apetite quando fica nervoso, empolgado, ou as duas coisas. Mas é claro que ele não fez esse comentário em voz alta.

* * *

"Vamos nos casar."

"Que maneira de dar a notícia, Nat."

"Bom, como devo dizer se não for dizendo?"

Não tinham nem terminado de passar a caçarola de atum e servir porções em todos os pratos.

Nathan baixou o garfo.

"Essa é uma boa notícia."

"Viu?", falou Nat, obviamente para Carol, embora não olhasse para ela. "Eu disse que ele aceitaria bem."

Então, Nat olhou para Eleanor, que levantou a cabeça e encontrou seu olhar.

"Acho que é maravilhoso, Nat", ela disse.

Pelo tom de sua voz, Nathan não teve dúvida de que ela estava sendo sincera. Só torcia para que ela estivesse verdadeiramente feliz por Nat, e não apenas aliviada por ele estar construindo uma vida própria.

"Há quanto tempo se conhecem?", Nathan perguntou.

"Há uns cinco meses."

"Acho que é tempo suficiente para começar a fazer planos. Para quando pretendem marcar o casamento?"

"Logo", disse Nat.

"Logo quando?"

"Bem logo."

"Meses? Semanas?"

"Meio que imediatamente."

Nathan limpou a boca com o guardanapo de pano e o deixou ao lado do prato, descuidadamente, em vez de colocá-lo de volta no colo. Como se tivesse terminado de comer.

"Não sei se esse é o planejamento ideal, Nat."

"Sabia que diria isso. Mas vamos ficar bem."

Carol comia sua caçarola em pedaços muito pequenos. De cabeça baixa.

"Onde vão morar?"

"Bom, essa é a outra boa notícia. Sabe aqueles apartamentos em cima da academia? Onde meu treinador mora? Parece que um deles vai vagar no fim do mês. Temos setenta e cinco por cento de certeza de que vai vagar."

"Sessenta por cento de certeza", Carol falou.

"Setenta e cinco. Mannyzinho tem certeza. Ele costuma ter informações internas sobre essas coisas. E os apartamentos são bem baratos."

"Se os visse, entenderia por quê", Carol comentou.

"É, vamos demorar a vida toda parar limpar. E é só um cômodo. Mas vamos dar um jeito de tornar habitável. E então vou estar exatamente onde tenho que estar para treinar."

"Mas como vai pagar o aluguel? Você não tem emprego."

"Carol tem emprego. Podemos dar um jeito, por um tempinho. Vai ser apertado, mas vamos conseguir."

"Não entendo. Por que não esperam e fazem um planejamento sólido, razoável?"

"Gostamos *deste* plano", respondeu Nat.

Eles comeram em silêncio por vários minutos.

Nathan percebeu que Carol erguia o olhar de segundo em segundo, como se medisse a temperatura emocional da sala.

Então, Nathan se lembrou de uma coisa que tinha esquecido por um momento. Quando Nat entrou, ele disse que tinha boas notícias e que precisava de um favor. Mas não tinha pedido nenhum favor. Ainda.

"Qual era o favor que queria pedir?"

"O pai da Carol quer conhecer você. Sabe? Conhecer minha família."

"Queremos a bênção dele", Carol acrescentou.

"Não precisamos disso", Nat explicou. "Ela tem 18 anos. Portanto, não precisamos disso."

"Mas queremos", Carol insistiu.

Nathan respirou aliviado. A iminência de pedidos de favor deixavam-no tenso.

"Ah, é claro. Não tem nenhum problema nisso."

"Vamos convidá-los para jantar", anunciou Eleanor.

"Bem, não são *eles*", Nat a corrigiu. "É só ele. Carol mora só com o pai."

"Vamos convidá-lo para jantar", Nathan confirmou. "Não tem problema nenhum. Vai ser um prazer. E vai ser um prazer conhecê-lo. Perguntem quando ele gostaria de vir e depois nos avisem. Combinado?"

"Tem mais uma coisa", Nat acrescentou cauteloso.

Nathan notou que não se sentia nem um pouco surpreso. Claro que tinha mais uma coisa. Não havia sempre mais uma coisa? Não só com Nat especificamente, mas com a vida em geral.

Ele não disse nada. Só esperou Nat continuar.

"Ele acha que você é meu avô."

"Porque você disse que eu era?"

"Bom. Hum, sim. É isso. Sim."

"Não vou mentir para ele."

"Mas não precisa chegar e anunciar que sou um mentiroso, que não somos parentes de sangue. Certo?"

"Acho que não. Acho que é improvável que ele olhe para a minha cara e pergunte: 'Você é avô do Nat de verdade, não é?'."

"Obrigado", respondeu Nat. "Sabia que podia contar com você."

* * *

Depois que Eleanor e Carol tiraram a mesa — Carol insistiu em ajudar —, as mulheres surpreenderam Nathan ao ficarem na cozinha, lavando a louça juntas. O som de água corrente parecia um bom pano de fundo para uma conversa particular.

"Ela parece uma boa moça."

"Ela é ótima. Uma das melhores coisas que já aconteceu comigo."

"Você pode dizer que não é da minha conta se quiser, Nat. Mas vou perguntar do mesmo jeito. Vou correr o risco de ser grosseiro sem querer. Carol está grávida?"

Nat levantou a cabeça com um movimento brusco. Parecia realmente perplexo. Nathan soube, pela expressão do garoto, que não era o caso.

"Não. Meu Deus, não. De onde tirou essa ideia?"

"Só estranhei a pressa."

Talvez fosse só o amor jovem, ele pensou. Nat já era impetuoso o suficiente sem estar apaixonado.

"Não. Se estivesse, seria a segunda vez em toda a história que isso aconteceria", Nat falou. "Carol não é assim. Não é esse tipo de garota. Ela frequenta a igreja. Ela... vai ser pura na noite de núpcias. Sabe?"

"Ah, entendo", disse Nathan. Ainda processando o quanto isso realmente explicava. "Peço desculpas. Não queria ser invasivo."

* * *

Assim que eles saíram, Eleanor disse: "Tivemos uma ótima conversa. É uma garota encantadora".

"Que bom que gostou dela."

Estavam no hall, tendo acabado de fechar a porta após a saída do jovem casal. Ainda nem tinham voltado à sala de estar para se sentar.

"Sei que pareceria terrível se eu dissesse que me pergunto o que ela viu em Nat."

"Na verdade, sim", Nathan concordou. "Seria. Seria um comentário muitíssimo cruel."

"Eu sei. E me sinto culpada por dizer isso. Por ter *pensado* nisso. Mas sério... não é uma dúvida um pouquinho legítima?"

"Espero que não", Nathan respondeu. "Se tem alguma parte secreta de mim que pensa desse jeito, prefiro não procurar por ela. Talvez ela veja em Nat algum valor que você não vê."

"Ela o ama, com certeza. Não tenho a menor dúvida disso. Acho que ela pensa que seu amor vai ser a peça que faltava na vida dele. Que ela é aquela adição necessária que vai mudar tudo para ele."

"Hum", Nathan reagiu. "Isso é sempre problemático."

"É exatamente o que eu penso", Eleanor concordou.

OU VOCÊ ERA COMO EU?
7 de março de 1979

"Vão em frente e sirvam-se", disse Eleanor. "Por favor, não façam cerimônia."

Mas Carol não se mexeu. Nem Reginald Farrelly, pai dela.

"Sem dar graças?", Farrelly perguntou.

Durante um momento, foi como se ninguém soubesse o que dizer. Nathan decidiu que era o melhor para salvar a situação.

"É claro", respondeu. "Muito bem. Em homenagem aos nossos convidados, esta noite daremos graças. Sr. Farrelly, gostaria de fazer as honras?"

Farrelly estendeu as mãos para os dois lados. Uma para Eleanor. A outra para Nat. Nat olhou para a mão por vários instantes, como se pudesse estar envenenada ou em chamas. Enquanto isso, Carol segurava a mão de Nat e a de Nathan, e Nathan estava de mãos dadas com a esposa.

Finalmente, de maneira relutante, muito relutante, Nat deu as mãos.

"Pai Celestial, somos gratos por nos dar seu único Filho para ser nosso salvador e Senhor. Abençoe a todos nós enquanto consumimos esse alimento. Ouça nossa prece, ó, Pai, pois fazemos este pedido em nome de Jesus. Amém."

"Amém", disse Carol.

Uma breve pausa enquanto Farrelly esperava, em vão, por améns adicionais.

Eleanor rompeu o silêncio.

"Muito bem. Agora, como eu já disse, por favor, não façam cerimônia. Por favor, sirvam-se."

Farrelly pareceu aceitar o convite como se pudesse servir-se não só de comida, mas também de informações. "Então, sr. McCann", ele disse. "Conte alguma coisa sobre seu rapaz aqui. Diga-me por que o quero em minha família. Por que ele é bom o bastante para se casar com minha filha. Vamos ver se consegue fazer essa venda."

Nathan, que se esforçava para gostar desse homem enorme, encorpado e de voz retumbante havia quase uma hora, desistiu do objetivo sem dar uma palavra.

Eleanor passou o molho sem fazer nenhum comentário, mas, pelo canto do olho, Nathan a viu dar uma olhada no homem.

Ele olhou para Nat e Carol do outro lado da mesa. Carol olhava para o prato como se quisesse sumir dentro dele, criar uma rota de fuga. Havia muito tempo que Nathan não via ninguém parecer tão infeliz. Nem mesmo Nat. Nat estava ficando visivelmente bravo. E não era do feitio do garoto conter a raiva.

"Esta não é uma situação de venda, sr. Farrelly. Cuido de livros fiscais e impostos. Não vendo jovens. Nat é um homem adulto. Ele pode falar por si mesmo. Se quer saber mais sobre ele, por que não pergunta diretamente a ele? O rapaz está sentado bem ali."

Um longo silêncio. Farrelly encostou-se na cadeira. Nathan sabia que ele estava ofendido. Esse não era um ponto a ser discutido. Ele já sabia, enquanto falava, que o homem ficaria ofendido. Sua única dúvida era se ele disfarçaria ou demonstraria abertamente.

O movimento seguinte de Farrelly foi inesperado. Ele dirigiu sua atenção para Eleanor.

"E você, sra. McCann? Quer me falar alguma coisa sobre seu neto?"

"Ah, Nat não é meu neto", ela respondeu. Automaticamente.

Nathan a conhecia o suficiente para saber que ela teria retirado o que disse e engolido as palavras, se pudesse. Tinha falado sem pensar, um hábito dela.

Nathan interferiu para salvar a situação. De novo.

"Este é nosso segundo casamento. Estamos casados há pouco menos de um ano."

"Ah? São divorciados?"

Nathan abriu a boca enquanto ainda sentia a forte tentação de dizer: "Que homem grosseiro e indelicado é você. Não é de se admirar que sua pobre filha queira se casar e sair da sua casa". É claro, ele se conteve a tempo. A tensão na sala parecia genuinamente palpável. Nathan podia quase espetá-la com o garfo.

"Eleanor era viúva havia mais de dezessete anos quando nos casamos. Eu era viúvo havia mais de cinco."

"Ops. Desculpe", pediu Farrelly. "Acho que eu não devia fazer suposições. É como dizem, quando você supõe, faz a *si* e a *mim* de *idiota*."

"É", concordou Nathan. "Exatamente."

"Bem, de qualquer maneira, voltamos à questão. Sra. McCann Segunda, gostaria de contar alguma coisa sobre seu neto-enteado aqui?"

"Não, sr. Farrelly. Nada. Penso como meu marido. Nat sabe falar. Pode falar sobre si mesmo."

Bom Deus, Nathan pensou. Como as coisas tinham saído assim do controle em tão pouco tempo? Mas ele percebeu que a resposta era simples. O pai de Carol era um idiota. Um pensamento nada caridoso, mas verdadeiro demais para ser evitado.

"Nat sabe falar? Eu não confirmaria."

"Papai", disse Carol. A voz tensa de dar dó. "Por favor, não me faça passar vergonha."

"Passar vergonha como, meu amor? Querendo apenas o melhor para você? Considera constrangedora que parte do meu cuidado por você?"

"Pai..."

"Tudo bem. Nat. Fale sobre você. Que igreja frequenta? Onde fez o segundo grau? Tem planos para a faculdade? O que quer ser quando crescer?"

Silêncio. Silêncio doloroso. Nat fechou os olhos e os manteve assim por um tempo. Nathan esperou a explosão. Esperou que ele estourasse sob a pressão como uma velha caldeira a vapor ou uma panela de pressão. Sabia que Nat ficava mais furioso a cada minuto. Também sabia que ele não queria responder nenhuma das perguntas de Farrelly — não se atreveria a responder. Não havia nenhuma possibilidade de conversa amena nesse pacote.

"Pensei que soubesse falar", disse Farrelly. "Eles afirmaram que você sabe falar."

Ele *queria* que Nat explodisse. Era isso?

"Já cresci", disse Nat. Surpreendentemente calmo. Porém, talvez uma calma artificial. Nada de "hum" ou "ah", Nathan percebeu. Nem um "bom" seguido de vírgula. Ele parecia outra pessoa.

Nathan sentiu os ombros relaxarem. Bom garoto, pensou. Queria que Nat o encarasse para poder comunicar o elogio com os olhos. Mas Nat continuava olhando para a toalha de mesa.

"E fiz o segundo grau em North Park", ele acrescentou. Tecnicamente, era verdade. Até a semana em que completou 15 anos, ele frequentava o North Park High School, a dez quarteirões da casa da avó dele.

"E se formou, presumo?"

"Bem... não abandonei os estudos, se é o que quer dizer."

"O que quero dizer é: você se formou em North Park?"

"Não. Depois de lá eu... estudei em outro lugar."

"Mas se formou."

"Tenho meu exame de conclusão", Nat respondeu em voz baixa.

"Para que ia querer um exame de conclusão geral quando podia só terminar o segundo grau?"

Nathan se preparava para interferir. Resgatar o garoto. Que, em sua opinião, estava se saindo muito bem. Mas não teve tempo.

Nat se levantou de repente, batendo com as coxas na mesa e derrubando o prato, espalhando uma onda de molho de carne sobre a toalha. Na verdade, o prato voou alguns centímetros. Nathan não teve certeza se Nat o tinha empurrado ou virado de propósito. Tudo aconteceu muito depressa.

"Não é da sua conta por que faço o que faço", ele gritou. "Por que está me perguntando essas coisas? Por que não pergunta se nós nos amamos? Se vou cuidar bem dela? Por que não me pergunta alguma coisa importante? O que você perguntou não é da sua conta. E não é da sua conta se caso com sua filha..."

"Escute aqui..."

"Ainda não terminei. Você está falando a noite toda, velho. Agora é minha vez. Carol tem 18 anos. Ela pode fazer o que quiser. Você não pode nos impedir. Na verdade..."

"Nat, não", Carol interferiu, puxando a manga da blusa dele com violência.

"Vou falar para ele."

"Não, Nat. Por favor."

"Vai me falar o quê?", perguntou Farrelly.

Um silêncio mortal tomou a sala. Nat estava em pé diante de seu lugar à mesa, e parecia constrangido e pouco à vontade, agora que a fúria tinha cedido.

"Carol e eu já somos casados", ele disse. "Fomos ao cartório antes de ontem."

Farrelly olhou para a filha, que se recusava a encontrar seu olhar.

"Isso é verdade, meu amor? O que ele disse é verdade?"

Por um tempo, nada. Ela parecia estar prestes a chorar. Talvez até já estivesse chorando, mas tentava esconder.

Então assentiu, quase imperceptivelmente.

Farrelly ficou em pé. Limpou a boca no guardanapo. Jogou-o em cima da mesa. Metade dele aterrissou em seu filé ensopado de molho.

Deu um passo na direção de Nat e eles ficaram cara a cara, literalmente, durante um tempo constrangedor. Podiam ter sido apenas dois ou três segundos, mas para Nathan foi muito tempo. Nat era alguns centímetros mais baixo, mas ergueu-se na ponta dos pés para encarar o homenzarrão e se defendeu sem recuar.

Naquele silêncio doloroso, Nathan percebeu o quanto Nat havia encorpado. Ele vestia uma camiseta de manga curta, e seu peito e braços tinham mudado tanto que Nathan teve receio de que o garoto estivesse usando esteroides. Ou, em um momento mais imediato, que pudesse estar se preparando para pôr em prática um pouco do que tinha aprendido.

"Eu sabia que você só traria problemas", Farrelly declarou em voz baixa.

Nathan viu o garoto fechar as mãos.

Ele se levantou com um pulo.

"Nat!", chamou com firmeza. E isso interrompeu o perigo imediato. "Nat. Pense bem antes de agir."

Ele viu os punhos do garoto se abrirem e soltou um suspiro longo e aliviado.

Farrelly recuou do confronto.

"Não volte para casa hoje à noite", ele disse, apontando para a filha de um jeito grosseiro. "Na verdade, não volte para casa. Ponto final."

"E as minhas coisas?" Ela agora chorava abertamente.

"Vou encaixotar tudo e mandar para cá. Não se incomodem em me acompanhar até a porta, eu saio sozinho."

"Vou pegar seu casaco", disse Nathan.

* * *

Nathan encontrou o rapaz na cozinha, sentado à mesa sozinho, a cabeça apoiada entre as mãos. Não sabia onde Carol e Eleanor tinham ido e não perguntou.

Ele se sentou na frente de Nat e esperou. Esperou que Nat decidisse o momento para falar.

"Ele é um tremendo babaca", Nat comentou arrasado, a cabeça ainda entre as mãos.

"Eu não teria escolhido exatamente essas palavras. Mas ele é um homem horrível. Isso é indiscutível."

"Ele estava tentando me fazer de idiota. Acha que não sou bom o bastante para ela. E estava tentando me fazer dizer coisas que provariam isso."

"Ah. Então você acha que ele está certo."

"Não! Não acho. Por que diz isso?"

"Você acabou de dizer que, se respondesse às perguntas, teria provado isso."

"Não foi isso que eu quis dizer. Para de colocar palavras na minha boca. Ele estava tentando me fazer parecer um escroto. Não me interessa o que você diz. Não me importa se acha que estou errado. Eu conheço esse homem. Sei o que ele está fazendo."

"Eu não acho que você está errado. Eu concordo. Ele estava tentando fazer você ficar mal na história. Só acho que, se você tivesse sido mais educado, ele não teria conseguido."

Nat olhou para ele pela primeira vez.

"Por que não devia ter posto o homem no lugar dele? Alguém tinha que fazer isso. Alguém já devia ter feito isso há muito tempo. Ele merece. Por que eu devia ter sido educado?"

"Porque, se tivesse sido, *ele* teria ficado mal na história. Não você. Desse jeito, é como se você tivesse validado o que ele diz. Deu a ele toda a munição necessária. E você magoou Carol também ao lidar com as coisas desse jeito. Quando vai aprender a fazer o que é melhor para você? Apesar do que suas emoções pedem para você fazer?"

Nenhuma resposta. Nat apenas o encarou por vários segundos. Mas sua expressão não era a que Nathan teria esperado. Nathan tinha dificuldade para associar palavras àquela expressão. Curiosidade, talvez. Interesse autêntico.

"Você sempre foi assim?", Nat perguntou. Sem nenhuma nota pejorativa na voz.

"Não sei se entendi a pergunta."

"Sempre lidou com as coisas do jeito certo e agiu de maneira razoável? Ou era como eu, furioso, mas aprendeu a se controlar?"

Nathan pensou por um momento antes de responder. Era uma pergunta que ninguém tinha feito e ele nunca havia considerado. Por isso não respondeu de imediato. Queria ser cuidadoso e acertar de primeira.

"Acho que é parte de quem eu sou, só isso", explicou, depois de um tempo.

"Bom, talvez isso seja parte de quem *eu* sou. E talvez a gente simplesmente não mude."

"Nós *podemos* mudar", Nathan falou. "Só precisamos querer. Primeiro temos que acreditar que precisamos mudar. E que é a hora." Silêncio. "Agora, talvez seja melhor ir confortar sua esposa."

"Acho que vamos ter que passar a noite aqui."

"Acho que vão ter que passar o mês. Vamos ser honestos um com o outro."

"Tudo bem?"

"Acho que vai ter que ficar", disse Nathan.

UMA PERGUNTA MUITO BOA, NA VERDADE
6 de agosto de 1979

Nathan sentou-se à mesa do café da manhã com Eleanor e Carol. Nat, é claro, tinha saído fazia tempo, como sempre. O assunto era o clima. O calor, já forte às 8h.

Nathan estava explicando a Carol por que, nos quase cinquenta anos morando naquela casa, nunca tinha instalado um ar-condicionado. Afinal, o número de dias por ano em que a casa ficava quente a ponto de se tornar desconfortável podia ser contado nos dedos de uma das mãos. E ele só conseguiu se recordar de um punhado de vezes em que havia feito tanto calor quanto agora.

"Puxa", Carol comentou, olhando para o seu cereal. "Quem poderia imaginar... quando nos mudamos para cá... que ainda estaríamos aqui em agosto?"

Nathan percebeu uma interrupção de um instante nos movimentos de Eleanor enquanto ela levava a colher de cereal aos lábios. Era como uma falha de exibição em um filme antigo.

"Ah, não sei se é tão surpreendente", ela falou.

Foi como um momento de tensão, mas passou, e Nathan pegou o jornal de novo. Começou a procurar uma carta ao editor enviada por um colega, que havia pedido que ele a lesse. Não parecia ter sido publicada na edição daquela manhã. Mas, enquanto a procurava, Nathan se deparou com outra carta.

"Sei que não deve nos aguentar mais a essa altura", disse Carol, rompendo o silêncio e interrompendo a concentração de Nathan. Era óbvio que o comentário era dirigido a Eleanor, não a ele.

"Ah, meu bem, você sabe que não me incomodo com sua presença aqui."

"Não, eu sei que não", ela respondeu com sinceridade. "Sei que não se cansa de mim. Só do Nat."

Silêncio. Nathan tentou retomar a leitura, mas não conseguia absorver as palavras. Teve que ler o mesmo parágrafo diversas vezes, um padrão que considerava irritante. Pelo menos, nas raras ocasiões em que acontecia.

Depois de um tempo, Carol levantou-se, lavou sua tigela na pia e saiu da cozinha para se arrumar para ir à escola.

Eleanor olhou para Nathan imediatamente.

"Nunca falei uma palavra contra o Nat na frente da Carol."

"Duvido que tivesse que falar."

"O que quer dizer com isso?"

"Apenas que seus sentimentos são transmitidos em alto e bom som, mesmo que não os expresse em palavras."

"Talvez Nat tenha se queixado com ela que eu não fui paciente o suficiente com ele."

"Talvez. Mas, mesmo que ele não tivesse dito nada, tenho certeza de que ela não teria como não perceber."

Eleanor se levantou, tirou a louça do café, levou para a pia e começou a enchê-la com água quente e detergente.

"Você sabe que os oito meses dele já passaram", observou.

"É mesmo? Não, na verdade, eu não tinha percebido."

"No dia 26 de novembro, você disse que ele teria *até* oito meses. Teria sido melhor menos tempo, é claro. Esse prazo acabou em 26 de julho. Mês *passado*. Hoje é dia 6 de agosto. Estava esperando para tocar nesse assunto, mas é um tema muito delicado para nós dois."

"Ah, então era sobre isso que você queria falar. Senti que tinha alguma coisa. Você é muito precisa. Anotou a data?"

"Não foi necessário. Era importante para mim, por isso lembrei. Não acha que é hora de ele arrumar um emprego?"

"Ele passa mais tempo fora de casa desse jeito do que se estivesse empregado e cumprindo quarenta horas semanais."

"Sim, mas as quarenta horas semanais *pagariam* um salário. E então eles poderiam ter a própria casa."

"Bem, de qualquer maneira", Nathan respondeu, desistindo e deixando o jornal na mesa com um suspiro, "ele não vai abandonar o treinamento e arrumar um emprego. Ou tudo isso teria sido inútil. Ele vai continuar treinando e vai conseguir uma luta. Uma luta profissional. E vai tentar ganhar dinheiro desse jeito."

"Bom, então o que ele está *esperando*?", ela perguntou, erguendo a voz de um jeito assustador. "Ele estava tão ansioso para concluir o treinamento e virar profissional. O que ele está esperando?"

Nathan pensou um pouco na pergunta antes de responder.

"Essa é uma pergunta muito válida. Vou ter uma conversa com ele, vamos ver o que consigo descobrir."

* * *

Depois do café da manhã, Nathan bateu com delicadeza na porta do quarto de Nat e Carol. Sem resposta. Ele a chamou pelo nome, depois colocou a cabeça pela porta com cautela. Carol parecia já ter saído para ir à escola.

Ele foi até a sala de estar, onde escreveu uma nota para Nat em um de seus cartões personalizados.

Nat,
Por favor, me acorde hoje à noite quando chegar, mesmo que seja tarde, para podermos conversar.
Nathan

Ele deixou o cartão no meio da cama de Nat e Carol, porque não sabia qual travesseiro era de quem.

* * *

"Que foi? O que eu fiz?"

"Você não fez nada, Nat. Só queria perguntar sobre o progresso do seu treinamento. Está demorando mais do que você esperava?"

Estavam sentados à mesa da sala de jantar e Nat mantinha uma postura defensiva na cadeira. A única iluminação era a que transbordava da cozinha. Nathan tinha tomado o cuidado de manter fechadas as portas dos dois quartos. Para não incomodar Carol e Eleanor e garantir privacidade. Por um instante, conjecturou se, ao voltar ao quarto, descobriria que Eleanor tinha aberto a porta novamente para ouvir a conversa.

A casa ainda estava quente, apesar de passar da meia-noite. Todas as janelas tinham frestas abertas, mas a brisa que entrava não era fresca.

"Não. Está indo muito bem. Estou em ótima forma. Totalmente pronto. Posso entrar no ringue a qualquer momento."

"Isso é ótimo. É bom saber disso. Com relação ao tempo, tínhamos calculado..."

"Eu sei, Nathan. Eu sei. Acha que não sei? Sei que meus oito meses acabaram. Soube no dia em que o prazo acabou. Todos os dias antes disso, eu sabia que estava acabando. Não precisa me dizer que não tenho mais tempo. Eu sei."

Uma pausa longa, que foi estranhamente confortável para Nathan. Tinha aprendido a apreciar as conversas na penumbra, embora não soubesse ao certo por quê. Também se sentia confortável por saber que, provavelmente, não precisava falar muito mais. Tinha aberto a tampa do pote, agora Nat faria o resto sozinho.

"Você sabe o que está me atrasando", disse Nat. "Não sabe?"

"Não. Não sei."

"Sério? Não consegue nem imaginar? Não consegue chutar?"

"Medo?"

Nat deu uma risada bufada.

"Medo? Está brincando? Eu *sonho* que estou subindo no ringue para lutar de verdade. Penso nisso em todos os minutos do dia. Não tenho medo. É o que quero mais que tudo."

"Ok. Então, me conta o que está te atrasando."

"Dinheiro." Mais um momento de silêncio e penumbra para respirar. "Olha, eu juro que não sabia disso quando falei que precisava de oito meses. Juro. Achei que só teria que treinar e conseguir uma luta profissional. Mas Mannyzinho quer que eu lute como amador durante um ano. Já começamos a lutar do outro lado da cidade com uns caras que ele conhece, e achei que seria suficiente, mas ele diz que não. Ele calcula três anos para a maioria dos atletas, mas como eu trabalho duro... Enfim, preciso de dinheiro para viver enquanto luto como amador. E depois disso Mannyzinho pode conseguir uma luta para mim a qualquer momento. Só preciso pedir. Só que seria em Nova York ou Atlantic City. Como vamos chegar lá? Tudo custa dinheiro. É preciso ter dinheiro para começar uma carreira no ringue. Droga." Ele segurou a cabeça com as mãos por um instante. Nathan teve a impressão de que ele tentava arrancar a própria cabeça. "Estou me culpando porque sabia que esse momento chegaria. Estou me sentindo como o idiota que pintou o chão e acabou preso no canto. Acho que eu pensava que alguma coisa aconteceria entre aquele momento e agora. Um grande milagre ou algo assim. Não sei onde eu estava com a cabeça."

"Temos que analisar com calma as soluções possíveis", disse Nathan.

"Você é melhor que eu nessa coisa de ter calma."

"Não pode arrumar um emprego, trabalhar durante alguns meses e ganhar esse dinheiro?"

"Posso. Mas depois de alguns meses sem treinar, eu não estaria mais em forma para lutar."

"Hum. Acho que é verdade. Não pode arrumar alguém para investir em você?"

"Teria que ser alguém que acredita em mim de verdade. E vamos ser sinceros. As únicas pessoas que acreditam em mim são você e Carol. Mas você não empresta dinheiro, e ela não tem nenhum. A única vez que você me emprestou dinheiro foi para pagar o ônibus quando eu tinha um emprego. Há algumas noites, fiquei acordado pensando nisso. Pensando, talvez, que essa situação fosse parecida com aquela. Mas sei que não pode fazer isso agora. Primeiro, porque é muito mais que o dinheiro para o ônibus. Segundo, porque Eleanor te mataria."

"Vamos manter isso só entre nós dois por enquanto. E isso não significa que pretendo investir em você. Mas, sempre que alguém me procura oferecendo um possível investimento, eu faço muitas perguntas."

"Ok. Pode perguntar."

"De quanto dinheiro estamos falando?"

"Não faço ideia, de verdade."

"Essa não é a oferta ideal de investimento."

"Eu não sabia que faria uma apresentação esta noite! Pensei que só viria para casa e iria dormir, como em qualquer outra noite."

"É verdade. Me desculpe."

"Posso conversar com Mannyzinho e tentar fazer essa estimativa. Mas é difícil. Quero dizer, não sabemos exatamente quantas lutas queremos marcar fora da cidade de cara. Tantas quantas pudermos pagar. Se tivermos mais dinheiro, teremos mais equipamento de qualidade, senão, vamos continuar com o que temos. Não sei se existe algum número mágico."

"Certo. Vamos deixar o número de lado por enquanto. Como devolveria meu dinheiro se não vencesse?"

"Eu vou vencer."

"Resposta errada. Não estou perguntando o que acha que vai acontecer. Estou perguntando que Plano B você tem caso esteja enganado por alguma razão."

"Ah. Plano B. Odeio Plano B. Porque faz parecer que você não acredita no seu Plano A. Eu aposto tudo no Plano A. Acho que assim se obtém mais daquilo que se quer."

"Mas seu possível investidor pode ser mais cauteloso."

"É, verdade. Muito bem. E que diferença isso faz, no fim? Você não pode me emprestar o dinheiro e sabe que não pode. Eleanor teria um ataque."

"Então qual é o seu Plano B?"

Na pausa que seguiu a pergunta, Nathan ouviu o rapaz respirando. Como se cada respiração fosse um suspiro.

"Se por algum motivo minha carreira não sair como planejei, vou arrumar um emprego e devolver o dinheiro do meu investidor em parcelas. Isto é, se fosse você. Se fosse um investidor profissional, eu só diria: 'Bom, sabe como é, você assumiu o risco'. Mas ninguém, além de você, investiria em mim agora, porque não me submeti a nenhum teste. Se pudesse subir no ringue e ganhar e parecer competente, eu teria ofertas."

"Certo. Vamos dormir um pouco e deixar todas as ideias fermentando. Preciso de um tempo para pensar."

"Ah. Sim. Certo. É claro."

"Como se sentiria se eu fosse conversar com o seu treinador?"

"Mannyzinho? Ótimo. Ele pode falar sobre tudo o que precisamos."

"Estava pensando em pedir uma análise daquilo em que estaria investindo. Estava só pensando, se investisse em algum outro boxeador, ia querer saber que ele era bom."

"Por mim, tudo bem."

Silêncio. E — seria só imaginação de Nathan? — uma sensação de paz que se espalhava. Como se algum peso finalmente tivesse sido removido. Como se a sala toda suspirasse aliviada.

"Nathan? Agora que discutimos tudo isso... será que posso tirar uns dias de folga? Preciso muito de alguns dias. Não paro para descansar há meses."

"É claro. Se precisa de um tempo, dê um tempo."

"E você só diz isso *agora*", Nat respondeu.

* * *

Quando Nathan voltou ao quarto, a porta tinha sido aberta.

Ele a fechou e caminhou para a cama no escuro.

"Imagino que tenha escutado tudo isso", ele disse, sem nem tentar falar baixo.

"Eu tenho o direito de opinar. É a nossa aposentadoria. Não é só sua. Sei que não trabalho e que está economizando para a sua aposentadoria há anos, bem antes de nos casarmos. Mesmo assim, em um casamento, o que é meu é seu e vice-versa. E, quando você se aposentar, minha qualidade de vida vai ser afetada. Tanto quanto a sua. Odeio pensar que você tomaria uma decisão como essa sem a minha participação." A voz dela estava tensa, Nathan pensou, mas não exatamente furiosa. Não como ele esperava, pelo menos. Na verdade, ela parecia prestes a chorar.

"Seria só uma pequena porcentagem do que temos guardado", ele explicou.

"Isso não resolve o que acabei de dizer."

"É claro que vou discutir o assunto com você. Eu discuto tudo com você. Não vou comprometer nenhuma quantia sem levar em consideração o que você pensa e sente sobre o assunto. E certamente espero que não decida tentar me impedir sem considerar o que eu penso e sinto. E você está vendo problemas onde eles não existem, Eleanor, porque ainda não decidi o que fazer. Vamos dormir e deixar isso de lado, por ora."

Mas Nathan sentia que não poderia dormir, nem descansar muito, no futuro imediato.

* * *

"Vai ser sempre assim, não vai?", ela perguntou, assustando-o.

Talvez uns cinco minutos mais tarde. Ou meia hora. Nathan achou significativo que ela falasse em voz alta, como se a conversa nunca tivesse sido interrompida. Como se ela nem considerasse a hipótese de ele ter adormecido.

É claro que ela estava certa.

Ele percebeu algo mais na voz dela. Agora ela parecia falar sem energia. Como se tivesse perdido toda a força para lutar.

"Nat sempre vai fazer parte da minha vida, se é o que quer dizer. O que você realmente quer nessa situação, Eleanor?"

Enquanto esperava pela resposta, Nathan observava a sombra projetada na parede pela árvore do lado de fora da janela do quarto. Via a sombra balançar suavemente no ritmo da brisa morna.

"Quero o que achei que teria quando me casei com você."

"Você soube do Nat antes de se casar comigo."

"Acho que pensei que seu relacionamento com Nat seria mais parecido com a relação que tenho com meu filho adulto."

"Seu filho não foi preso, então você devia saber que haveria algumas diferenças."

"Só quero minha vida de volta como era antes."

"Ele vai se mudar daqui em alguns meses."

"Duvido. E, mesmo que ele se mude, algum desastre o trará de volta para cá. E mesmo que isso não aconteça, ele vai ter algum desastre onde estiver e vai envolver você. E você vai aceitar, vai se envolver. E nada que eu diga vai impedir que se envolva."

"Vou perguntar de novo, Eleanor. O que você realmente quer nessa situação? O que resolveria isso para você?"

"Esse é o problema", ela disse. "Não sei mais. Estou perdendo a esperança de que isso seja solucionável, Nathan."

O VALOR DISCUTÍVEL DE ARGUMENTAR COM A VIDA

7 de agosto de 1979

Nathan atravessou o estacionamento até o pequeno apartamento em cima da academia, já derretendo de calor. O sol queimava sua nuca e ele lamentava não ter usado um chapéu. Sempre se orgulhou de sua capacidade de calcular a temperatura com margem de erro de um ou dois graus. Uns 33°C, decidiu. Talvez 35°C.

A sensação na escada era abafada e sufocante enquanto ele subia.

Nathan parou na frente do apartamento de Manny Schultz, ouvindo o som abafado e baixo de um diálogo na televisão que passava pela porta.

Então ele bateu.

"Quem é?", alguém respondeu lá dentro.

"Nathan McCann."

"Quem? Não conheço nenhum Nathan isso aí que você disse."

"Sou o... guardião de Nat."

Silêncio. Depois alguém abriu a porta, só uma fresta. Nathan ficou pasmo ao ver a cabeça do homem aparecer mais ou menos na altura do peito de um homem mediano. Mais ou menos no mesmo momento, seu olfato foi tomado de assalto pelo cheiro de fumaça velha de cigarro. Charuto e cigarro, como sugeria o odor. Ele tentou não fazer uma careta que demonstraria um julgamento ofensivo.

"Ah. Nathan. Sim. Aquele Nathan. O Nathan do Nat. Sei. E aí? Está zangado comigo por algum motivo?"

"Não. Só queria seu conselho."

O homenzinho bufou de um jeito rude. Nathan demorou um momento para entender que o som mordaz e ofensivo era, na verdade, uma risada.

"Desculpa. Não queria rir na sua cara. É que as pessoas não me procuram para pedir conselhos. Não com frequência, pelo menos. Só sobre boxe."

"Mas é sobre boxe, de fato."

Nathan sempre teve dificuldade para ficar parado no calor escaldante. Nem tanto para andar no calor, mas para ficar parado, sim. Ele presumia que devia ser algum problema de circulação. Sempre ficava meio atordoado. E hoje não era exceção.

"Não está meio velho para isso?", perguntou o homenzinho.

"É sobre o boxe de *Nat*. Queria saber se pode me aconselhar a respeito do meu papel na carreira de Nat como boxeador."

"Ah", disse Manny, ainda falando pela fresta de centímetros da porta. "Agora você está começando a fazer sentido."

"Não, eu fiz sentido o tempo todo. Você é que só começou a me entender agora."

"Tá, tá, tá. Entra."

Ele abriu a porta toda. Nathan não entrou. Lá dentro, viu latas de cerveja no chão. Um sofá rasgado que devia ser a única cama, ainda com um travesseiro e cobertores. Uma caixa vazia de pizza aberta no chão, manchada de gordura e cheia de migalhas. Dois sacos de pancada de modelos diferentes: um pendurado no teto, o outro suspenso em um pedestal de metal.

Um ar-condicionado soprava do suporte improvisado na janela. E, apesar disso, aquele cheiro horrível de tabaco.

"Talvez possamos conversar aqui fora."

"Está brincando, não é? Deve estar quase uns 40°C aí fora. Aqui o ar-condicionado está funcionando, pelo menos. É ruim, mas é melhor que nada. Quero dizer, pelo menos aqui não está 40°C. Talvez 32°C. Mas não quase 40°C."

Nathan não respondeu. E não se moveu.

"Ah, espera", disse Mannyzinho. "Já entendi. Você tem mania de arrumação e limpeza."

"Estou mais para não fumante", explicou Nathan.

"Ok, como quiser. Podemos nos sentar na escada de incêndio. Pelo menos ficamos na sombra."

* * *

"Nat não parece conseguir fornecer o que podemos chamar de resumo abrangente de quanto dinheiro ele vai precisar."

"Sim, bem, não é uma ciência exata. Quero dizer, você trabalha com o que tem."

Nathan sentiu o calor da escada de incêndio embaixo das nádegas e nas palmas. Olhou o estacionamento lá embaixo. Para o próprio carro. Nunca tinha pensado em apreciar as alegrias de um bairro com gramados, cercas e árvores. Tudo parecia automático. Como se todo mundo vivesse como ele vivia.

Por um instante, tentou imaginar como seria olhar a degradação urbana do centro da cidade todos os dias da vida. Isso mudava uma pessoa?

"Como posso saber se estou disposto a emprestar o dinheiro se nem sei de quanto estamos falando?"

"Acho que posso te dar uma estimativa grosseira. Algo como se tivéssemos tal valor, poderíamos fazer esse básico, mas se tivéssemos mais isso aqui, poderíamos fazer muito mais. Esse tipo de coisa. Como eu disse, a gente trabalha com o que tem. Mas é preciso ter alguma coisa. Quer dizer, no momento, ele não tem o suficiente nem para calções decentes, um roupão, calçados bons, essas coisas. Sem isso, ele vai parecer o primo pobre de alguém entrando no ringue. Vão rir dele. A defasagem vai ser demais para ele. Sabe? Para a psique dele."

Nathan ficou surpreso ao ouvir a palavra *psique* saindo da boca de Mannyzinho. Pareceu incoerente com o resto do vocabulário do homem. Em seguida, censurou-se por fazer esse tipo de julgamento.

Durante a pausa na conversa, olhou para as mãos do homenzinho. Tentou determinar se ele realmente sofria de algum tipo de nanismo. Mas seus dedos, alaranjados pelo tabaco, eram perfeitamente proporcionais.

"Não consigo imaginar que calções e um roupão sejam tão caros."

"Isso não é nem a metade. Tem o transporte. As refeições e as estadias. A maioria dessas lutas aconteceriam fora da cidade. Nova York, especialmente para amadores. Atlantic City, depois que ele se profissionalizar. Ou até Vegas. E é mais caro ir para Vegas."

"Vou explicar o que realmente quero saber. Podemos nos preocupar mais tarde com quanto isso vai custar. No momento, preciso saber se ele é bom o bastante para isso."

"Não", disse Mannyzinho.

"Não, não pode me dar essa resposta?"

"Não, ele não é bom o bastante."

"Acha que ele não é bom o bastante para vencer?"

"Não, realmente não."

Eles ficaram em silêncio por alguns instantes. Nathan sentia o suor escorrendo por baixo da gola. Não sabia como responder.

"Não me entenda mal", disse o homenzinho. "Não estou dizendo que ele é ruim. Não estou dizendo nem que ele não é bom. E você não perguntou se ele é bom. Perguntou se ele é bom o *bastante*."

"O que ele tem de bom? E o que tem que não é bom o bastante?"

"A atitude dele é ótima. Exatamente como tem que ser. Seria a atitude errada para qualquer outra coisa. Mas, para um lutador, ele tem a atitude mental perfeita. Ele tem muita paixão, sabe? Raiva, na verdade. Mas está aprendendo a usar do jeito certo. Além do mais, ele não tem medo de trabalho duro. Alguns caras têm todo o talento do mundo. Mas simplesmente não aguentam o treinamento. É como se não tivessem a disciplina. Mas Nat, cara, ele trabalha como um troiano. Eu digo que ele pode parar, e ele quer continuar. O problema é que ele não tem o suficiente daquele talento natural. Boa parte disso tem a ver com instinto, sabe? A competição é muito dura. De verdade. É preciso ter as duas coisas. Ah, ele pode vencer uma ou duas lutas profissionais por pura teimosia. Mas não nasceu para isso. E nunca vai ter o que precisa."

Nathan levou um momento para absorver as palavras do pequeno homem.

"Estou surpreso", falou.

"Por quê? Achava que ele seria grande?"

"Não necessariamente. Mas acho que não esperava que você fosse tão honesto comigo. E estou surpreso por Nat ter permitido que eu viesse conversar com você, mesmo sabendo o que diria."

"Ah, mas ele não sabe que é assim que eu penso."

"Nunca disse a ele que não acha que ele é bom o bastante?"

"Não. Nunca disse. E provavelmente nunca vou dizer. Primeiro, ele nunca perguntou. E nunca vai perguntar, de qualquer forma. Ele ouve o que quer ouvir, como todo mundo que quer muito alguma coisa. Tem duas coisas que você pode fazer com um garoto como ele. Na minha opinião. Você pode estourar a bolha. Ou pode esperar e deixar a vida se encarregar disso. Deixar a vida fazer o trabalho sujo por você. Se estourar a bolha, ele vai te odiar para sempre. E nunca vai acreditar que não teria conseguido. Sempre vai achar que a culpa foi sua por ter ficado no caminho dele. Por não ter acreditado mais nele. Mas a vida... Quando a vida estoura essa bolha, bom... É um pouco mais difícil argumentar com a vida."

"Vejo pessoas argumentando com a vida o tempo todo", disse Nathan.

"Mas aposto que nunca viu alguém ganhar dela."

Nathan inspirou profundamente e se levantou. Sentiu a umidade na camisa ao se mover. Seria bom voltar ao carro e ligar o ventilador.

"Obrigado, Manny. Esse era todo o conselho que eu precisava."

"Ah, olha. Não fala para o garoto que eu te convenci a não investir nele, hem?"

"Você não me convenceu a não investir. Você me convenceu a investir."

"Ah, é? Hum. Bom, quem diria?"

* * *

O homenzinho acompanhou Nathan até o topo da escada.

Quando estava descendo, ouviu Mannyzinho falar atrás dele: "Ei. Aposto que foi você quem deu aquelas luvas legais para ele. Foi você, não foi? Na primeira vez. Faz tempo".

Nathan parou e olhou para trás.

"Sim", falou. "Fui eu."

"É. Eu sabia. Aquele garoto não tinha duas pessoas na vida que o tratassem tão bem."

LITERALMENTE TERRÍVEL TAMBÉM
9 de agosto de 1979

"O que você diria se eu pedisse para escolher?", Eleanor perguntou ao acordar.

"Ah. Seria um pedido terrível de me fazer."

"Hipoteticamente."

"Até hipoteticamente seria terrível."

Nathan estava deitado na cama, com as mãos cruzadas atrás da cabeça. Pensando que a pintura do teto era mais urgente do que tinha percebido.

Sabia que era melhor não falar em voz alta sobre a pintura. Sabia como poderia ser interpretado. Como se não estivesse ouvindo a esposa ou não se importasse. Ou não considerasse a insatisfação dela importante e perturbadora.

Na verdade, era justamente o contrário. Quanto mais perturbadora se tornava uma situação emocional, mais Nathan se sentia tentado a prestar atenção às condições da pintura do teto do quarto.

"Foi o que eu pensei", ela disse.

"O que você pensou?"

"Não há nenhuma indicação clara de que você me colocaria em primeiro lugar. Uma esposa precisa sentir que está em primeiro lugar. O fato de você não responder imediatamente diz muito."

"Tem certeza de que quer que eu responda a essa pergunta?"

"Acho que sim. Vou odiar, eu sei. Mas, de qualquer maneira, acho que é hora de ouvir."

"Meu avô tinha dois irmãos", contou Nathan. Sem muita pausa. Quase nenhuma preparação. Acabou descobrindo que estava mais preparado do que havia percebido. "Meus dois tios-avôs. Christopher e Daniel. Eles se davam bem quando eram mais novos. Mas depois tentaram abrir um negócio juntos. E não deu certo. Então eles acabaram brigando. E isso foi muito difícil para o meu avô, porque ele gostava de ter a família toda reunida no Dia de Ação de Graças e no Natal. Todo mundo achava que seria a decisão mais difícil do mundo. Mas ele não teve nenhuma dificuldade. Ele disse: 'Christopher pode vir no Dia de Ação de Graças. Daniel vai ter que ficar em casa'. Simples assim. Todo mundo ficou chocado. Mas acho que talvez eu tenha sido o único a perguntar o porquê. Ele disse que era porque Christopher estava disposto a dividir o dia com Daniel, mas Daniel não aceitava dividir o dia com Christopher.

"Nat nunca me pediria para escolher entre vocês dois, Eleanor. Nem hipoteticamente. Ele nunca teve nada contra você. Nunca disse uma palavra negativa contra você. Ele se esforçou muito para fazer você gostar dele. Ele se empenhou muito para coexistir."

Eleanor não respondeu. Mas Nathan não esperava que ela respondesse.

Parte Seis
Nathan Bates

FRÁGIL
9 de agosto de 1979

"Quanto tempo faz que isso está na sua vitrine?", Nat perguntou à mulher pequenina e idosa da loja de antiguidades.

"Quanto tempo?", ela repetiu. Um sotaque pesado, mas ele não sabia de onde. Russo ou polonês, ou qualquer que seja o sotaque das pessoas da Iugoslávia, Romênia ou algum lugar parecido.

"Que importância tem quanto tempo?"

"Só estou tentando entender por que nunca vi isso antes. Passo por aqui todos os dias. Pôs isso na vitrine hoje?"

"Não. Hoje não. Muitos dias."

"Mas eu passo por aqui todos os dias. Com meu cachorro." Ele apontou pela vitrine para o local onde Penas esperava sentado, amarrado a um parquímetro.

"Você só não vê", disse a velha.

Com todo cuidado, Nat pôs o pequeno vaso solitário de porcelana branca e acabamento dourado no balcão entre eles. Como se fosse um ovo cru.

"Muito frágil", comentou a velha.

"Nem me fala."

Nat o examinou com mais atenção sob a luz. Seu coração batia acelerado. Não podia ter certeza de que era exatamente o mesmo. Não de memória. Não, a menos que pudesse ter os dois, lado a lado. E não imaginava que poderia, porque o vaso quebrado tinha desaparecido. Não sabia se havia sido jogado fora ou só guardado em algum lugar. Mas era evidente que Eleanor não queria olhar para ele de novo.

E se não fosse exatamente igual? Só parecido? Tinha a impressão de que seriam muito parecidos, de qualquer maneira. Preencheria o espaço vazio daquele vaso decorativo. A menos que ela tivesse memorizado tão completamente o original que ela só veria as diferenças.

Além do mais, mesmo que *fossem* exatamente iguais, ainda não era o mesmo vaso. Não era o que pertencera à casa da avó dela.

Mas parecia ser um gêmeo perfeito. Era como um tipo de ressurreição. Como aquela segunda chance mítica que a gente sempre quer da vida e nunca tem. E todo mundo está sempre pronto para garantir que você nunca terá.

Tentar decidir estava literalmente deixando Nat com dor de cabeça.

"Quanto?"

"Custa 17,50 dólares."

"Uau."

Até esse momento, tinha conseguido juntar apenas 20 dólares fazendo serviços aleatórios antes e depois do treino. E cada centavo tinha ido para a poupança do anel. Estava economizando para comprar um anel de verdade para Carol.

"Guardaria o vaso para mim?"

"Só com depósito."

Nat franziu a testa.

"Guardaria ele para mim só até o fim do dia?"

"Sim, sim. Muito bem. Por um dia eu guardo."

* * *

"Acho que você devia sacar a poupança do anel", Carol opinou.

Estavam sentados no pátio da Frosty Freeze, dividindo o hambúrguer grátis a que Carol tinha direito na hora do almoço. Ela tinha empurrado todas as batatas fritas para o lado dele do papel branco.

Nat ouvia Penas ganindo, preso ao poste na esquina, frustrado por sempre ser mantido tão longe das batatas fritas. "Não posso."

"Por que não pode?"

"Aquele dinheiro tem apenas uma finalidade. Ele entra e não sai até termos o suficiente para um anel."

"Olha, Nat. Quando ganhar sua primeira luta, você vai ter só uns 50 dólares na poupança do anel. Mas com o dinheiro do prêmio, vai poder comprar um anel e muito mais. Então, para que juntar 50 dólares?"

"É, talvez. Mas ainda me sinto estranho com isso."

"Prefiro ter um anel que você compre para mim com o dinheiro do seu primeiro grande prêmio. Além do mais, acho que fazer alguma coisa por Eleanor seria muito importante. Ela não está *nada* feliz."

"É", Nat concordou. "Eu percebi."

* * *

Ele chegou em casa naquela tarde por volta das 17h, carregando o pacote precioso.

Nathan já devia estar em casa. E Eleanor deveria estar na cozinha preparando o jantar. O cérebro de Nat tinha dificuldade para processar a cena. Qual era o significado de, às 17h, não ter ninguém preparando a comida?

A porta da saleta estava fechada, o que nunca acontecia, nem quando Nathan estava lendo lá dentro.

De alguma maneira o silêncio na casa parecia exagerado. Não que Nat pudesse ter explicado — a si mesmo ou qualquer outra pessoa — como um silêncio podia ser mais silencioso que outro. Mesmo assim, esse silêncio era diferente, de um jeito que ele nem conseguia processar.

"Eleanor?", ele chamou.

Uma pausa longa o bastante para convencê-lo de que não havia ninguém em casa. Teria acontecido alguma coisa? Algum tipo de emergência?

Então: "Estou no quarto, Nat".

Nat se dirigiu ao quarto de Nathan e Eleanor e parou na soleira, apoiando um ombro no batente.

Ela dobrava meticulosamente vestidos que ia guardando na mala aberta sobre a cama. Mais duas malas se encontravam no tapete perto da janela. Ele a observou em silêncio por um tempo, sem saber que pergunta fazer primeiro. Eleanor tinha chorado. Isso era óbvio, bastava olhar seu rosto. Mas ele não podia perguntar sobre isso. As emoções dela certamente não eram de sua conta.

"Vai a algum lugar?"

Ela olhou para ele e sorriu com tristeza.

"Sim. Meu filho vem me buscar."

"Não sabia que você tem um filho."

"Sério? Não sabia, mesmo? Acho que não nos conhecemos muito bem. Sim, tenho um filho adulto."

"Quantos anos ele tem?"

"Tem 41."

Um longo silêncio.

Nat tinha a sensação de estar andando em areia movediça. Não queria fazer mais perguntas, mas eram muitas gritando para serem feitas. Cadê o Nathan? Quando você volta? Alguém morreu? Devo ficar menos apavorado do que já estou?

"Trouxe um presente para você", ele contou.

"Para mim?", ela perguntou distraída, como se não entendesse.

Nat atravessou o quarto e deu a caixa a ela. A velha da loja de antiguidades embrulhou o vaso em algodão e o colocou em uma caixa reforçada para ele. Porque ele estava com medo de não conseguir chegar em casa com o vaso inteiro.

"Não entendi", ela disse. "Não é nenhuma data especial."

"Eu sei."

"Obrigada. É muita gentileza. Vou levá-lo comigo."

"Não, abre", pediu Nat. "Abre agora."

Não conseguia conceber o fato de ter gastado todo aquele dinheiro e tomado uma decisão tão difícil para não ver o rosto dela, a evidência impagável de como o presente tinha sido recebido.

"Bem... Tudo bem. Se acha que é melhor assim."

Ela tirou a tampa da caixa, afastou a proteção de algodão e começou a chorar.

"Desculpa", disse Nat. "Não era para fazer você chorar. É exatamente igual ao outro? Ou só parecido?"

Queria ter um lenço para oferecer a ela, nem que fosse de papel. Também queria estar em outro lugar. Era difícil ficar quieto enquanto alguém chorava.

"É muito parecido", ela respondeu com a voz entrecortada. Depois o virou e examinou o fundo. "É do mesmo fabricante e tem o mesmo desenho. Só um pouquinho menor que o outro."

"Gostou dele?"

Antes que ela pudesse responder, eles ouviram uma buzina na entrada da casa.

"Ah. Meu filho chegou. Tenho que ir."

"Quando você volta?"

Dando as costas para ele, ela correu para a cama e guardou o vasinho entre os vestidos, depois fechou a última mala. Ainda de costas para ele, falou: "Talvez deva perguntar isso ao Nathan".

"*Cadê* o Nathan?"

"Na saleta, acho."

"Vou te ajudar com as malas", ele disse.

Enquanto levantava as que estavam no tapete, endireitando as costas com uma das malas pesadas em cada mão, Nat levantou a cabeça e viu Eleanor de súbito na frente dele. Nem um passo de distância. Tentou disfarçar quanto a proximidade o assustava. E ficou imóvel.

Ela segurou sua cabeça com as mãos, depois se inclinou e beijou sua testa. Os lábios dela eram secos e frios.

Antes que Nat pudesse fechar a boca de novo, ela virou e saiu apressada do quarto.

* * *

Nat ficou sentado na poltrona perto da janela da sala de estar por quase quatro horas, vendo a luz desaparecer e esperando Carol voltar da escola. De vez em quando, olhava para a porta da saleta, esperando algum tipo de mudança. Mesmo que Nathan só acendesse uma luz ou fizesse um barulho, ele se sentiria muito melhor.

Mas nada mudava.

* * *

"Você bateu?", Carol perguntou de cara.

"Bom... não. É claro que não."

"Por que não?"

"Bom, não sei. Talvez ele queira ficar sozinho. Talvez não *queira* que ninguém bata na porta."

"Ai, Nat. Não seja bobo. Nunca vi você desse jeito."

"De que jeito?"

"*Assim*", ela disse, como se devesse ser óbvio para ele. Mas não era. Nem um pouco.

Carol se aproximou da porta da saleta e bateu de leve.

"Nathan? Tá tudo bem aí?"

"Sim, tudo bem", respondeu a voz abafada. "Vou sair em alguns minutos."

"Pronto", ela disse ao Nat. "Viu? É tão difícil assim? Vem. Vou fazer ovos mexidos para o jantar. É a única coisa que sei cozinhar."

* * *

Nat estava sentado à mesa da cozinha com Nathan, que olhava fixamente para o prato de ovos mexidos e torradas que Carol tinha deixado para ele. Era evidente que não estava com fome. Mas aceitou o jantar quando Carol ofereceu. Talvez porque seria grosseiro recusar um gesto tão atencioso.

Carol tinha ido tomar um banho para dormir. Teria que acordar cedo na manhã seguinte. Nat estava aliviado, na verdade, por causa da estranha sensação de que podia conversar com Carol ou Nathan individualmente, mas não ao mesmo tempo.

"Isso tem a ver comigo?", Nat perguntou, quando finalmente criou coragem.

"Não. Não tem. Tem a ver com ela."

"Ah. Tudo bem. Que bom. Não, não é bom, mas... você entendeu o que eu quis dizer."

Silêncio, durante o qual Nathan comeu um pedaço de torrada.

Depois: "Ela não conseguia aceitar você como é. De alguma maneira, os ressentimentos dela eram mais importantes. Ela não estava disposta a se separar deles".

"Então, *tem* a ver comigo."

"Não", disse Nathan. "Tem a ver com ela."

"Não entendo."

"Acho que muita gente não entenderia", Nathan falou com um suspiro. "Muitas pessoas preferem pensar que seu ressentimento é culpa da pessoa por quem sentem esse ressentimento, e essa lógica distorcida parece fazer sentido na cabeça delas. Mas não faz nenhum sentido para mim. É como dizer que a culpa é sua se atiro em você porque a arma está apontada para você. Desconsidera completamente quem a aponta. Mas é um ponto de vista popular. Provavelmente, porque é muito mais fácil. Alivia você do fardo de toda e qualquer autocrítica. Não precisa entender isso agora, Nat. Só arquive a informação junto com tudo que já lhe falei e parece um idioma estrangeiro para você. Talvez um dia você aprenda uma nova língua. Algumas pessoas aprendem. Depende do quão importante é para elas enxergar as coisas de maneira diferente. Pensei que Eleanor fosse... não sei bem como concluir essa frase. Não sei o que pensei que Eleanor fosse. De qualquer maneira, eu me enganei."

"Sinto muito, Nathan."

"É", Nathan respondeu. "Eu também sinto."

"Vamos sair logo."

Nathan levantou o olhar do prato. De repente. E talvez pela primeira vez.

"Como assim, Nat?"

"Vou arrumar um emprego, ou alguma coisa assim. Talvez de meio período, não sei. Mas vamos encontrar algum lugar para morar. Como devíamos ter feito há muito tempo."

No silêncio que seguiu a declaração, ele sentiu a mão do velho em seu braço.

"Nat. Eleanor foi embora. Pode ficar pelo tempo que quiser."

"Sério?"

"Eu gosto da sua companhia."

O que ele não disse, Nat pensou, era que, se fossem embora, ele ficaria completamente sozinho. Mas ele não precisava dizer isso.

* * *

"Então, o que aconteceu lá?", Carol perguntou.

Tinha acabado de se deitar na cama ao lado dela, e a pergunta o assustou. Não sabia que ela estava acordada.

"Não sei. Do que está falando?"

"Nunca vi você daquele jeito."

"Que jeito?"

"Não sei. Paralisado ou algo assim. Normalmente você sabe o que fazer. Mesmo que faça a coisa errada. Normalmente, você só faz e pronto."

Ele se virou atrás dela, seu peito contra as costas de Carol. Ficou perto dela em silêncio, ouvindo e sentindo sua respiração. Pôs a mão sobre o coração dela para ter mais evidências de que não estava sozinho.

"É o *Nathan*", disse depois de um tempo.

"Como assim?"

"Bom, é como se... como se alguém dissesse: 'Ok, esse é o chão sobre o qual todos nós andamos, e agora, de repente, é sua obrigação sustentá-lo'. Entende o que eu quero dizer?"

"Talvez. Não tenho certeza."

"É o *Nathan*."

"Sim", ela disse. "Acho que entendo o que está dizendo."

NEGÓCIOS
11 de agosto de 1979

"Então, como foram as férias, Pequeno Peso-Pena?"

Nat levantou a cabeça e viu Mannyzinho parado acima dele na penumbra.

Passava da meia-noite e Nat tinha entrado na academia com a chave que Mannyzinho havia copiado em segredo e dado para ele. Estava deitado de costas no banco, se exercitando com os pesos sem ajuda de ninguém, coisa que Mannyzinho havia dito muitas vezes para ele não fazer. Tentou não se sentir culpado por ser pego na desobediência.

"Odeio quando você me chama desse jeito."

"Eu sei. Pensei que só voltaria a treinar amanhã."

"Cansei de esperar. Não sou peso-pena e você sabe disso. Eu era peso-leve. Agora sou meio-médio. Estou ganhando peso e agora sou meio-médio."

"Meio-médio leve. E acha que isso é bom?"

Mannyzinho se posicionou atrás do banco, guiando, mas mal tocando a barra por baixo, enquanto Nat a movia para cima e para baixo.

"É, eu acho."

"Bom, está enganado." Silêncio, exceto pelo ruído da respiração ruidosa de Nat. "Não quer nem saber por que está enganado?"

"Não, mas sei que vai me dizer assim mesmo."

"Porque acabou de ganhar a honra de ser o menor da sua categoria. Tem que comer umas quatorze bananas no dia anterior à luta só para manter o peso de meio-médio leve, e mesmo assim, não vai ter nem mesmo um quilo além do limite mínimo. É melhor ser o peso-leve mais pesado no ringue. Além disso, se ficar abaixo na pesagem, mesmo que só por alguns gramas..."

"Você sempre tem alguma coisa negativa para dizer."

"E você sempre está com a cabeça nas nuvens. Estou falando de vida real, garoto. Se sabe de tudo, fique à vontade para seguir em frente sem mim. Aliás, tenho algo positivo a dizer. Recebi um cheque do seu amigo Nathan, o idoso, hoje."

Com cuidado, Nat posicionou a barra no descanso e sentou-se.

"Sério? Quanto?"

"Não é da sua conta."

"Como isso pode não ser da minha conta?"

"Porque eu sou seu agente. Portanto, me deixa agenciar. Vou manter todas as contas em ordem com ele, mas você fica fora disso. Se eu disser o valor do cheque, sei que você vai ficar empolgado com todos os jeitos diferentes de se gastar esse dinheiro. Eu conheço você. Então, presta atenção. Sexta-feira, dia 24, vamos pegar o ônibus para Filadélfia para a sua primeira luta como amador. Isto é, se conseguirmos receber sua licença a tempo. Mas vamos pensar positivo. Torcer para que o correio não nos decepcione. Vamos preencher o formulário amanhã de manhã. E você vai precisar tirar umas fotos. Como aquelas dos passaportes. Eu cuido de mandar tudo isso pelo correio. Então, você só vai ter que reduzir as corridas matinais de dez quilômetros para corridas de quatro ou cinco quilômetros em alta velocidade, e vai fazer todo o trabalho de velocidade com os sacos por alguns dias. E vai deixar os números, o dinheiro, o planejamento e toda essa porcaria comigo. Vamos ter que comprar equipamento para você. Protetores de boca, um protetor de cabeça, essas coisas. E faixas para as mãos e um cinturão e sapatilhas de boxeador. Nada de tênis."

"Não quero um protetor de cabeça."

"Você não tem escolha."

"Não enxergo com aquela coisa! Já tentei. Você estava lá. Sabe que não funcionou. Não vejo os socos chegando. E quando é atingida, ela escorrega, e aí realmente não enxergo mais nada."

"Escuta, quantas vezes tenho que repetir, garoto? Você não tem escolha. Então vai se acostumando. Foca no que é importante. Ah, e outra coisa que precisa fazer: arrumar um médico e fazer um exame."

"Para a licença de boxeador?"

"Para a seguradora do Nathan. Ele não vai patrocinar você a menos que faça um seguro."

"Meu Deus. Ele é muito..."

"Muito o quê? Qual é o problema com um segurozinho?"

"Não vou me machucar."

"Ah. Sei. Bom saber. Não sabia que estava trabalhando com o único boxeador inquebrável dos Estados Unidos. Vai na porcaria do médico. Se corrermos com isso, acho que conseguimos entrar no cronograma do Golden Gloves a partir do primeiro dia do ano que vem. Muitas viagens de ônibus para Nova York, mas vale a pena."

"Não me importo com a droga do Golden Gloves."

"Bom, comece a se importar. Porque ele é como o desfile do boxe amador. As pessoas vão lá para ver quem está se destacando. Você precisa ser visto."

"Por quê? Já tenho um investidor."

"Bom, se ele é o único investidor que você tem, é bom torcer para que ele tenha muito dinheiro, garoto."

"Não quero fazer um monte de lutas amadoras de dois assaltos com aquela coisa na cabeça. E de regatinha e essas merdas. E ter que fazer aquela coisa em que eles te classificam com base no número de socos e param a luta antes que você possa derrubar alguém. Só quero vestir calção, subir no ringue com a cabeça à mostra, para poder ver em quem estou batendo, e mostrar para todo mundo o que sou capaz de fazer. É isso que eu quero."

Mannyzinho cruzou os braços na quase escuridão, e Nat desejou poder ver seu rosto.

"Ah, é *isso* que você quer? Pois eu vou dizer o que eu quero. Quero ter um metro e oitenta de altura e parecer com John Wayne jovem. Portanto, não vamos perder de vista até onde podemos conseguir o que queremos. Sabe qual é o seu problema, garoto? Você acha que paixão é suficiente. Que isso é tudo de que precisa. Acha que, se alguma coisa é muito, muito importante para você, ela vai aparecer como que por magia. Bom, paixão é uma coisa boa. Ninguém vai a lugar nenhum sem ela. Mas não é a *enchilada* completa. Você ainda tem que ir passo a passo, como todo mundo. Agora, vou voltar para a cama. Pode treinar a noite toda se quiser. Isso ainda não vai te transformar em profissional em um passe de mágica."

"Ótimo. Vai para a cama. E me deixa em paz."

"O que deu em você hoje, garoto? Está mais azedo que nunca."

"Estou bem."

"Não, não está."

Por um instante breve e passageiro, Nat quase pensou que podia contar a ele. Que Eleanor tinha ido embora e provavelmente era sua culpa, e Nathan estava inconsolável daquele jeito durão que só Nathan tinha; e que estava com medo, um tipo de medo que nem sabia que existia, porque sempre pensou que Nathan estaria ali, sentindo só o que era corriqueiro e comandando o barco.

"Estou bem."

"Tudo bem. Você está bem. Entendi. Minta para mim. Vê só se eu me importo. Não me importo. Já estou acostumado com isso."

QUE LUTA?
6 de março de 1980

Nat estava de costas para a parede do enorme ginásio, mordendo a cutícula do polegar direito e tentando bloquear o ruído da multidão. Ou, pelo menos, suportá-lo. Odiava ficar em espaços onde muita gente falava ao mesmo tempo. A cabeça doía por dentro.

Se ao menos o próximo evento começasse logo. Assim as pessoas fariam menos barulho, porque haveria uma luta para ver.

Se é que se podia chamar essa porcaria amadora de luta.

Nat viu os dois boxeadores seguintes oferecendo as luvas para verificação e ouvindo a lavagem cerebral dos treinadores. Via os dois balançando a cabeça a cada dois segundos, concordando, e sabia que os conselhos de última hora estavam sendo enfiados em seus pensamentos.

Achava que os dois estavam ridículos de camiseta regata Golden Gloves e protetor de cabeça combinando. Nat sempre achou que os protetores de cabeça eram muito parecidos com rodinhas de bicicleta. Era o jardim de infância do mundo do boxe. Encostas para principiantes, em vez de esqui de verdade.

E ele teria que colocar um em breve. Logo depois dessa luta.

Os dois lutadores passaram por baixo das cordas, ambos com cara de pânico. O que irritou Nat, porque significava que eles levavam a sério o status de amador. Como se isso fosse muito importante. O que parecia tremendamente idiota.

Ele nem estaria ali se Mannyzinho ouvisse a voz da razão e o treinasse por qualquer outro sistema.

Nat reconhecia, de má vontade, que o verdadeiro motivo por trás de seu nervosismo era ter Nathan e Carol ali. Tinha tentado de tudo para convencê-los a ficar em casa. Não era nada demais, afinal. Só as porcarias das quartas de final. Se eles quisessem ir para a luta do campeonato, ele entenderia. Mas, mesmo na luta do campeonato, Nat sentia que não sobreviveria à humilhação de pôr aquela proteção idiota de cabeça na frente de Carol.

Não era assim que queria ser visto por ela.

Ele mordeu a cutícula com mais violência, tirando sangue.

O alto-falante era muito alto, a qualidade do som era ruim e isso não estava ajudando.

Ele tentou se concentrar na luta. Um dos caras já estava dominando. Superando de verdade o adversário. O cara era alto, negro e magro. Mas Nat via a força por trás dos socos. Além disso, seu timing era perfeito. Aí estava um cara que devia estar caminhando rapidamente para o profissional, ele pensou.

Pela primeira vez naquele dia, duvidou um pouco de si mesmo.

Nesse momento, o melhor lutador soltou seu último soco. O oponente caiu nas cordas e não voltou, e o juiz se colocou entre eles, contou e levantou os braços para anunciar o fim da luta. Segurou o braço do cara negro e o ergueu.

Nat ainda tinha dificuldade para acreditar que não deixavam nem o boxeador derrubar o adversário. Que tipo de luta era essa se ninguém acabava no chão? Parecia patético.

Ele se encolheu ao ouvir os gritos e aplausos.

No minuto em que a luta acabou, o barulho da plateia entrou na cabeça de Nat outra vez.

De repente, Nathan apareceu em sua frente com a câmera.

Bem, Nat pensou, poderia ser pior. Pelo menos ele quer uma foto agora, antes de eu ter que colocar as rodinhas de bicicleta na minha cabeça.

"Fica aqui embaixo da faixa", Nathan pediu, falando alto para se fazer ouvir em meio ao barulho. Ele segurou o braço de Nat e o puxou até que ficasse embaixo do banner das Quartas de Final do Golden Gloves 1980.

Ele sorriu, mas era só encenação.

"Vamos lá", Nathan falou depois da foto. "Você é o próximo."

Como se Nat já não soubesse.

* * *

Mannyzinho examinou mais uma vez a fita nas luvas de Nat, um hábito nervoso.

"Não vou falar muito, porque já disse tudo antes e sei que estava ouvindo."

"Obrigado", respondeu Nat.

Carol se aproximou correndo e beijou o rosto de Nat. Pelo menos, a parte do rosto que podia ser vista com aquela estúpida proteção de cabeça. O beijo acabou acertando mais o nariz. Ele sentiu o rosto quente. Em seguida, Carol correu de volta ao seu lugar na plateia.

"Deixa essa sua esposa orgulhosa. É tudo que tenho a dizer."

E como ia deixar Carol orgulhosa usando aquela coisa ridícula na cabeça e uma regata, em vez de exibir o peito nu e orgulhoso de um lutador? Mas então ele decidiu. De repente, sem mais nem menos. Faria tão bonito lá em cima que ninguém teria tempo para pensar em protetores de cabeça ou regatas. Superaria seu status de amador e pareceria um profissional. Seria maior que isso tudo.

Por ela.

Ele sorriu para ela ao entrar no ringue, e ela sorriu de volta.

* * *

O primeiro soco de Nat foi perfeito. Direto no corpo do adversário, e a sensação foi ótima. Ele ouviu o grunhido quando o ar escapou do peito do garoto. Nat pensava nele como um garoto para ter alguma vantagem psicológica. O oponente tinha cara de bebê, e era assim que Nat tentava pensar nele.

Aquele primeiro soco foi tão rápido, com um timing tão perfeito, que ultrapassou a defesa do bebê.

Depois disso, Nat não podia fazer nada errado. E o bebê não podia fazer nada certo.

Nat se manteve um passo à frente o tempo todo, ouvindo o rugido da plateia. Era bom. Agora aquele mesmo barulho era bom, porque era por ele. Cada movimento que o bebê fazia era defensivo, porque Nat não lhe dava chance de fazer nada além de se proteger.

Ouviu a voz do locutor pelo alto-falante, mas não conseguiu entender as palavras. Tudo era um confuso ruído de fundo. Só entendeu "Bates". Ouvia seu sobrenome cada vez que ele era anunciado. E foram muitas vezes.

Via os socos se encaixando por aquela janela estranha criada pela proteção de cabeça. Era como assistir a um filme em uma tela pequena. Mas, mesmo com esse obstáculo, bloqueava quase todos perfeitamente.

Ele estava com tudo.

O bebê se aproximou e o agarrou para tentar evitar os socos na cabeça. Seguiu Nat por cinco ou seis passos, próximo demais para ser atingido. Então, o juiz interferiu e o afastou.

No minuto em que se soltou, o bebê soltou um gancho violento procurando a cabeça de Nat. Se tivesse atingido, poderia ter sido um nocaute. Mas Nat se esquivou com sucesso. E, na fração de segundo seguinte, Nat percebeu que o bebê tinha projetado força demais naquele gancho, tanto que estava desequilibrado. E completamente exposto.

Nat tirou proveito do momento. Com um soco próprio para nocaute.

Acertou um direito poderoso na cabeça do bebê. O barulho foi gratificante.

O bebê não caiu. Mas cambaleou. Deu três ou quatro passos para a frente e para trás, como se tentasse se equilibrar, e suas pernas pareciam de borracha. Como um bêbado em um barco balançando.

Em uma luta de verdade, Nat teria dado mais um soco e acabado com a história. Em uma luta de verdade, o bebê estaria caído no chão, e o juiz estaria em cima dele, contando, enquanto a plateia gritava.

Mas isso era coisa de amador.

O juiz se colocou entre eles, levantou um, dois, três dedos na frente do bebê bêbado. Nat virou a cabeça para procurar Carol na plateia. No instante em que a viu, ele ouviu o juiz encerrar a luta.

Nat sentiu a mão segurar seu pulso e levantar seu braço. A plateia aplaudia. Ele se sentia traído, porque queria ter lutado por muito mais que um minuto e meio. A sensação era boa, e ele não estava pronto para parar.

Ele encontrou novamente o rosto de Carol na plateia. Ela estava em pé. Aplaudindo. Gritando. Abraçou Nathan de lado, pulando, enquanto ele se mantinha em pé sendo aplaudido.

Ela estava orgulhosa dele. Ele tinha deixado a esposa orgulhosa. Exatamente como Mannyzinho disse que deveria fazer. O resto não tinha importância.

*　*　*

Nat aproximou-se do mictório, tomando cuidado, como sempre, para manter os olhos voltados para a frente. Um cara da idade dele se aproximou do mictório ao lado. Nathan viu no espelho, pelo canto do olho, que era outro lutador. Percebeu pelo lampejo colorido da camiseta regata do Golden Gloves.

O sujeito olhou para ele.

Não, não, não, Nat pensou. Olha para a frente. No mictório, devia olhar sempre para a frente. Ele não correspondeu ao olhar do sujeito.

"Então", disse o cara. "Vai participar da luta? Muito dinheiro."

Nat olhou para ele. Era o boxeador que tinha ganhado a luta anterior à dele. O homem negro que tinha lutado tão bem.

Ele desviou o olhar rapidamente.

"Não sei de que luta está falando."

"A do Bronx."

"Não sei de nada disso."

"Sério? Aquele cara estava falando com seu treinador. O baixinho não é seu treinador? O cara barbudo e descabelado estava falando com ele. Logo depois de falar com meu pai. Logo depois de meu pai dizer não."

"E ele ofereceu uma luta para você? Que tipo de luta?"

"Profissional. Centenas de dólares por assalto que conseguir passar. Mas não é regulamentada, por isso meu pai não autorizou. Fiquei pensando se você aceitaria. É muito dinheiro."

Nat sacudiu e fechou o zíper. Afastou-se do mictório.

"É, eu vou. Vou participar."

"Que sorte", ele disse. "Boa luta, aliás."

"Obrigado", Nat respondeu. "Você também foi bem."

* * *

Ele encontrou Mannyzinho onde o havia deixado, sentado com Nathan e Carol, assistindo à luta de dois desconhecidos. Se é que se podia chamar aquilo de luta.

Carol olhou por cima do ombro para Nat e sorriu de um jeito que o aqueceu. Queria sorrir de volta como devia, mas ainda estava com raiva. Não conseguia deixar de sentir raiva em tão pouco tempo.

"Mannyzinho", ele chamou, um pouco alto para ser ouvido em meio ao barulho da plateia. "Posso falar com você?"

"É claro, garoto. Quer ir lá para fora?"

"Sim", disse Nat. "Quero."

* * *

"Então, quando estava planejando me contar?"

"Nunca. Não tinha intenção de te contar. Porque não vamos aceitar."

"Bom, talvez *você* não aceite. Mas *eu* vou."

Estavam de costas para a parede do prédio. Nat prolongou o silêncio por um breve instante, enquanto uma sirene ligada passava por ali. Carro dos bombeiros. Sempre havia algum desastre na cidade de Nova York. Mas pelo menos aqui acontecia alguma coisa.

Ele sentiu um arrepio por estar vestido apenas com a regata e o calção, mas se recusou a demonstrar que sentia frio.

"Olha, garoto, meu trabalho é te proteger..."

"Do quê? Das lutas?"

"De lutas como essa. Sim. Olha. Você ainda não conhece tão bem o mundo do boxe. Então vou resumir para você. Essa é uma luta sem nenhuma regulamentação. Significa que, se um cara lutar sujo, talvez os juízes digam alguma coisa, talvez não. Provavelmente não. Sem regulamentação, não tem pesagem. Aquele sujeito falou que o garoto dele é um meio-médio, mas não sabemos. Isso é só o que ele diz. O cara pode ter vinte quilos a mais que você. Além do mais, é amanhã à noite, e não confio em uma luta que aparece assim, do nada, de última hora. E ele quer reunir uns quatro, cinco adversários para enfrentar o garoto dele em uma noite. Oferece muito dinheiro para quem conseguir se manter na luta. Mas já se perguntou por que ele veio recrutar um bando de amadores? Além do mais, é dinheiro demais."

Nat riu baixinho.

"Dinheiro demais? *Demais?* Você só pode estar brincando. Não existe dinheiro demais. Demais para quem?"

"Como vou explicar, garoto? Para você entender? É como aqueles anúncios de coma quantas panquecas aguentar por um dólar: você acha que é um bom negócio. Acha que vai ter uma grande vantagem. Vai ganhar muito e pagar nada. Acontece que você só consegue comer três ou quatro panquecas, e eles sabem disso. Esse cara não tem a menor intenção de perder mil pratas para quatro ou cinco lutadores. Se está oferecendo tudo isso, é porque sabe que nunca vai ter que pagar. É só encenação. Como um esporte de gladiadores, sabe? É uma chance de fazer o garoto dele parecer bom para uma plateia que paga para te ver sangrar."

"Não importa. Eu vou aceitar."

Por um momento maravilhoso, Mannyzinho não falou nada. Uma mulher com uma saia assustadoramente curta passou e olhou por cima do ombro para Nat de um jeito sugestivo.

"Você não se importa com nada, não é?"

"Quer saber com que me importo?", Nat reagiu, erguendo a voz como nunca tinha feito antes com Mannyzinho. "Eu vou dizer com que me importo. Minha esposa. Eu me importo com a minha esposa. Que, aliás, ainda não tem nem um anel de casamento decente. Se eu conseguir passar por pelo menos três rounds com esse cara, vou poder comprar um anel para ela. É com isso que me importo. Então, não vem me dizer que não me importo com nada. Se acredita mesmo nisso, é porque não me conhece nem um pouco. Quando é essa luta? E onde?"

Mannyzinho balançou a cabeça umas cinco ou seis vezes antes de responder.

"Ah, não. Não, não. Talvez não consiga te impedir de fazer essa bobagem, garoto, mas não vou te dar um mapa."

Mannyzinho virou-se e voltou para o ginásio.

Nat ficou onde estava por um momento, respirando o ar gelado da cidade. Depois, seguiu Mannyzinho para dentro do ginásio.

Procurou um cara barbudo e descabelado. Não foi difícil encontrá-lo. Um cara com aquele cabelo — como se tivesse segurado um fio elétrico desencapado — era tão fácil de achar em uma plateia quanto um carro com um balão amarrado na antena em um estacionamento cheio.

Nat usou os cotovelos para abrir caminho e tentar se aproximar dele. Mas era aquele momento entre lutas, e todo mundo estava socializando. O homem do cabelo esquisito estava conversando com outro lutador, o que fez Nat sentir que precisava correr. A oportunidade era boa demais para deixar escapar.

Ele sentiu a presença de alguém atrás dele, se virou e viu Mannyzinho a pouco mais de um passo de distância.

"O que está fazendo aqui? É idiota o bastante para tentar me impedir?"

"Não. Não, garoto, não sou idiota a esse ponto. Só pensei que, se vai mesmo fazer essa bobagem, melhor comigo do que sem mim."

* * *

"Hum. Vocês vão para casa sem nós", disse Nat.

"Está tudo bem?", Nathan perguntou.

"Ah, sim. Sim. Tudo bem. Mannyzinho encontrou uns amigos e vamos aproveitar a chance de treinar um pouco no ringue. Em um nível diferente do que eu poderia treinar em casa."

Mas Nat ouviu a desculpa como o que realmente era: uma mentira. E tinha certeza de que todo mundo ouvia assim. Além do mais, Mannyzinho insistia em desviar o olhar e abaixar a cabeça, o que não ajudava em nada. Nat sentiu um baque no estômago ao se lembrar da voz de Nathan dizendo: "Nunca mais minta para mim". Tinha mentido, e era tarde demais para desfazer isso agora.

"Então, Carol e eu vamos voltar para casa, e você vai...", Nathan deixou no ar. Deixou Nat concluir a frase.

"Vamos de ônibus. Ou de trem. Depois de amanhã, provavelmente."

"Tudo bem", concordou Nathan.

Nathan não tinha superpoderes, afinal. Não conseguia ler a mente de Nat, como ele temia.

* * *

Pouco antes de saírem do ginásio, Nathan o puxou de lado.

"Só quero dizer que fiquei orgulhoso de você hoje", ele disse.

"É mesmo?"

"Muito."

"Você nunca disse isso antes."

"Nunca falei que sou uma pessoa fácil de impressionar."

"Na verdade, estou tentando pensar se *alguém* já me disse isso antes. Mas acho que não." A pausa era incômoda, então ele continuou: "Porque venci?".

"Não, não porque venceu. Em parte, porque trabalhou muito duro, mas principalmente porque fez do jeito certo. Sei que queria correr e sei que não gosta de algumas partes do seu cronograma de treinamento, mas você exercitou a paciência. Junto com todo o resto que exercitou."

Nat desviou o olhar. Olhou para o chão do ginásio.

"Obrigado", falou.

Quando ele levantou a cabeça, Nathan já estava se afastando.

Por um momento longo e difícil, Nat quase correu atrás dele. Quase disse, esquece, vamos para casa com vocês, afinal.

Carol decidiu por ele. Olhou para ele por cima do ombro. Sorriu. Jogou um beijo. Depois virou e correu para ele. Abraçou-o e beijou sua boca.

"Você foi maravilhoso. Eu amo você demais."

"Também te amo", ele respondeu.

"Bom treino. Seja tão bom quanto foi hoje à noite."

Ele olhou para baixo, para a mão esquerda dela sobre seu antebraço. Para a aliança de prata barata que ela usava, como se guardasse o lugar para a coisa real.

"Vou tentar", disse.

TRÊMULO
7 de março de 1980

"Não pode ser isso", proferiu Nat.

"Ah, mas é isso, é isso mesmo", respondeu Mannyzinho. "O que esperava? Madison Square Garden?"

Estavam em frente a um terreno de equipamentos escuro, cercado por correntes que tinham sobre si rolos de arame farpado. No fundo do terreno, mais ou menos à distância de um quarteirão da entrada, Nat viu algumas silhuetas escuras entrando e saindo de um enorme galpão de placas de metal.

"Não é tarde demais para desistir, garoto", afirmou Mannyzinho.

"Eu não desisto", Nat declarou. "Não sou um cara que desiste."

As palavras soaram meio trêmulas quando saíram dos pulmões, dando a ele a sensação de que era uma criatura de camadas, com o aço recobrindo apenas a camada mais externa.

"É. Nem me fala. Já percebi isso em você. Vou me certificar de gravar essa inscrição na sua lápide."

"Muito obrigado", disse Nat.

* * *

"*Isso é um meio-médio?*"

A pergunta escapou da boca de Nat antes que ele pudesse evitar. Torceu para que a plateia barulhenta tivesse encoberto a pergunta. Que Mannyzinho nunca a ouvisse. Ele olhou para o homenzinho, que abria a boca para responder. "É, é. Já sei. Já sei. Não precisa nem dizer. Você me avisou. Eu sei."

A primeira luta já estava em andamento. Sem locutor, o que Nat achou estranho. Os assentos eram cadeiras dobráveis espalhadas aleatoriamente. Devia ter uns cem homens em volta do ringue, aplaudindo, vaiando, bebendo cerveja e outras coisas mais fortes em copos de plástico transparente, com as garrafas perto dos pés no chão de concreto.

O boxeador dominante mantinha um lutador menor nas cordas e o socava. Nat esperou o gongo tocar ou um juiz afastar o sujeito. Depois lembrou-se. Pelo menos não tinha feito o comentário em voz alta para Mannyzinho, criando assim outra oportunidade para ser lembrado de que tinha sido avisado. Como o lutador menor estava preso nas cordas, ele não caía. E, enquanto ele não estivesse na lona, a luta continuaria. Para Nat, aquilo não passava de um banho de sangue. O garoto nas cordas já tinha desistido completamente de lutar, só sustentava as luvas diante do rosto enquanto o oponente enorme socava os dois lados de sua cabeça. A cada segundo, ficava mais claro que só as cordas mantinham o pobre coitado em pé. A plateia ia à loucura. Apreciando o espetáculo. Acho que também fui alertado sobre isso, Nat pensou.

Sentia um calor estranho e profundo, que o derretia. Começava na virilha e descia pelas coxas, deixando-as bambas e fracas.

O coitado do garoto nas cordas finalmente caiu pelo caminho mais rápido. Os joelhos dobraram, cederam, e ele despencou, sumiu da frente do oponente como se um alçapão abençoado tivesse se aberto sob seus pés e o engolido, deixando o adversário sem nada em que bater.

Nat viu a contagem, mas não conseguiu ouvi-la, por causa do barulho ensandecido da plateia.

Ele olhou em volta e viu, com uma onda de pânico, que Mannyzinho tinha desaparecido.

Nunca tinha sentido que era tão importante ter alguém conhecido ao lado. Alguém que acreditava estar no seu time sem nenhuma hesitação. A cabeça voltou à luta amadora da noite anterior. Vendo Nathan e Carol na plateia torcendo por ele. Quis poder se transportar de volta para lá de algum modo.

Mannyzinho apareceu, de repente, em sua frente, e ele suspirou aliviado.

"Quer ser o próximo? Acabar logo com isso? O que subiria no ringue agora não apareceu."

"O que será que aconteceu com ele?"

"Provavelmente ainda tinha um resto de cérebro na cabeça, diferente de você, e desistiu."

"Sei, ok", respondeu Nat. "Eu vou agora. Acabo com isso de uma vez."

"Muito bem, veste o calção."

"Onde?"

Nat olhou em volta.

"No vestiário masculino, acho."

* * *

Nat ficou, por um momento, parado na frente do espelho imundo do pequenino banheiro imundo. A lâmpada sobre sua cabeça parecia mostrar tudo como realmente era. Sem esconder nada. Sem mentiras.

Ele se analisou. O calção de boxe e o cinto. O abdome marcado. Os bíceps. O peitoral. Sem protetor de cabeça. Sem camiseta regata. Só ele e seus meses de trabalho duro.

Pareço um lutador, pensou. Parece o Jack, respondeu sua cabeça. Nathan dizia que o boxe era um sonho, até Nat chegar lá. Então, a noite era essa. Essa era a noite em que o sonho se realizava.

A porta se abriu e Mannyzinho enfiou a cabeça pela fresta.

"Chega de se admirar, Cinderela. Hora do show."

* * *

Mannyzinho pairava sobre Nat no canto do ringue, segurando o protetor de boca. Nat a abriu para recebê-lo. Mal sentia o que estava fazendo. Não conseguia ouvir nem seus pensamentos em meio ao barulho da plateia. Cada movimento era como andar em um sonho vívido.

Irônico, ele pensou. Esta noite não é um sonho, mas nada havia sido mais parecido com um.

"Vamos lá, presta atenção na estratégia que pensei. Só mantenha a guarda. Mantenha a guarda alta. Não tenta ser o bonzão, porque duvido que consiga encaixar um soco que abale o cara. Então não deixe a guarda aberta. A ideia é segurar alguns rounds, então, fica longe dele e mantém a guarda alta."

Nat queria dizer alguma coisa, obrigado por confiar em mim, talvez. Mas se contentou com um movimento fraco de cabeça.

"De pé, garoto."

Nat caminhou até o centro do ringue e tocou as luvas do oponente com as dele. O adversário era branco, com o cabelo preto e espetado raspado bem curto, alguém que devia estar duas categorias acima, considerando seu peso, avaliou Nat. Talvez até no peso-pesado leve.

O cara mostrou os dentes para ele. Era um sorriso sarcástico que parecia dizer: "Isso vai ser fácil".

A sensação de calor e derretimento entre as pernas aumentou. Dessa vez era mais líquida, e ele olhou para baixo para ter certeza de que não tinha literalmente se urinado. Graças a Deus não tinha. Graças a Deus era só uma sensação.

Ele voltou ao seu canto como lhe instruíram. Encontrou o rosto de Mannyzinho, porque era algo familiar. A única coisa familiar. Depois desviou o olhar de novo, porque não gostou do que viu no rosto dele.

O gongo tocou em seu sonho vívido.

Nat se adiantou com ousadia, mas o lutador monstro de seu sonho foi mais rápido e soltou um soco. Nat teve a sensação de ver primeiro o monstro, depois o punho do monstro, se aproximando em câmera lenta. Ele bloqueou o soco, mas se surpreendeu com a força do impacto em suas luvas.

Outros três vieram, cada um igualmente surpreendente.

Ouviu Mannyzinho gritar alguma coisa sobre trabalho de pés.

Um repentino lampejo de memória. O velho ginásio. A voz de Mannyzinho. "Observe o que o Jack faz com os pés. Ele é o rei nisso." Isso o despertou, e ele começou a dançar para evitar os socos. Pelo menos se fazia mais difícil de acertar, um alvo móvel. Minimizava o número de socos certeiros.

Jack ia querer que eu lutasse essa, Nat pensou.

Soltou um soco, mas ricocheteou nas luvas do monstro.

Depois disso, foi como se não tivesse escolha além de dançar, se esquivar e se proteger. Conseguiu matar bem mais de um minuto só com essa tática de se manter em movimento.

Cada segundo parecia durar minutos, mas o gongo ia tocar. Estava logo ali. Ele sentia. Cada célula do corpo conhecia a duração dos dois minutos no ringue. Deveria tocar... logo... agora.

Nada de gongo.

Nat continuou dançando, levando socos nas luvas e, de vez em quando, na cabeça, pensando que o cronômetro interno estava desregulado em alguns segundos.

Ainda nada de gongo.

Foi quando ele entendeu. Essa era uma luta sem regulamento. Ninguém controlava o tempo. Podiam tocar a porcaria do gongo quando quisessem. Ou não. E cada vez que tocassem, alguém perderia 100 dólares. Então, por que tocariam?

O pensamento desceu da cabeça para o corpo como um momento de choque que o distraiu.

Antes que pudesse se recompor, o monstro acertou um soco do lado direito de seu corpo que fraturou várias costelas. Ou pelo menos trincou. Ele ouviu o ar sair de seu corpo com um ruído alto. Uma mistura de grunhido e grito. Ficou envergonhado, mas não conseguiu evitar. Aconteceu tudo muito depressa.

O barulho da plateia ficou mais alto, se é que era possível, dentro da cabeça de Nat.

Ele levantou as luvas novamente para se defender, mas a direita não subiu tanto quanto esperava, tanto quanto a mandou subir. Como se a dor a prendesse mais perto de sua cintura.

O golpe final o acertou na têmpora direita.

Ele ouviu a plateia prender a respiração como em um movimento coletivo.

Sua cabeça virou, torcendo dolorosamente o pescoço e jogando longe o protetor de boca. O tempo criou uma prega estranha, irregular. Primeiro, ele pairou por muito tempo, desequilibrado e destinado a descer, mantendo-se em um ângulo impossível por um período impossível. Em seguida, a lona o encontrou sem nenhuma queda intermediária.

A pancada nas costelas queimava, mas ele se viu incapaz de expressar algo em relação a ela.

Ficou deitado de olhos abertos. Enxergava vagamente a plateia, agora em pé, aplaudindo e derrubando cerveja. A cena diante de seus olhos passou da plateia para a penumbra, para a escuridão, depois voltou à plateia. Voltou à escuridão. Voltou à plateia. Era surpreendentemente satisfatório ficar ali deitado, imóvel. Apropriado. As luzes do teto do outro lado do prédio brilhavam cercadas por halos. Ele ouviu a contagem, mas era um som abafado e baixo. Fraco e distante.

Era possível que tivesse perdido alguns breves espaços de tempo, mas não tinha certeza.

Ele sentiu alguém tocar seu ombro.

"Você está bem, garoto? Consegue se levantar?"

Mannyzinho.

"Estou bem, sim."

"Consegue se levantar?"

"Sim."

"Vem, vou te ajudar."

"Não preciso de ajuda. Estou bem."

Nat apoiou as luvas no chão e se ajoelhou. Os halos luminosos do teto começaram a girar em um grande círculo em volta dele, provocando a sensação de que poderia vomitar. A plateia vaiava. Vaias para *ele*? Era difícil saber. Mas sabia que estavam vaiando há algum tempo. Só não tinha registrado.

Mannyzinho encaixou uma das mãos em cada axila dele e tentou colocá-lo em pé.

"Já falei que estou bem." Empurrou as mãos dele. "Vou me levantar sozinho."

Nat começou a se levantar no ringue, que girava loucamente, depois teve que se apoiar no chão de novo para não cair.

Ele conseguiu ficar em pé na segunda tentativa.

Passou entre as cordas com cuidado e seguiu Mannyzinho em direção à porta.

A plateia o vaiava. Um homem jogou um copo com um líquido muito gelado nele, e Nat sentiu pedaços de gelo deslizando pelas costas e pelo peito. Outro sujeito jogou uma garrafa de cerveja, e ele se esquivou, o que fez a sala girar com mais violência ainda. Mais uma vez, sentiu medo de vomitar.

Ele seguiu Mannyzinho para a noite fria e silenciosa do pátio de máquinas. O barulho dentro do galpão ficava gloriosamente abafado e distante. Irreal.

"Por que me vaiaram?", Nat perguntou, sua voz não lhe parecia como a sua.

"Por que não?"

"Eles não apostaram em mim, não esperavam ganhar comigo."

"Acho que queriam um espetáculo melhor. Mais que dois minutos."

"*Foram* mais que dois minutos. Deviam ter tocado o gongo. Eles me devem cem pratas."

"Boa sorte quando for cobrar. Tem certeza de que está bem?"

Mannyzinho afastou as pálpebras de Nat com os dedos e o examinou de perto.

Nat reagiu instintivamente e o empurrou de novo.

"Para com isso. O que está fazendo?"

"Não importa. Não consigo enxergar nesta luz mesmo. Pronto para ir para casa, garoto?"

"Ah, sim. Com certeza. Quero ir para casa."

Ele começou a andar em direção à rua.

"Ei, Cinderela. Não está esquecendo nada?"

Nat virou e olhou para o treinador, sem saber o que estava esquecendo. Mannyzinho olhou para uma área abaixo do pescoço de Nat, e Nat olhou também. Estava só de calção de boxeador. Não havia nem tirado as luvas.

"Vou buscar as suas roupas", disse Mannyzinho, e entrou no galpão.

Nat sentou-se com cuidado em uma pilha de três ou quatro *paletes* de madeira. Olhou para as luvas e, de repente, ficou desesperado para tirá-las. Puxou a fita com os dentes, o que sabia que era inútil, então desistiu e pôs os punhos entre as coxas nuas.

Olhou para o céu e viu estrelas. Parecia tão incoerente. Como as estrelas podiam brilhar sobre um lugar como este?

O calor do esforço físico começou a se dissipar, deixando-o trêmulo de frio. Para sua grande humilhação, Nat descobriu que seus olhos estavam cheios de lágrimas quentes. Ser visto nesse estado por Mannyzinho era inimaginável. Nat ficava constrangido até quando chorava sozinho.

Ele fez um esforço desesperado para suprimir as lágrimas, mas só foi bem-sucedido em parte.

Quando levantou a cabeça, viu Mannyzinho parado ali. Era pena que Nat via nos olhos dele? Ou só lia os piores temores dele na cena diante de seus olhos?

"Vem, garoto. Vamos levar você para casa." O treinador se virou e começou a andar para a rua.

"Mannyzinho." Nat chamou. E Mannyzinho se voltou para ele. "Obrigado por ter vindo comigo."

Mannyzinho acenou como se não fosse importante.

"Você vem? Ou gostou daqui?"

"Estou indo", Nat respondeu.

SEGUNDOS
8 de março de 1980

"Que horas são?"

Nat perguntou de novo.

"São 4h30."

Nat sentia o leve balanço do trem e permanecia de olhos bem fechados. Pela centésima vez, lamentou não terem viajado de ônibus. Era uma viagem mais suave. Ele abriu os olhos e olhou pela janela. Viu as luzes de algum vilarejo agrícola por onde passavam. Mas doía muito, então os fechou de novo. Mesmo que não adiantasse muito.

Cada segundo parecia ter uma hora, e ele ansiava por estar em casa. Mesmo sabendo que a dor não desapareceria quando chegasse lá. Mas sentia que, se pudesse só ficar deitado de lado e encolhido na própria cama, no escuro, tudo ficaria bem, de um jeito que não estava agora.

Principalmente se Carol estivesse enroscada junto a ele.

"Tem mais daquele analgésico?"

"Você já tomou seis comprimidos", respondeu Mannyzinho.

"Só mais dois ou três."

"Vai acabar vomitando."

"Então arruma alguma coisa para eu forrar o estômago."

"O vagão do café nem está aberto a essa hora."
"Um café com muito creme. Você podia dar um pulo na classe executiva e pegar."
"Sei. Claro."
"Meu pescoço está muito duro."
"Não me surpreende. É isso que está incomodando? Ou é a cabeça?"
"A cabeça. Mas o pescoço está muito duro."
"Vai se acostumando com as dores de cabeça."
"*Estou* acostumado com elas. Essa é especial."
"Vai se acostumando com as especiais também."

* * *

As luzes foram acesas dentro do vagão, e Nat, que nem sabia que tinha dormido, acordou assustado com um grito de dor. Ele protegeu os olhos com um braço.

Sonhava com flashes de luz colorida diante dos olhos fechados. Se é que podia chamar isso de sonho.

"Por que acenderam as luzes?"

"Estamos em uma estação, acho. Pode ser Albany. De qualquer maneira, paramos. Falei para você não dormir", lembrou Mannyzinho. "Não é bom dormir quando se tem uma concussão. Toma."

Ele pegou o chapéu do colo e o colocou sobre o rosto de Nat. Um chapéu antigo, como os que os homens usavam na rua na década de 1950. Doía quando ele tocava a têmpora, mas a luz causava uma dor maior, por isso Nat deixou o chapéu onde estava.

"Como sabe que tenho uma concussão?"

"Quê? Não consigo ouvir você por baixo do chapéu."

Nat o ergueu alguns centímetros.

"Como sabe que tenho uma concussão?"

"Eu vi o trem de carga que te atropelou. Por isso eu sei."

"Ah."

Ele colocou o chapéu de novo no lugar com cuidado e ficou olhando para a escuridão cercada de luz, sobrevivendo à dor de cada segundo individualmente. De que adiantava sobreviver a um segundo de uma hora, na verdade, se outro viria em seguida e teria que sobreviver a ele também? Mas pensar nisso o deixava em pânico, então voltou ao plano de viver um segundo de cada vez.

O trem começou a se mover de novo. Nat respirou com cuidado até a luz que entrava pelas beiradas do chapéu desaparecer novamente. Então, devolveu o chapéu a Mannyzinho.

"Essa foi a coisa mais humilhante que já aconteceu comigo", disse em voz baixa.

"Vai ter mais."

"Muito obrigado."

"O que espera? Ganhar sem fazer esforço todas as vezes?"

"Não, mas achei que seria melhor que isso. Consegue saber se minhas costelas estão quebradas só pelo tato?"

"Não sei. Levanta o braço."

"Dói levantar o braço. Foi assim que me meti nesse problema."

"Não, você se meteu nesse problema quando aceitou aquela luta. Contrariando o meu conselho. Levanta assim mesmo."

Nat levantou o braço direito bem devagar até a altura do ombro. Sentiu as mãos de Mannyzinho deslizando pela lateral do corpo.

"Ai! Vai com calma, por favor."

"É o mais leve que posso tocar e ainda sentir. Não sei. Não estão fora do lugar, até onde sei dizer. Provavelmente, estão só trincadas. Mas a primeira coisa que você vai fazer na segunda-feira de manhã é ir ao médico e tirar uma radiografia. E vai contar para ele que levou uma pancada forte na cabeça. Você tem que fazer um daqueles exames neurológicos."

"Ok, tanto faz."

"Não. Não tem tanto faz. Promete."

Uma longa pausa. Nat sabia que provavelmente não iria.

"Tudo bem."

Eles fizeram o restante da viagem de volta em silêncio.

* * *

Nat se sentou em um banco na estação, tremendo muito na manhã fria e segurando a cabeça com as mãos para bloquear a luz.

Alguns passos atrás dele, ouvia Mannyzinho falando em um telefone público.

"É, ele não se sente bem. Está com uma tremenda dor de cabeça. Senão, eu só diria para ele ir a pé para casa. Mas ele está péssimo, por isso estou pedindo. Odeio obrigá-lo a andar tanto."

Uma pausa. Depois: "Isso. Ok. Ótimo. Obrigado, Nathan".

Mannyzinho voltou e sentou-se ao lado dele no banco. Bateu de leve em suas costas. Mesmo assim, doeu. Não porque as costas doíam. Mas porque tudo se movia ligeiramente.

"Ele vem te buscar."

"Promete que não vai contar para ele", pediu Nat. "Promete que não vai contar para ninguém. Nunca."

"Não se preocupe", disse Mannyzinho.

"E isso significa o quê?"

"Significa que eu também não me saí muito bem nessa."

* * *

Carol entrou no quarto deles por volta das 19h.

"O que está fazendo na cama? São 19h."

Ela acendeu a luz.

Nat berrou.

"Apaga! Ai. Caramba."

"Uau. Desculpa. Você está bem?"

"Estou com dor de cabeça."

Ela apagou a luz e se aproximou da cama, onde Nat estava encolhido em posição fetal.

"Quer que eu pegue um analgésico?"

"Já tomei oito comprimidos. Não adiantou muito."

"Coitadinho. Posso fazer alguma coisa?"

"Que tal uma dose de morfina?" Ele estendeu a mão. "Vem deitar comigo."

Ela tirou os sapatos e se deitou ao seu lado na cama. Na frente dele. Nat se esticou um pouco para abrir espaço para ela. Depois a enlaçou com um braço e a puxou para perto.

"Assim é melhor", comentou.

"Que o quê?"

"Que tudo."

"Como foi o treino? Foi tão bom quanto no Golden Gloves?"

"Nem perto disso, não."

Eles ficaram deitados em silêncio por vários minutos.

Então, esse era o grande prêmio, a linha de chegada que ele tinha prometido a si mesmo durante todo o caminho para casa. Deitar-se na própria cama com ela.

Ainda doía muito. Mas, se tinha que sentir dor, havia lugares piores para ter essa experiência.

"Estava sonhando com isso", ele disse.

"Com o quê?"

"Isso."

"Só isso?"

"Sim. Só isso."

"Mas fazemos isso todas as noites."

"Não. Não fizemos na noite passada. E teria sido bom. Só queria vir para casa e te abraçar. Só isso. É muito estranho?"

"Sim e não. Quer dizer, não. Não é estranho. Não exatamente. É só que... você não costuma falar desse jeito."

"De que jeito?"

"Não sei. Quase como... como se precisasse de mim. Não estou dizendo que não precisa. Só que não costuma falar como se precisasse. Deve ser uma dor de cabeça daquelas."

PIOR
9 de março de 1980

Nat sentou-se à mesa do café da manhã usando toda a energia que tinha para sufocar o que poderia se transformar facilmente em um completo estado de pânico. Não conseguia acreditar que, ao acordar, estava com uma dor de cabeça ainda pior. Não teria acreditado se alguém dissesse que aquilo ainda podia ficar pior.

Tentou sorrir para Nathan, mas sabia que o resultado era só uma careta.

"Ainda com dor de cabeça?", Nathan perguntou. "Parece péssimo."

Nat assentiu com cuidado. O pescoço parecia travado. Como se sustentado por um aparelho de metal. Ele precisava mover o corpo todo para concluir o movimento afirmativo com a cabeça.

"Carol não vem tomar café?"

Nat negou com a cabeça o melhor que pôde.

"Ela já foi ver os avós?"

Nat assentiu.

"Espero que ela tenha comido alguma coisa."

Droga. Essa não parecia uma pergunta do tipo sim ou não.

"Deve ter comido cereal", respondeu. Mas alguma coisa deu errado. Algo aconteceu com as palavras. Elas se misturaram, soaram arrastadas. Como se estivesse bêbado.

Nathan levantou a cabeça por um instante. Curioso.

Os dois ficaram quietos por uma fração de segundo. Então o momento passou. Ele tinha acabado de acordar e estava com dor de cabeça. Não se preocuparia com isso.

Não devia ser nada.

Nat apoiou a cabeça nas mãos, protegendo os olhos da luz.

Ouviu um barulhinho e abriu os olhos para ver que Nathan tinha deixado um prato com ovos poché e torrada diante dele. O cheiro o deixou meio enjoado. A última coisa que queria era comida, mas precisava pôr alguma coisa no estômago. Para poder tomar mais um punhado de analgésicos.

Ele estendeu a mão em direção ao centro da mesa para pegar o sal.

Os dedos aterrissaram uns bons vinte centímetros à direita do saleiro.

Ele encarou a própria mão por um momento, dissociado. Como se ela pertencesse a outra pessoa.

Tentou de novo. Dessa vez a mão tocou a mesa uns dez centímetros à esquerda do alvo.

Quando tentou erguer a mão para a terceira tentativa, não conseguiu. Ela simplesmente não obedecia. Como se nem recebesse o sinal. Como se as linhas estivessem cortadas.

Ele levantou a cabeça e viu que Nathan o observava com uma expressão chocada.

"Nat", ele disse, "você bebeu?"

"Não!", Nat respondeu, ou tentou, mas o som ecoou meio espástico. Como soava o garoto na sua turma do quarto ano que tinha deficiência intelectual. Aquele de quem todo mundo ria. Como soava uma pessoa que nasceu surda e aprendia a falar.

"Nat", Nathan repetiu, evidentemente alarmado. "Que foi? Qual é o problema?"

"Não sei", ele tentou dizer. Mas dessa vez foi ainda pior. Agora sua voz lembrava o uivo de um animal ferido.

De repente, o estômago se revoltou contra a dor, e Nat soube que ia vomitar. Levantou-se e virou-se para a pia, mas o primeiro passo inaugurou uma categoria de problemas inteiramente nova. As pernas estavam fracas, pareciam borracha. Os músculos pareciam ter se tornado faixas de borracha e se recusavam a obedecer às instruções mais simples.

Ele percebeu que estava caindo para a frente. Preparou-se para a dor da aterrissagem.

Mas nem sentiu quando chegou ao chão.

BRANCO
11 de março de 1980

Nat abriu os olhos.

Viu paredes brancas à sua frente e dos dois lados. Lençóis brancos na parte inferior do campo de visão. Uma televisão presa à parede, no alto. Era a única coisa que via e não era branca.

A dor de cabeça tinha passado.

Ele fechou os olhos de novo, sentindo esse alívio e o abençoando.

Quando abriu os olhos de novo, uma jovem bonita e negra estava ao seu lado. Vestida com um uniforme branco.

"Ah, olha quem acordou", ela disse. Falava com um sotaque. Era cadenciado e cantado. Provavelmente, de uma daquelas ilhas para onde se vai de férias, para mergulhar e beber rum. "É muito bom ver esses olhos abertos. Está sentindo muita dor, querido?"

Nat balançou a cabeça devagar.

"Ok, bem, se sentir alguma dor, pode me chamar apertando esse botão. Consegue alcançar a campainha sozinho? Tente, vamos ver."

Ela segurou um fio com um interruptor na extremidade, e nele havia um botão vermelho. Depois deixou o interruptor em cima da cama, ao lado de sua mão direita.

Nat reuniu toda sua capacidade de concentração e estendeu a mão para o botão. Mas sentia o braço fraco e sem pontaria. A mão se moveu no ar sem direção e não pousou sobre nada diferente.

"Não se preocupe, querido. Eu venho ver como você está. Se precisar de algum ajuste na morfina, é só piscar ou balançar a cabeça. Ok?"

Nat assentiu atordoado.

Ela desapareceu de seu campo de visão e tudo ficou branco.

Nat fechou os olhos de novo e voltou para o lugar onde estava antes.

NÃO
12 de março de 1980

Nat abriu os olhos. Deixou que se fechassem. Abriu de novo.

Viu Nathan preencher quase todo o seu campo de visão. Debruçado sobre sua cama.

"Ah, aí está. Que bom ter você com a gente de novo. Carol vai ficar furiosa. Ela acabou de descer à lanchonete e a culpa é toda minha. Eu insisti, porque ela não come há mais de dois dias. Ela precisava comer alguma coisa. Como se sente?"

Sentia-se ótimo, na verdade. Talvez fosse só a morfina. Mas não tinha certeza, achava que nem morfina podia ter curado uma dor de cabeça como aquela. Não por completo, pelo menos. Por isso concluiu que a dor tinha passado, felizmente.

"Melhor", respondeu. Mas ainda falava daquele jeito confuso. As vogais se contorciam de um jeito sem sentido, e as consoantes nem apareciam. "Hã?", Nat perguntou por reflexo. Assustado com a própria voz. Mas nem essa sílaba era compreensível. Era só uma inflexão, como quando se eleva a voz no fim de uma palavra para sugerir uma pergunta, o que não fazia nenhum sentido. "Quê?" Tentou de novo. Mesmo em meio à confusão provocada pelas drogas, podia sentir o começo de uma onda de pânico.

"Tudo bem", disse Nathan. "Relaxa. Isso é normal. O médico disse que é normal. Você vai ter dificuldades de fala por um tempo. Provavelmente vamos precisar de um fonoaudiólogo. E um fisioterapeuta. Vai haver alguma perda muscular. E..."

"Quê? Não!"

Queria perguntar quanta força muscular tinha perdido, e quanto tempo isso ia durar. Mas não sabia nem se essas duas últimas sílabas tinham saído. Não podia ter fraqueza muscular. Era um boxeador. Boxeadores não podem ter fraqueza muscular.

Tinha que fazer a pergunta importante. Precisava pronunciar essas palavras com clareza.

Reuniu todos os seus recursos internos, como faria se alguém tivesse pedido a ele para levantar um carro.

"Quando eu posso boxear?"

Era patético. Talvez o *quando* tivesse soado claro o bastante para o restante fazer sentido. O *eu* saiu só *u*, e as outras palavras nem saíram direito.

"Quando..." repetiu Nathan. "Quando o quê?"

Frustrado, Nat levantou a mão direita e tentou imitar o gesto de escrever. Mas as voltas eram trêmulas e maiores do que pretendia.

"Não estou entendendo direito o que você quer me dizer."

Um brilho de prata atraiu o olhar de Nat. No bolso da camisa de Nathan. Era o clipe de uma caneta. Ele apontou para ela.

Nathan olhou para baixo.

"Ah. Quer escrever alguma coisa."

Nathan tirou a caneta do bolso e a girou para expor a ponta. Depois pegou um estojo de couro com cartões. Puxou um cartão em branco, o colocou sobre o estojo e o pôs na cama ao alcance de Nat. Então entregou a ele a caneta e o ajudou a fechar os dedos em torno dela.

Nat sabia que isso não seria muito mais fácil. Por isso diminuiu as expectativas. Só quatro letras.

Elas saíram como se as tivesse escrito com a mão esquerda. Ou com o pé. Mas eram legíveis.

B-O-X-E.
Nathan fez uma cara de desânimo.
"Nat..."
Nat virou o rosto. Fechou os olhos. Como se assim também fechasse os ouvidos, e aí não teria que ouvir.

Não funcionou. Ele ouviu.

"Nat... você acabou de sobreviver a uma craniotomia. E sobreviver foi muita sorte. Sabe o que é isso? É um procedimento que envolve a remoção de uma parte do couro cabeludo, uma grande fatia em forma de crescente, e a remoção de uma janela quadrada de osso do crânio. Assim o cirurgião pôde drenar um grande hematoma que estava pressionando seu cérebro. Eles substituíram o pedaço de crânio, mas no momento você tem placas de aço para segurá-lo no lugar. Não é para sempre. Mas você vai ter outros problemas, e eles não vão desaparecer da noite para o dia. Fraqueza muscular..."

Aí estava de novo. Nat balançou a cabeça, como se pudesse negar, e assim, evitar.

"... dificuldades de fala. De habilidades motoras. Pode até ter convulsões, mas elas são controladas com..."

Nathan parou de falar. Porque Nat ergueu a mão e a movia, com cuidado e sem precisão, na direção do rosto dele. A mão, por mais que tentasse direcioná-la com precisão, pousou na testa de Nathan. Nathan manteve um silêncio tenso, como se tentasse entender.

Nat tentou de novo. Dessa vez a mão encontrou o alvo. Pressionou com firmeza a boca do homem mais velho.

Ficaram assim por um ou dois segundos.

Depois, Nathan segurou o pulso de Nat, removeu a mão dele e a colocou sobre o lençol, perto do quadril.

"Acho que podemos falar sobre isso em outra ocasião", ele concluiu.

Nat ficou quieto, de olhos fechados. Torcendo para dar a impressão de que fazia outra coisa, não o que estava fazendo. Tentando desesperadamente não chorar.

"Nat", disse Nathan. Em voz baixa. Quase reverente. "O que aconteceu? O que houve na sua última noite em Nova York?" Silêncio. "Como é que você se inscreve em um treino prático e volta para casa com uma lesão cerebral por traumatismo craniano?"

As lágrimas estavam ganhando a briga. Nat concentrou todo o seu esforço, toda a sua força, nas pálpebras. Mas, ao que parecia, elas também sofriam de fraqueza muscular. Ou as lágrimas eram mais fortes do que ele percebera. Mais fortes do que ele jamais tinha sido. De qualquer maneira, era tarde demais. Duas lágrimas tinham ultrapassado a defesa. Agora eram visíveis para Nathan.

"Esquece", Nathan falou. "Acho que essa conversa também pode ficar para outra ocasião."

Parte Sete
Nathan McCann

VÁRIAS FORMAS DE RESISTÊNCIA
11 de agosto de 1980

Um pouco depois das 19h, Nathan deixou de lado o jornal e apagou a luz da saleta. A escuridão o surpreendeu, porque Nat e Carol estavam em casa. Depois ele se corrigiu. Além de Nat, Carol estava em casa. Quando Nat não estava em casa?

De qualquer maneira, esperava que houvesse luz em alguma outra parte da casa.

Ele entrou na sala de estar escura e ouviu soluços. Acendeu um abajur. Carol não levantou a cabeça, não reagiu. Continuou chorando, encolhida em posição fetal, deitada de lado no sofá.

Nathan resistiu à tentação de fazer perguntas bobas como: "Aconteceu alguma coisa?". Do ponto de vista dela, o que *não* havia acontecido?

Ele sentou-se ao lado dela no sofá. Pôs a mão em seu ombro. Ela sentou e se encolheu sob seu braço, ainda chorando. Apesar de sentir-se pouco à vontade nesse papel, Nathan ficou parado, manteve um braço em volta dela enquanto ela chorava.

Depois de um tempo, ele disse: "Imagino que ele ainda não fale com você".

"Isso."

"Alguma coisa pior que o de sempre?"

"Sim."

Mas ela não explicou de imediato. E ele optou por se recusar a se intrometer. Alguns segundos de silêncio. Os soluços pareciam estar se abrandando.

Depois ela falou: "Ele me disse uma palavra esta noite. Uma palavra. Adivinha qual?".

"Não consigo imaginar."

"Nathan."

"Nathan o quê?"

"Ele quer fazer a fisioterapia com você. Não comigo."

"Como conseguiu deduzir tudo isso de uma palavra só: Nathan?"

"Perguntei a ele. Eu disse: 'Nathan o quê? O que tem o Nathan?'. E ele apontou para o que eu estava fazendo com a perna dele. E eu perguntei: 'Que foi? Quer que Nathan faça sua fisioterapia?'. E ele assentiu." E, nessa última frase, ela começou a chorar de novo.

"Por que ele ia querer isso?"

"Sei tanto quanto você. Não entendo o Nat ultimamente. Não entendo por que, depois de cinco meses, ele não quer mais a minha ajuda com os exercícios. Não entendo por que ele fala com você, mas não comigo."

"Pouco. Ele mal fala comigo."

"Bem, é uma pilha de palavras, se comparadas a quanto ele fala comigo."

"Já perguntou a ele por quê? Ah. Deixa para lá. Que pergunta boba. Esqueci. Ele não fala com você, não adiantaria nada fazer perguntas. Vou ver se consigo descobrir o que está acontecendo com ele."

"Obrigada, Nathan."

* * *

Nathan encontrou Nat deitado de costas na cama, vestindo apenas um short de boxeador, ouvindo o ruído irritante de um desenho animado na TV. A TV que ele insistiu em colocar no quarto dele e de Carol. Nat não olhou para Nathan quando ele entrou.

Penas estava deitado na cama ao lado dele, roncando alto, o queixo apoiado na barriga de Nat. Ele afagava a cabeça do cachorro de um jeito distraído enquanto olhava para a televisão.

Nathan ficou parado ao lado da cama por um momento, esperando que o rapaz olhasse para ele, afinal.

Era difícil não notar que o corpo de Nat estava mudando.

A cabeça de Nathan foi tomada pela imagem do rapaz na última noite do Golden Gloves em Nova York. Na imagem trazida pela memória, seu peitoral era desenvolvido. Quase esculpido. Visível através da camiseta regata. Os músculos das panturrilhas pareciam cordas grossas. A circunferência dos braços era impressionante.

Agora ele parecia ter engordado uns dez quilos e perdido dez de músculos, tudo ao mesmo tempo.

Nat finalmente levantou o rosto. Inquisitivo.

Nathan desligou a tv.

"Ei!" Nat reagiu. Só essa palavra, saindo de sua boca por conta própria, soando quase normal.

"Você precisa fazer a fisioterapia", Nathan avisou.

O jovem olhou para o outro lado.

Nathan segurou um de seus pés descalços. Levantou a perna de Nat para dobrar seu joelho, deixando a panturrilha paralela à cama. Esperou Nat empurrar sua mão. E esperou. Não devia ter que dizer: "Empurra minha mão". Depois de cinco meses de fisioterapia, tanto com um profissional quanto na variedade de casa, era de esperar que ele já tivesse decorado a rotina.

"O que está acontecendo com você hoje?", Nathan perguntou.

Nat só deu de ombros.

"Gostaria de começar empurrando minha mão?" Uma leve pressão do calcanhar de Nat. Muito leve. "Não acredito que é só isso que consegue fazer."

Primeiro, só o silêncio. Depois Nat falou: "Não sabe... que sou um aleijado?".

As palavras se contorceram da maneira habitual quando saíram de sua boca, soando como alguém que é surdo e tenta falar por adivinhação. Mas Nathan conseguiu entender cada uma delas.

"Sua fala está melhorando."

Nat deu uma risada bufada, amargurado.

"Pareço um... retardado", ele disse.

Por mais que Nathan odiasse admitir, e por mais improvável que fosse a decisão de dizer isso em voz alta, Nat realmente falava como se sofresse de uma séria deficiência de aprendizado.

Uma ideia passou por sua cabeça pela primeira vez.

"É por isso que não fala com a Carol?"

Nat virou o rosto de novo e não respondeu.

"A Carol ama você, Nat. Aquela moça ama você de verdade. Tem que confiar nisso. Tem que acreditar que é você quem ela ama. Não os padrões de fala ou os bíceps." No minuto em que as palavras saíram de sua boca, Nathan compreendeu que teria sido melhor não comentar nada sobre os músculos de Nat.

Um longo silêncio, durante o qual Nat não se preocupou em empurrar a mão de Nathan.

Em seguida, Nat moveu a mão direita de um jeito que sugeria escrever. Pedindo a Nathan alguma coisa em que e com o que escrever.

"Não", disse Nathan. "Prometi à sua fonoaudióloga que não deixaria mais você escrever as coisas. Ela diz que esse é um hábito preguiçoso. Você precisa continuar praticando a fala, Nat. Não vai se recuperar sem praticar."

Mais silêncio. Nathan observou o rapaz mover a mandíbula de um jeito indecifrável, repetitivo. Finalmente, Nat puxou a perna da mão de Nathan e a deixou cair na cama.

"Me diga o que há de errado hoje", Nathan insistiu. "Sei que tem muita coisa errada há muito tempo. Sei que essa adaptação é difícil para você. Mas tem algo diferente hoje. E espero que me conte o que é."

Nathan sentou-se na beirada da cama e esperou.

Uma fração de segundo antes de desistir e deixar Nat sozinho, o jovem falou. As palavras se formaram devagar, separadas por longos intervalos. Um padrão que sugeria grande concentração e muito estresse para ele.

"Finalmente... entendi...", ele começou.

"O quê? Entendeu o quê, Nat?"

"Não vou..." Ele parou de novo, como se estivesse se recusando a continuar.

"O quê, Nat? Não vai o quê?"

"Fazer os médicos engolirem o que disseram."

Um silêncio longo, triste. Eu devia saber, Nathan pensou. Eu devia saber que ele não acreditaria no que quer que os médicos tivessem dito para ele esperar. Não o Nat. Ele achava que as regras valiam para todo mundo, menos para ele.

"Nat..."

"Estou desaparecendo."

"Você ainda está aqui, Nat."

"Olha." Ele levantou o braço direito sem muita estabilidade, tentou flexionar o bíceps. Com resultados menos que dramáticos.

"Não acho que um bíceps desenvolvido seja o xis da questão aqui, Nat. Mas, se quer aprimorar seu tônus muscular, você precisa se dedicar muito mais à fisioterapia."

"Cansado", confessou Nat.

Nathan suspirou.

"Eu entendo. Imagino que esteja. Mas nunca vi você desistir de nada antes. Por isso, sei que vai continuar com os exercícios."

Um longo silêncio.

"Com você", disse Nat.

"Não quer mais que Carol ajude com a fisioterapia?"

Nat balançou a cabeça.

"Porque não quer que ela veja você assim?"

Nathan esperou. Mas Nat não respondeu.

Depois de um tempo, Nathan se levantou, ligou a televisão e deixou Nat sozinho.

QUASE QUALQUER IDEIA SERVE
4 de março de 1981

"Sim? Quem é?", a voz de Manny Schultz atravessava a porta velha e mal pintada. Era como um flashback para Nathan, que já tinha estado naquele mesmo lugar em uma ocasião. Só o clima havia mudado. Hoje, a tarde de primavera estava linda e fresca.

"É Nathan McCann, Manny."

A porta se abriu, apenas uma fresta, como dois verões antes. Mais uma vez, o olfato de Nathan foi tomado de assalto pelo cheiro intenso de fumaça velha de tabaco.

O rosto do homenzinho apareceu.

"Ah. Nathan. Sim. Como vai? Estou me sentindo mal. Devia ter ido visitar o garoto. Eu sei que devia. Não deixei de ir só por ser deprimente. Embora seja. Mas acho que é difícil para ele também. Achei que ele ficou deprimido nas poucas visitas que fiz. Também notou?"

"Não tenho certeza", disse Nathan. "No entanto, não é por isso que estou aqui."

"Ah. Ok. Entre." Manny ajeitou o cabelo com uma das mãos e abriu a porta por completo com a outra. Nathan não entrou. "Ah. Verdade. Esqueci. Você não fuma. Tudo bem. Eu saio."

* * *

"Notei que a academia lá embaixo está para alugar", comentou Nathan, se apoiando no corrimão da escada de incêndio. Ele observou o bairro decadente do centro, surpreso com o quanto a região tinha se degradado ainda mais em apenas dois anos.

"Sim. Eu avisei. Avisei que eles estavam cometendo um erro. Sabe, montar uma academia cara desse jeito. Isso aqui é o centro da cidade. Ninguém coloca coisas caras no centro. As pessoas aqui vivem uma vida dura. Não querem vestir uma roupinha justa e ficar quicando em uma escada falsa. Eu me arrependo muito por ter desistido do lugar quando Jack morreu. Era um excelente ginásio de boxe. E ele ia bem. Eu só precisava assumir o comando. Mas não tive coragem. Fiquei arrasado quando Jack morreu."

"Não sei nada sobre esse Jack. Não sei quem ele era", disse Nathan.

"Melhor deixar essa história quieta."

Um longo silêncio enquanto Nathan organizava os pensamentos. Ele supôs que Manny estava esperando para saber o que ele queria, por que tinha vindo. Mas Nathan ainda organizava e enquadrava as ideias em sua cabeça. Não costumava começar uma conversa sem antes organizar os pensamentos. Mas esses pareciam especialmente difíceis de domesticar.

"Já faz quase um ano, você sabe", Nathan comentou.

"Não pense que não sei. Não ache que essas datas não estão gravadas a fogo na minha mente. Dia 9 de março foi o dia em que ele foi para o hospital. Eu decorei. O dia 7 de março foi...", mas o homenzinho não concluiu o pensamento.

"Por favor, termine o que ia dizer, Manny. O que aconteceu na noite de 7 de março?"

"Não posso. Prometi ao Nat que nunca diria nada a ninguém, nunca. Não sou um anjo, não sou santo e não faço tudo certo. Mas não posso olhar nos olhos de alguém, prometer que não vou contar uma história, depois virar as costas e contar. Não sou tão ruim assim."

"Certo", disse Nathan. E depois ouviu o desconforto do silêncio que se seguiu. "Então, está desempregado, agora que a academia fechou?"

"Não sei. Se estiver, estou sem casa também. Esses apartamentos fazem parte do imóvel alugado, e o proprietário pode querer usá-los para outra coisa. Ou ainda vão precisar de alguém para fazer a limpeza à noite. Depende de quem vier."

"Quantos metros quadrados?"

"Não faço ideia. Não sou bom nessas coisas. Por quê? Está pensando em abrir algum tipo de negócio?"

"Só queria saber."

"Quer ver o imóvel? Até alguém alugar e mudar a fechadura, ainda tenho a chave."

"Sim", Nathan respondeu. "Eu gostaria de ver."

* * *

"Eu colocaria um ringue de boxe bem aqui", contou Manny. "E ali era onde ficavam os sacos pesados." Nathan viu a poeira flutuar na luz do fim de tarde que entrava pelas janelas da frente, enquanto o homenzinho andava pelo espaço vazio e empoeirado. "Provavelmente, colocaria algum equipamento de ginástica ali no canto. Só o básico. Prancha inclinada, banco, pesos livres. Nada chique. O que me mata é que nem custaria tanto. Não é necessário muito equipamento, e dá para comprar tudo de segunda mão. E o aluguel é barato, porque a região toda está caindo aos pedaços. Mesmo assim, é mil vezes mais do que tenho. Eu devia ter mantido o ginásio quando Jack morreu. Mas não tive força para isso naquele momento."

"De quanto precisaria?"

O homenzinho parou de andar.

"Por que quer saber?", perguntou depois de um tempo.

"É só uma pergunta."

Manny balançou a cabeça.

"Acho que já tiramos muito de você. Todas as vezes que fui ver aquele garoto depois do... depois que ele se machucou, ele me falou a mesma coisa. 'Ainda bem que Nathan fez o seguro'. Na época, ele foi contra. Achava que era invencível. Agora ele pensa que o seguro resolve tudo. Mas eu sei que não. Cobre oitenta por cento, não é isso? Mas vinte por cento de tudo que aconteceu com ele ainda é dinheiro para cacete. Com o perdão do vocabulário."

Nathan deu de ombros. Organizou os pensamentos antes de responder: "Representa só mais um ou dois anos cuidando dos registros fiscais de outras pessoas antes de me aposentar. Não vou precisar trabalhar em uma mina de carvão, nem operar equipamento pesado. Acho que um velho da minha idade ainda consegue carregar aqueles livros pesados. Se fizer um investimento adicional, talvez um ano a mais, além disso".

"Por que quer fazer isso por mim? Não está satisfeito com os maus investimentos que já fez?"

"Esse seria um mau investimento?"

"Na verdade, não. Talvez eu não faça uma fortuna, mas aposto que consigo ganhar o bastante para pagar um pequeno empréstimo financeiro. Ainda quero saber por que faria uma coisa dessas por mim."

"Na verdade, não seria por você. Com toda sinceridade. Seria por Nat."

"Ah. Ah! Entendi. Acha que ele sairia de casa se pudesse trabalhar em um ginásio de boxe. É. É, ele seria bom nisso. Poderia retribuir o que Jack e eu fizemos por ele de graça. Sabe, encontrar outros meninos e ajudá-los a construir uma carreira. Eu pagaria por esse serviço, é claro. Só... só espero que ele não assuste os novatos. Sabe? Não sirva de lembrete de como alguém pode se machucar de verdade." Manny parou, como se ruminasse esse pensamento por um ou dois segundos. Depois disse: "Bem, de qualquer maneira, tem uma coisa boa. Eles não vão discutir comigo quando eu mandar usar a porcaria do protetor de cabeça".

"Então ele não estava de protetor naquela noite?"
Nenhuma resposta.
"Suponho que não pudesse estar."
Mannyzinho olhou para o chão.
"Eu prometi a ele", lembrou.
Nathan assentiu e mudou de assunto.
"Estou sempre dizendo que ele precisa encontrar outro sonho. Mas ele diz que não pode. Que só teve esse. Então pensei: 'Se ele não pode mais lutar, pode, ao menos, se envolver com o esporte de algum outro jeito'."
"Acho que agora entendi por que veio me procurar. Há quanto tempo sabe que este imóvel está para alugar?"
"Só descobri quando estacionei o carro, agora há pouco."
"Sério? O que veio fazer aqui, então?"
"Não tenho certeza. Só sabia que precisava de uma ideia. Achei que você poderia ter alguma. Não esperava que ela caísse no meu colo. Mas acho que a vida é assim às vezes."
"Sempre que você permite", disse Manny.
"Então, de quanto precisa?"

* * *

Quando Nathan chegou em casa, Nat estava deitado no sofá vestindo apenas uma calça de moletom. Assistindo à televisão da sala de estar. Uma velha reprise de *I Love Lucy*. Lucy e Super-Homem. Uma das mãos dele afagava Penas, que estava deitado no tapete.

"Onde está a Carol?", Nathan perguntou, erguendo a voz para ser ouvido em meio às gargalhadas gravadas.

Nat só deu de ombros.

"Ela vem jantar em casa?"

O mesmo movimento.

Nathan decidiu não insistir no assunto. Mas estava curioso. Porque ela também não tinha jantado em casa na noite anterior. E ele não a viu no café da manhã.

Nathan atravessou o corredor a caminho de seu quarto, afrouxando a gravata enquanto andava.

A porta do quarto de Nat e Carol estava entreaberta.

Ele parou. Empurrou-a um pouco.

A porta do closet tinha sido escancarada e deixada assim. Todas as roupas de Carol tinham desaparecido, deixando apenas dezenas de cabides vazios como testemunhas de que ela não ocupava mais o quarto.

OUTRAS PESSOAS FAZEM ISSO COM TANTA FACILIDADE
6 de março de 1981

Antes mesmo que Nathan pudesse estacionar o carro na frente da casa dos avós de Carol, ele a viu aparecer na varanda e trancar a porta. Depois, ela desceu a escada e seguiu pela passarela bem-cuidada, chegou à calçada e foi andando rapidamente em direção ao ponto de ônibus.

Nathan a seguiu com o carro, reduziu a velocidade e esticou o braço para abrir a janela do passageiro. Ela se virou nervosa e na defensiva. Até perceber quem era.

Ele parou o carro, e ela se aproximou da janela aberta e se debruçou nela com ar triste.

"Oi, Nathan", cumprimentou.

"Quer uma carona para o trabalho?"

"Claro. Obrigada."

Ela entrou no carro, e os dois ficaram em silêncio por um momento. Nathan não saiu da vaga.

Depois de um tempo, ela olhou para ele.

"Assim que você puser o cinto de segurança, podemos ir."

"Ah, sim", ela disse.

Nathan ouviu o estalo da fivela do cinto sendo encaixada. Então, engatou a marcha e partiu.

Dirigiu em silêncio durante o primeiro quilômetro.

Nathan sentia que era seu papel começar a conversa. Afinal, ele a procurara, não o contrário.

"O principal motivo para eu ter vindo foi ver se você está bem."

"Depende do que quer dizer com bem."

"Fisicamente. Psicologicamente. Financeiramente."

"Vou ficar, acho. Mas, no momento, parece uma tarefa gigantesca."

"Acho que é", Nathan concordou.

"Como soube onde eu estava? Ele contou?"

"Acabou contando." Nathan permitiu um silêncio de média duração. "Não precisa me contar se não quiser. Não é da minha conta. Mas queria saber por que saiu de casa."

"Por quê? *Por quê?* Ele não contou por quê?"

"Não. Não contou."

"Porque ele me mandou embora. Por isso."

"Nat mandou você embora? Tem certeza de que não entendeu mal?"

"Ele escreveu em um bilhete, Nathan. Não tinha como entender mal. Disse que não foi com isso que me comprometi."

"Você se comprometeu com o melhor e o pior. Na saúde e na doença."

"Não é para *mim* que tem que dizer isso. É para *ele*. Ele também falou que queria minha admiração, não pena. E eu nunca diria isso a ele, Nathan, porque ele entenderia tudo errado, mas como posso admirá-lo vendo como ele está agora? Se eu dissesse isso, ele ia pensar que é porque ele fala engraçado e porque seus braços e pernas não funcionam direito. Mas não é. É porque ele desistiu de lutar. E não estou falando do ringue."

"Eu sei que não. Entendo o que quer dizer."

"Antes, ele lutava como um doido contra tudo que aparecia em seu caminho. Mas não luta mais. É como se ele simplesmente tivesse desistido."

"Eu sei", concordou Nathan.

"Tem alguma ideia do que fazer por ele?"

"Talvez. Preciso de um tempo."

Ele parou na frente da Frosty Freeze e pôs o carro em ponto morto em uma área de embarque e desembarque de passageiro, lamentando não poder prolongar a conversa.

Carol olhou para o prédio branco e malcuidado e suspirou: "Preciso de um emprego melhor".

Nathan não falou nada.

"Ele vai mudar de ideia", ela disse. "Vamos reatar. Nascemos um para o outro. Só preciso encontrar um jeito de convencer o Nat de que o amo pelo que ele é. Sabe, por quem ele é de verdade."

Nathan balançou a cabeça.

"Não. Você não tem que convencer o Nat. O Nat é quem tem que acreditar. Esse problema é dele, não seu. Ele precisa acreditar em si mesmo o suficiente para acreditar nisso. E essa questão sempre foi um problema para ele."

Carol ficou sentada por um momento, de boca aberta, antes de responder.

"Mas... não posso fazer nada em relação a *isso*."

"Exatamente", Nathan confirmou. "Não pode."

Um longo silêncio. Nathan deu uma olhada no relógio para ver se a estava atrasando para o trabalho.

"Promete uma coisa, Nathan?"

"Se eu puder cumprir, sim."

"Promete que, aconteça o que acontecer entre Nat e eu, você e eu sempre seremos amigos."

Completamente surpreso, Nathan teve dificuldade de responder.

Carol continuou: "Você tem sido uma constante na minha vida desde que te conheci. Não quero perder isso. Independentemente do que o Nat fizer".

Silêncio. Nathan queria se sair melhor em situações emocionais como essa. Censurava-se por ter chegado aos 70 anos sem conseguir dominar interações que todo mundo achava tão simples. Pelo menos, ele presumia que todo mundo achava simples.

"Tudo bem", ele disse. "Prometo."

UMA OCASIÃO SEMIVOLUNTÁRIA
21 de janeiro de 1982

"Não vou", disse Nat.

Estava sentado à mesa do café, misturando mel e canela no mingau de aveia. E misturando. E misturando. E misturando. O jeito como se debruçava sobre a tigela dava a impressão de que tentava protegê-la. Mas, infelizmente, sua postura não tinha nada de incomum. Nathan havia notado que o rapaz nunca mais tinha feito esforço para sentar-se ereto.

Nathan suspirou fundo.

"Eu esperava sinceramente que não chegássemos a esse ponto", afirmou. "Mas acho que chegamos. Sustento você há vários anos. Patrocinei sua carreira no boxe..."

"Bela carreira."

"... paguei todas as despesas médicas que seu seguro não cobriu. Passei boa parte dos dois últimos anos levando e trazendo você de carro da fisioterapia. Não fiz isso para receber gratidão e nunca pensei que jogaria tudo na sua cara desse jeito. Mas a verdade é que fiz muito por você e pedi muito pouco em troca. Pedi para ir caçar comigo uma vez, porque achei que poderia gostar, e hoje estou pedindo para ir comigo ver o novo ginásio de boxe."

"Nem é tão novo", Nat respondeu. Ainda mexendo o mingau.
"Mais um motivo para estar mais que na hora de você ir."
"Então é isso. Não tenho escolha."
"Não. Você tem escolha. Sempre temos escolhas na vida. Não estou te obrigando a ir. Estou pedindo. E lembrando que peço muito pouco de você."

Nat apoiou a testa na mão esquerda, ainda mexendo o mingau. Só quando o ouviu suspirar de um jeito dramático, Nathan soube que tinha prevalecido.

* * *

"Ei, é o Nat!", Manny praticamente gritou. "Pessoal, é o Nat."

O "pessoal" era composto por nove rapazes treinando nos sacos, levantando pesos ou lutando no ringue. E nenhum deles poderia conhecer Nat. Portanto, Nathan achou a reação um pouco teatral.

E sabia que Nat não gostava da atenção. Nem um pouco.

Quando eles pararam na entrada, Manny começou a aplaudir. Oito dos nove rapazes o imitaram, por nenhum motivo aparente. Como se alguém tivesse levantado a placa pedindo aplausos. As pessoas eram propensas a fazer o que mandavam, Nathan pensou.

O nono jovem, o que não aplaudia, perguntou: "E quem que é o Nat?".

Manny deu três passos na direção dele e bateu com a mão em concha em sua orelha.

"Tenha um mínimo de respeito. Esse lugar nem existiria sem o Nat."

Nathan se encolheu por dentro. Tinha esperança de evitar essa conexão direta.

O aplauso foi perdendo força até cessar, deixando Nathan e o relutante Nat constrangidos, e todo mundo olhava para eles.

"Além do mais", contou Manny, "Nat foi um tremendo lutador no tempo dele."

Uma segunda reação forte que fez Nathan se encolher por dentro. *No tempo dele?*

"Não que esse tempo esteja muito distante", Manny acrescentou depressa. Constrangido, tentando apagar o erro. "Não que ele seja velho, ou qualquer coisa assim. Só quis dizer que ele foi um tremendo lutador."

"E o que aconteceu?", perguntou o que não aplaudiu.

Nat olhou para Nathan e falou em voz baixa: "Vou esperar lá fora".

A porta se fechou assim que ele saiu, depois de deixar entrar uma rajada de ar gelado.

Quando Nathan olhou ao redor de novo, Manny estava parado em sua frente.

"Acho que não foi muito bom", o homenzinho comentou.

"Ou podemos ver pelo lado positivo. Eu o trouxe aqui. Finalmente. Depois de todo esse tempo. Mesmo que ele tenha ficado só por trinta segundos."

"Aquele garoto, o Tony, ele não é o que se pode chamar de exemplo de diplomacia. Apesar de que eu dei essa deixa. Então, acho que também não sou nenhum especialista no assunto."

"Acho melhor ir ver como o Nat está", Nathan falou.

Ele encontrou o rapaz atrás do prédio, sentado no primeiro degrau da escada de incêndio coberta de neve, com os joelhos dobrados e a cabeça apoiada nos braços cruzados.

Nathan aproximou-se devagar e sentou-se ao lado dele. Por um momento, nenhum dos dois disse nada.

Depois, Nat falou: "Por que ele disse que não haveria um ginásio sem mim?".

Nathan não respondeu, não conseguiu pensar em uma resposta que fosse útil ou construtiva.

"O objetivo desse lugar era me fazer sair de casa. Certo? E me fazer trabalhar de novo? Fazendo o quê? Limpando o suor do chão depois que o ginásio fechasse?"

"Achamos que você podia ajudar com seu conhecimento sobre o esporte."

"Ajudar *quem*? Um bando de garotos que vão seguir adiante e fazer o que eu não posso fazer? E como vou chegar aqui? Quer que eu pegue o ônibus todos os dias? Acha que vou aparecer em público falando desse jeito? Andando desse jeito?"

"Sim", replicou Nathan. "Eu acho."

"Bom, para você é fácil falar."

"Você precisa ter algum tipo de vida, Nat. Sinto que não estou te ajudando deixando que passe o dia na frente da TV. Estou começando a sentir que te prejudico ao apoiar tudo isso. Sejam quais forem as deficiências que acredita ter... não pode simplesmente se trancar em casa para ninguém perceber ou comentar. Todo mundo tem que enfrentar o mundo, com defeitos e tudo. E encontrar um jeito de fazer a adaptação."

"Pode me levar para casa?"

Nathan suspirou.

"Ok. Vamos para casa, por enquanto."

* * *

Mais ou menos na metade do caminho, Nat o assustou ao falar.

"Talvez a gente possa ir caçar um dia desses."

O comentário o surpreendeu tanto que Nathan demorou alguns instantes para responder.

"O que gerou essa ideia?"

"Bom, você falou nisso mais cedo. Disse que a única outra coisa que me pediu foi que eu tentasse caçar. Mas eu não tentei de verdade naquele dia."

"Não precisa ir caçar comigo só porque..."

"Não, eu quero ir", disse Nat. "Sério. Vou tentar."

Nada mais foi dito por um tempo, e Nathan decidiu que fazer muitas perguntas seria olhar os dentes de cavalo dado, como diz o ditado.

"É verdade", continuou Nat. "Você não me pede muita coisa. Nunca pensei nisso. Não até você falar. Mas é verdade."

Nathan pigarreou antes de dizer.

"Infelizmente, a temporada está encerrada. E só recomeça no outono."

"Ah", respondeu Nat. "Bom, acho que tudo bem. Nós dois vamos estar aqui no outono."

"É", Nathan falou. "Suponho que sim."

RESPOSTAS EMOCIONAIS OBRIGATÓRIAS
11 de outubro de 1982

Nathan estava do lado de fora da porta do apartamento barato em cima do ginásio. O que ficava à direita do de Manny Schultz. Antes que pudesse levantar a mão para bater, a porta se abriu e a cabeça de Nat apareceu pela fresta.

"Estou pronto", ele disse com um tom inusitadamente ansioso. "Arrumei uma maletinha. Vou buscar. E vou pôr a coleira no Penas. Aí podemos ir."

* * *

"O que está achando de morar em cima do ginásio?", Nathan perguntou no caminho para casa.

"Legal, acho. É bom não perder tempo com transporte. Mas nunca tem comida, não como tinha na sua casa. Se quero comer alguma coisa, tenho que providenciar. E o cachorro me deixa maluco. Estou acostumado a só abrir a porta dos fundos para ele. Agora, toda vez que ele precisa sair, tenho que calçar o sapato, vestir o casaco, pôr a coleira nele e sair para passear. Mesmo que ele tenha essa brilhante ideia no meio da noite. Mas é legal, acho. Se não fosse por ele, eu nunca respiraria ar fresco. Não que o ar no centro da cidade seja fresco."

"Está falando bem."

"Mas devagar."

"Não estou achando tão devagar assim."

"Parece devagar pelo que eu ouço. É um esforço enorme. Falo tanto assim e preciso tirar um cochilo."

Eles seguiram por um tempo sem dizer nada. Nathan se preparava para a próxima declaração. Surpreso, percebeu que sentia um frio na barriga. Normalmente, não era propenso a frios na barriga.

"Ontem eu vi a Carol", ele contou.

A cabeça de Nat virou-se rapidamente para ele, mas Nat se controlou e olhou pela janela de novo. Não respondeu por um tempo. Depois disse: "Encontrou com ela por acaso?".

"Não. Almoçamos juntos. Isso acontece uma vez por mês, mais ou menos."

"Para poderem falar sobre mim?"

"Não. Porque ela me considera um amigo e não queria perder essa amizade. Mas pensamos que você poderia encarar assim. Por isso eu não tinha falado nada até agora. Carol não queria que eu contasse. Mas não me sinto confortável com isso. Gosto de ser..."

"Aberto?"

"Isso. Exatamente. Gosto de ser aberto."

"Bom, acho que não posso dizer a nenhum de vocês de quem devem ser amigos." Nat olhou pela janela em silêncio por um ou dois quarteirões. Depois perguntou: "Ela está saindo com alguém?".

Nathan abriu a boca para responder, mas não teve chance.

"Deixa para lá. Não responde. Desculpa. Acho que isso não é da minha conta. Vamos falar de outra coisa."

E Nathan foi poupado e, ao mesmo tempo, privado de dizer que não. Ela não estava. Certa ou errada, ela esperava Nat recuperar o bom senso.

"Tem mais alguém com quem conversa sem que eu saiba?", Nat perguntou.

"Bem, sua avó ainda telefona. Uma vez por mês, mais ou menos. Depois de todos esses anos."

Ele lançou um olhar para Nat no silêncio que se seguiu. Viu como ele abriu e fechou a boca.

"Estou surpreso."

"Uma vez avó, sempre avó, acho."

"E o que você diz a ela? Conta coisas particulares sobre mim?"

"E como eu saberia coisas particulares sobre você?"

A pergunta de Nathan nunca foi respondida.

* * *

Quando estava apagando a luz para ir se deitar, Nathan ouviu Nat chamá-lo de seu antigo quarto.

"Nathan?"

Ele vestiu um roupão e foi até lá.

"Sim, Nat?"

"Só estava pensando se não viria até aqui e puxaria a cadeira para perto da cama, como costumava fazer antes de ir dormir. Antes de eu me casar."

"Quer que eu faça isso?"

"Sim. É claro."

Nathan puxou a cadeira de vime com encosto alto para perto da cama e sentou-se.

"Então, a que horas vamos ter que acordar?", Nat perguntou. "Umas 4h?"

"Talvez eu seja legal e deixe você dormir até 4h15, ou 4h30."

"Caramba, obrigado."

Um silêncio desconfortável. Não conversavam assim havia muito tempo. Nathan lembrou que, nos velhos tempos, fazia várias perguntas sobre a vida do rapaz. Mas agora não conseguia pensar em nada.

"Tem algo especial em mente, Nat?"

"Só o trabalho, acho."

"Está fisicamente apto a continuar com ele?"

"Ah, sim. Fisicamente está tudo bem."

"O que não está bem?"

"Não sei. Não sei se consigo explicar. É como se eu soubesse como todo mundo pensa que devo me sentir. Como o Mannyzinho. Ele sempre quis ser lutador. Mas nunca teve porte físico para isso. Então ele ensinou outras pessoas a lutar. E parece que, para ele, está tudo bem assim. Ele parece sentir algum tipo de satisfação vendo alguém ter o que ele queria. E sei que todo mundo quer que eu me sinta assim."

"Mas não é o que você sente."

"Não. Não sinto. Eu odeio isso. Tenho inveja daqueles caras. Todos os dias. Até dos que não são bons. Pelo menos eles podem tentar. Tento não demonstrar. Mas isso me corrói. O tempo todo."

"Hum. Só sei que você não pode se forçar a sentir uma coisa que não sente."

"Tem alguma coisa errada comigo, Nathan?"

"Duvido. Acho que você só precisa de mais tempo."

"Sim. Talvez. Talvez seja isso. Só preciso de mais tempo."

MAS COMO VOU CONSEGUIR SE ELES SÃO TÃO BONITOS?
12 de outubro de 1982

"Penas vai surtar se a Maggie for e ele não puder ir", Nat comentou quando Nathan parou o carro no acostamento da estrada, na terra.

"Ainda acho que é melhor deixar ele no carro. Ele não é um cão de caça treinado. Vai assustar os patos."

"Ele vai latir ou uivar o tempo todo."

"Não faz mal. Não tem ninguém em um raio de quilômetros."

"Tudo bem." Nat esticou o braço para afagar a cabeça do cachorro no banco de trás. "Você ouviu, garoto. Maggie vai, você fica."

Nathan saiu do carro e pegou as duas espingardas no chão do banco de trás. Quando levantou a cabeça, viu Nat parado ao seu lado na escuridão que precede o amanhecer.

"Eu sei", disse Nat. "Verificar a trava de segurança. Carregar a arma sem apontar para nada. Para a frente e para o chão, por exemplo. Só para ter mais segurança."

"Boa memória", Nathan respondeu, e entregou a ele uma das espingardas.

"Depende do esforço."

Eles partiram juntos pela trilha para o lago, com Maggie na frente e a lanterna iluminando o caminho. Nathan ouvia os uivos melancólicos de Penas, abandonado no carro.

Esperou para ver se Nat ia parar naquele lugar ou se passaria por lá sem reagir.

Viu Nat tropeçar quando passaram pela árvore em questão. Mas foi só isso.

* * *

Eles se abaixaram juntos atrás do esconderijo, perfeitamente silenciosos e imóveis na manhã gelada. Nathan via Maggie quase tremendo em seu estado de prontidão.

Ele aguçou a audição e ficou atento, até ouvir o som de asas batendo ao longe.

"Ouviu isso?", cochichou no ouvido de Nat.

Nat assentiu.

"Quando eles chegarem e pousarem no lago, vou disparar em um deles. Quando eu atirar, todos vão levantar voo de novo. Eu derrubo mais um se puder. Esse é o momento para você tentar um tiro."

Os patos selvagens apareceram, quase preenchendo o céu do alvorecer. Uns 75 patos tocaram a superfície da água, mantendo as asas abertas no pouso. Havia luz suficiente para ver o intenso azul-petróleo esverdeado de suas cabeças.

Nathan levantou-se ligeiramente, equilibrou-se e atirou, sentindo o coice familiar do cabo da espingarda no ombro direito.

Os patos levantaram voo da água como se formassem um grande corpo multifacetado. Nathan ouvia as patas batendo na superfície do lago, dando um ou dois passos rápidos antes do voo. Ele apontou mais uma vez. Deu outro tiro.

Ouviu Maggie entrar na água.

Não ouviu o disparo da espingarda de Nat.

Eles ficaram vendo Maggie nadar para pegar o primeiro pato.

"Ela é velha para isso", comentou Nat. "Hem?"

"Muito. Tem quase 14 anos. Devia estar aposentada há anos. Mas ela ainda está em boa forma. E adora o que faz. Não consigo nem pensar em deixá-la triste."

Nathan hesitou em mencionar o fato de Nat não ter atirado. Teria sido a preocupação com suas habilidades motoras? Mas tinham praticado como Nat seguraria a arma. E a sessão de treino parecia ter sido bem-sucedida.

Ele decidiu não falar nada.

Maggie levou o primeiro pato para a margem, um grande pato selvagem, e o deixou aos pés de Nathan com toda delicadeza. Depois mergulhou de novo para pegar o segundo pato.

Nat se abaixou sobre o animal morto. Tocou as penas azul--esverdeadas e brilhantes do pescoço e da cabeça.

"É tão bonito", disse.

"Sim", Nathan concordou. "São pássaros lindos."

"Tudo bem se eu não conseguir atirar em um?"

"É claro que sim."

"Não estou dizendo que é errado você atirar. E sei que é idiotice te fazer me trazer aqui. Mas eu não sabia como ia me sentir com isso. Sabe? Não antes de tentar."

"Apertar o gatilho de uma arma apontada para um ser vivo é uma decisão muito pessoal. Se não se sente cem por cento bem com isso, não vou sugerir que tente."

"Desculpa, Nathan."

"Não precisa se desculpar."

Maggie deixou o segundo pato aos pés de Nathan, uma ave de coloração mais sutil, e Nat o afagou como tinha feito com o primeiro.

"Mesmo assim, estou feliz por termos saído juntos para caçar", Nat comentou.

"Sim", Nathan respondeu. "Isso é o mais importante."

* * *

"Essa é a espingarda?", Nat perguntou quando voltavam pela longa trilha até o carro. "A que você ganhou de seu avô?"

Nat carregava a espingarda emprestada e o saco de lona com os patos pendurados em um ombro, deixando Nathan carregar a própria arma.

"Sim."

"Finalmente conseguiu de volta depois de ela ter virado evidência."

"Finalmente. Levei mais de um ano e de meia dúzia de solicitações. Mas ela está aqui."

"Se eu soubesse que essa era tão importante, teria pegado qualquer outra."

Nathan não respondeu. Como responder a uma declaração como essa, sobre qual arma ele deveria ter roubado para cometer um assalto à mão armada?

"Não acredito que fiz você passar por tudo aquilo", disse Nat.

"Você se fez passar por muito mais."

"É. Mas consigo entender por que fiz tudo aquilo comigo. O que não entendo é por que fiz tudo aquilo com você."

* * *

Nat se afastou da mesa e limpou a boca com o guardanapo.

"Não sei o que tem nesse jantar de pato, mas ele é sempre perfeito."

"Acho que é por ser tão fresco", Nathan respondeu. "Quando foi a última vez que comeu uma boa refeição caseira?"

"A última vez foi na sua casa." Ele sorriu. O sorriso desapareceu em seguida. Não, foi mais que desaparecer. Desmontou. "Acho que queria não ter que voltar para aquele buraquinho."

"Pode dormir aqui se quiser."

Nat pareceu pensar um pouco. Comprimiu os lábios, como se isso o ajudasse a pensar melhor. Depois balançou a cabeça.

"Sua casa é muito confortável", disse. "Mas esse é o problema. Ela é confortável demais. É como aquela terra mágica dos sonhos onde você não tem que fazer nada. Não tem responsabilidade nenhuma. É como ser uma criança pequena. Isso vicia. Agora que saí disso e me forcei a essa coisa da vida própria... bom... dá para sentir que seria fácil regredir. Agora que comecei, é melhor continuar. Mais fácil que ter que começar tudo de novo."

"Tudo bem", respondeu Nathan. "Boa decisão. Pegue o seu casaco. E o seu cachorro. Vou levar você para casa."

O CÓDIGO QUE VOCÊ NUNCA DESRESPEITA
1º de junho de 1988

Nathan olhava para fora pela janela da saleta, esperando Manny Schultz. Quando Manny finalmente apareceu, estava de carro. Um modelo novo. Chegou e estacionou como se tivesse sido dono de um carro a vida toda. Devia estar prosperando, Nathan pensou.

Desde o telefonema de Manny, Nathan estava aflito para ouvir as novidades. Manny tinha sugerido que eram boas. Nathan só esperava que tivessem algo a ver com Nat. Ultimamente, não havia muitas notícias boas em relação a ele. Fazia muito tempo que Nathan esperava ouvir alguma coisa positiva sobre Nat.

Ele encontrou o homenzinho na porta da frente e o convidou para entrar.

Ele parece tão velho, Nathan pensou. E então se deu conta. Nós *somos* velhos. Ele é um homem velho, e eu sou ainda mais velho.

Nathan sentou-se no sofá e apontou um lugar ao lado dele. Antes mesmo de se sentar, Manny tirou um envelope do bolso e o ofereceu a Nathan.

"A boa notícia", anunciou. "O último pagamento."

"Não precisava se apressar, o empréstimo deveria ser quitado só em agosto."

"Sim, mas as coisas vão bem."

Ele se sentou no sofá ao lado de Nathan, exalando o cheiro de tabaco novo e antigo que saiam de suas roupas e cabelo.

"E o Nat? Como vão as coisas com ele?"

Manny ficou sério, e Nathan lamentou não poder agarrar as palavras e puxá-las de volta.

"Ah, Nathan. Não muito bem. Eu nem ia falar nada. Ele fez uma coisa que eu nem ia contar. Mas você perguntou, e preciso tirar isso do peito. Porque parte meu coração isso que aconteceu. Outro dia apareceu um garoto. Não devia ter mais que 12 anos. Assim que ele entrou, me lembrou o Nat na primeira vez que o vi. Embora não sejam parecidos. Esse garoto é negro e muito grande. Pode até ser um peso-pesado um dia. Mas, em outros aspectos, ele me fez lembrar do Nat. Acho que você não conhece a história de quando Nat conheceu Jack."

"Não sei. Você disse que era melhor deixar essa história quieta."

"Estava falando sobre a história do fim do Jack, na verdade. Mas, no dia em que entrou pela primeira vez naquele ginásio, Nat devia ter uns 13, 14 anos. Carregava aquelas luvas novas e não sabia nem como colocá-las e amarrá-las. Não sabia nem em que bater, ou como. Provavelmente, não tinha uma moeda no bolso. Então, eu disse ao Jack: 'Ei, Jack, tem tempo para um garoto que não sabe nada de nada?'. Jack se aproximou e o analisou. Nat era um pouco parecido com um garoto com quem Jack estava trabalhando. O garoto se matou, e acho que foi isso que fez Jack sentir simpatia por ele, sabe? Enfim, ele o aceitou.

"Algumas pessoas fazem essas coisas, outras não. Acho que é uma decisão pessoal. Mas acho que as que fazem é porque já tiveram alguém que fizeram por *elas*. Sabe? Eu acolhi o Jack. Ele também não tinha dinheiro. Então o Jack acolheu o Nat. E depois eu acolhi o Nat. Isso deve estar bem chato para você. Não queria esticar demais a história."

"Não, tudo bem. Mas estou meio aflito para saber o que Nat fez de tão grave."

"Então, aquele garoto entrou. Mais ou menos da mesma idade do Nat quando ele chegou. Sem dinheiro. Até mora com a avó, por incrível que pareça. É claro que, hoje em dia, isso não é tão incomum. Enfim, parecia tudo muito perfeito. Como se Deus sorrisse no céu, acima de nós, e quem está dizendo isso sou eu, alguém que, na maior parte do tempo, nem acredita no filho da puta, perdão pelo vocabulário. E, mesmo quando acredito, mal nos falamos. Então, era isso, a situação perfeita. A imagem perfeita, criada no céu. E eu falei para o Nat: 'Ei, Nat. Tem tempo para um garoto que não sabe nada de nada e não tem duas moedas para fazer barulho no bolso?'."

Nathan esperou ansioso pela continuação da história. Ainda queria ouvir logo a má notícia.

"E o que ele disse?"

"Ele disse não."

"Ah. Sinto muito."

"É como uma lei, sabe? Como um código que não se desrespeita. Nunca."

"Ele disse por quê?"

"Sim, eu o levei para um canto onde o coitado do garoto não tivesse que nos ouvir. E falei que o Jack se reviraria na sepultura por causa disso. E ele sabia que eu estava falando sério. Lembrava-se de como foi acolhido. Ele disse que o Jack tinha muito para dar. 'Eu não tenho nada para esse garoto, Jack tinha alguma cosia, então, ele dava. Eu não tenho nada para compartilhar.'"

Eles ficaram sentados em silêncio por um ou dois minutos. O peso do momento parecia encurvar ainda mais os ombros de Nathan.

"O que aconteceu com o menino?"

"Ah, continua por lá. Eu o coloquei para bater em um saco e dei a ele algumas orientações."

"Talvez Nat só precise de mais tempo."

Manny soltou sua velha risada. Aquele ruído de algo cuspido.

"Foram oito anos, Nathan. Oito anos desde que ele se machucou. Na minha opinião, se você não se encontra em oito anos, é porque não pode. E eu costumava acreditar que todo mundo supera tudo. Sempre dizemos que nunca vamos superar. Mas superamos. Porque, sério, qual é a alternativa? Mas não sei mais sobre o Nat. Acho que ele não sai mais de onde está."

"Nunca gosto de fazer previsões absolutas", disse Nathan. Mas notou que as palavras não transmitiam muita confiança.

"É, acho que tem razão. Se ainda não estamos mortos, quem sabe? Bem, enfim, não quero ocupar seu dia inteiro. Só queria dividir isso com alguém."

O homenzinho se levantou de repente e Nathan o acompanhou até a porta.

"De uma coisa eu tenho certeza", Manny falou quando estava saindo. "Se ele não superar, não foi falta de esforço da sua parte. Você fez tudo por aquele garoto."

"Tudo que eu podia."

"E ele nem é seu parente. Por que faz tanto por ele, afinal? Todas essas coisas grandes e importantes?"

Ele encarava Nathan, esperando a resposta. De repente, estava muito sério.

"Por que não?", Nathan retrucou. "O que mais fiz de grande e importante na minha vida?"

Parte Oito
Nathan Bates

EM CASA
3 de janeiro de 1990

Nat correu meio desajeitado pelo corredor do terceiro andar do hospital, onde literalmente atropelou uma enfermeira. Uma mulher baixinha, gorda e idosa, que limpou a poeira do uniforme, o censurou com o olhar e cruzou os braços.

"Mocinho", ela disse, "isto aqui é um hospital."

Nat suspirou e, mentalmente, contou até dez. Ou começou, pelo menos. Mais ou menos no três, percebeu que era sua vez de falar.

"Em primeiro lugar, senhora, vou fazer 30 este ano, então, acho que finalmente estou livre dessa bobagem de 'mocinho', muito obrigado. Até que enfim. Em segundo lugar, eu *sei* que isto é um hospital, e é por isso que estou com pressa. Quando você descobre de repente que alguém que ama está no hospital, fica impaciente para saber..." nesse ponto ele aumentou o volume "... que diabos está acontecendo!"

Esperou ser advertido por ter alterado a voz com ela. Em vez disso, a mulher só pediu: "Nome do paciente, por favor".

"Nathan McCann."

"Segunda porta à sua direita. Ele deve estar lá dentro nesse momento, ouvindo você gritar comigo."

"Ótimo", Nat falou. "É assim que ele vai saber que sou eu." A mulher balançou a cabeça e se afastou pelo corredor.

Nat abriu a segunda porta à direita e espiou lá dentro.

"Nathan?"

"Sim, Nat", ele respondeu em voz baixa. "Senti que tinha chegado." Nat entrou e se aproximou da cama de hospital. Nunca tinha visto Nathan com o cabelo despenteado. Ou com aquele ar indefeso. Ou com uma aparência tão velha. Tinha estado com Nathan uns seis dias atrás. Eles tinham ido almoçar. Mas ele não estava desse jeito. Há seis dias, parecia um saudável senhor de quase 80 anos. Agora, sua aparência era de 90, o que Nat não conseguia entender.

"Nathan. Como pôde fazer uma cirurgia sem me falar nada?"

"Não queria te preocupar", Nathan respondeu com voz fraca.

"O que aconteceu com aquele seu discurso sobre sempre falar a verdade? Com aquela história de a verdade ser sempre a verdade, mesmo quando não gostamos, e sobre não fazermos favor nenhum a alguém quando mentimos?"

"Eu não menti para você. Eu não falei que *não* faria uma cirurgia."

Nat levantou a cabeça e suspirou profundamente, olhando para o teto branco. Então puxou uma cadeira de plástico e sentou-se nela ao contrário, apoiando os braços cruzados no encosto e olhando para a cara de Nathan.

Pela primeira vez em todos aqueles anos, desde que Nat o conheceu, Nathan desviou o olhar.

"Isso não é exatamente o que você chama de ser aberto, Nathan."

Um longo silêncio.

Depois, Nathan falou: "Eu sei. Sinto muito. Pensei que iam abrir e remover esse tumor que está em cima do meu rim. E esperava que me dissessem que tinham certeza de ter limpado tudo. Então, eu poderia te dar a boa e a má notícia ao mesmo tempo: tive câncer, mas eles têm certeza de que a cirurgia foi bem-sucedida. Eles têm certeza de que tiraram tudo".

Uma pausa enquanto a palavra *câncer* ricocheteava na cabeça e nas entranhas de Nat, deixando atrás uma sensação fraca, trêmula.

"E eles têm certeza de que tiraram tudo?"

"Não", disse Nathan.

"Bom, talvez tenha sobrado um pouquinho, e talvez eles façam radio e quimio, e aí vai ficar tudo bem?"

"Não."

Incapaz de se forçar a fazer mais perguntas, Nat só esperou em silêncio, olhando para um ponto no lençol da cama.

"Quando abriram, ele estava em todos os lugares. Então, só me fecharam de novo."

"Eles nem tentaram tirar?"

"Não fazia muito sentido."

"Mas vão fazer radio e quimio." Ele continuava olhando para o ponto no lençol.

"Eles me deram essa opção. Mas só serviria para dobrar o tempo que ainda tenho. E destruiria toda a qualidade de vida que posso ter nesse tempo."

Nat olhou de novo para o rosto de Nathan. Um esforço.

"Sim, mas dobrar? Dobrar o tempo que você tem? Então, vale a pena, não?"

Ele se forçou a continuar olhando para Nathan. Nathan não olhava para ele.

"Dobrar significa só mais um mês ou seis semanas."

De volta ao ponto no lençol.

Dois ou três minutos se passaram. Nat sentiu uma coisa estranha no estômago. Uma vibração. Como a de um cabo elétrico de alta voltagem. Como se tivesse acabado de levar um choque elétrico moderado. Sabia que tinha que falar alguma coisa, em algum momento. Só não conseguia imaginar o quê. Procurava desesperadamente dentro da cabeça, até que, finalmente, encontrou algo que achava que seria bom.

"O que posso fazer para te ajudar, Nathan?"

E percebeu, depois de fazer a pergunta, que havia chegado a essas palavras imaginando o que Nathan diria se os papéis ali estivessem trocados.

"Pode me levar para casa."

"Para casa?"

"Sim. Quero estar na minha casa."

"Não tem que ficar aqui?"

"Não. Não *tenho* que fazer mais nada. Posso fazer a porcaria que eu quiser. E quero estar na minha própria casa."

Nat vasculhou rapidamente a memória para ver se Nathan já tinha usado a palavra *porcaria* em sua presença antes. Nada veio à mente.

"Mas aqui eles sabem o que fazer por você."

"Não tem nada que eles *possam* fazer, Nat. Por favor, só chama um táxi e me leva para casa."

Mais um minuto daquela vibração, que parecia quase ser acompanhada por um som. Então Nat percebeu que era um zumbido nos ouvidos.

"Tudo bem. Vou chamar um táxi."

Nat ficou em pé. As pernas funcionavam exatamente como ele esperava.

Ele saiu, e quase atropelou Carol no corredor.

"Ah, Nat", ela disse. Como se o tivesse visto no mês passado. Ou um mês antes disso. Não como se não se falassem há quase nove anos. "Não é horrível isso com o Nathan?"

Ela parecia muito mais velha, mas de um jeito bom. Estava menos menina e mais como uma mulher adulta. Ele também tinha envelhecido tanto assim? Não sentia nada disso dentro de si.

"Quando ele telefonou para você?"

"Agora. Larguei o trabalho e vim direto."

"Então ele também não contou para você que faria uma cirurgia."

"Não."

Graças a Deus, Nat pensou. Esse teria sido o insulto final nisso tudo. Se todo mundo soubesse, menos ele.

Incapaz de adicionar toda a questão Carol ao peso que já carregava, ele só passou por ela e tentou sair dali.

"Preciso chamar um táxi", afirmou por cima do ombro. "Nathan quer ir para casa."

"Eu posso levar vocês", ela respondeu.

Nat parou. Não respondeu na hora. Fechou os olhos, como se pudesse transportar-se para algum lugar mais fácil. Mas, quando os abriu de novo, ainda estava no hospital. E Carol ainda estava no corredor olhando para ele.

"Você agora tem carro?"

"Sim. Tenho. Tirei minha carteira. E arrumei um emprego melhor e comprei um Toyota usado."

"Sabe... um táxi resolve. Ele me pediu para chamar um táxi."

"Quer que eu vá perguntar para ele? Se ele prefere uma carona?"

Nat suspirou e desistiu, deu tudo por perdido. Às vezes, é mais fácil mergulhar de cabeça no pior de todos os dias. Pelo menos se pouparia do esforço de tentar resistir.

"Acho que o Nathan tem que decidir", ele respondeu. "O que ele decidir, eu acato."

* * *

"Cadê a Carol?", Nathan perguntou. "Ela foi para casa?"

"Não. Está na cozinha fazendo o jantar."

Nat sentou-se em uma das cadeiras de madeira de encosto reto perto da cama de Nathan. Sentou-se e ficou ali parado. Com o corpo inclinado para a frente, olhando para Nathan como se ele pudesse desaparecer a qualquer momento. Nunca ficara no quarto de Nathan, e era estranho estar ali agora.

Nathan não respondeu. E o silêncio deixou Nat nervoso.

Por isso, ele acrescentou: "Ovos mexidos, provavelmente".

"Ah, duvido", Nathan opinou. "Carol é uma cozinheira maravilhosa." Nat arqueou uma sobrancelha, mas não disse nada. "Ela me convidou para jantar uns dias antes das festas."

"Pensei que ela só soubesse fazer ovos mexidos."

"Isso foi há muito tempo, Nat."

"Obrigado por me lembrar."

"Desculpa. Não foi isso que eu quis dizer."

Nat balançou o corpo para a frente e para trás, sentado em cima das mãos. Sem saber o que dizer. Ou o que sentir. Ou aonde ir. Não sentia que estava no lugar certo, mas tinha certeza de que mudar de lugar não resolveria.

"Me conte", pediu Nathan, assustando-o. "Está aqui sentado por absoluta devoção a mim e pelo choque de saber que chegou a hora de eu deixar minhas coisas em ordem? Ou veio se esconder aqui para evitar a Carol?"

"Sim."

Os dois sorriram, o que Nat acreditava ser uma surpresa para ambos. Ele estava surpreso, certamente.

"Por que não vai ajudá-la com o jantar?"

"Porque isso me deixa apavorado."

"Tem medo de cozinhar?"

"Engraçadinho. Conversar com ela. Olhar para ela. Estar no mesmo espaço que ela. Tudo isso me deixa apavorado para cacete."

"O que diria a ela se ela não deixasse você... apavorado para cacete?"

"Nathan, você falou cacete!" Nat anunciou quase orgulhoso.

"Estou definitivamente sentindo que é hora de deixar as regras de lado. Mas você está fugindo do assunto."

"Ah. Sim. Acho que diria que fui um idiota. E que sinto muito, de verdade. Embora isso não mude nada, provavelmente."

"Parece um bom começo."

"Quer que eu *comece* com isso?"

"E se nunca mais encontrar com ela? Você pode não ter muito tempo."

Nat suspirou. Levantou e empurrou a cadeira de volta para o canto.

"Ok. Torce por mim. Vou tentar."

* * *

"Nathan acha que eu devo te ajudar com o jantar."

Nat estava parado, com o ombro apoiado no batente da porta da cozinha. Como se atravessar a soleira fosse perigoso demais.

"Não preciso de ajuda, na verdade. Está tudo sob controle. Mas obrigada." Uma fração de segundo antes de Nat se retirar dali completamente derrotado, ela disse: "Pode me fazer companhia enquanto cozinho, se quiser".

Então ele não se afastou. Mas também não cruzou a fronteira perigosa.

Fala, ele pensou. Só abre a boca e fala.

"Carol", ele chamou, porque achava que, depois disso, seria obrigado a ir até o fim.

"Sim, Nat?"

Ela virou de costas para o fogão, de frente para ele. Deixou a colher de pau no descanso sobre o fogão, depois empurrou uma mecha de cabelo que tinha escapado da presilha. Ela o encarou, e tudo parou. Até o tempo.

"Obrigado por fazer o jantar", ele disse.

"Nenhum problema. Quero fazer alguma coisa por Nathan. Não consigo acreditar nisso. Ah, que coisa idiota para dizer. Assim, ele tem quase 79 anos. Não sei por que estou chocada. Mas estou. Você vai cuidar dele sozinho? Ou vai arrumar uma enfermeira ou alguém para vir ajudar?"

Nat tentou forçar o cérebro a reagir, mas ainda era como se ela tivesse pedido para ele resolver uma equação complexa.

"Não sei. Ainda não pensamos em nada. Vou ter que ver o que Nathan quer fazer."

"Quer que eu fique?"

Um silêncio chocado, provavelmente curto, mas que pareceu interminável e impenetrável para Nat. Ele não ofereceu resposta. Porque não tinha nenhuma. Não tinha nada.

"Tenho que ir trabalhar nos dias de semana. Mas posso fazer o café da manhã e o jantar. E resolver coisas na rua, porque tenho carro. E talvez só ajudar quando você ficar cansado e precisar descansar. Posso dormir na saleta. Ou no sofá."

"Não, pode dormir na cama. Eu vou dormir no quarto do Nathan. No chão, ou sei lá. Ele pode precisar de alguma coisa à noite."

"Tudo certo, então. Pode avisar ao Nathan que vou levar o jantar dele em vinte minutos?"

Fala, ele pensou. Fala alguma coisa. Fala qualquer coisa. Abre a boca e fala.

"Carol?"

"Sim, Nat?"

"Obrigado."

* * *

"Acho que vou ter que começar de um jeito mais fácil. Ah, e o jantar vai chegar em vinte minutos."

Nathan baixou o livro que estava lendo. Uma biografia de um daqueles políticos velhos dos tempos coloniais, mas Nat não conseguia ler o título do outro lado do quarto e não reconhecia a foto. Nathan tirou os óculos de leitura. Suspirou. Balançou a cabeça.

"Você pode ter perdido a última chance de pedir desculpas."

"Duvido", replicou Nat. "Ela vai ficar."

EXCEÇÕES
4 de janeiro de 1990

"Tudo isso é um tremendo choque para mim", comentou Nat. "Não consigo assimilar."

Ele estava deitado em um colchonete no quarto de Nathan, tentando calcular que horas eram. Não tinha amanhecido. Era só o que sabia. Isso e que Nathan também estava acordado.

"Vou fazer 79 anos, Nat. Se sobreviver até o dia 4 do mês que vem, é claro. Nasci em 1911. As pessoas nascidas em 1911 vivem menos que 79 anos."

"É, eu sei. Mas não estou falando de coisas desse tipo. Estou falando de choque. Choque não existe na parte do cérebro que entende matemática. Sabe?"

Nat notou que eles conversavam com mais facilidade no escuro. Talvez devesse tentar isso com todo mundo. Talvez devesse apagar as luzes e dizer a Carol que era um idiota e pedir desculpas.

"Devia saber que um dia eu teria que morrer."

"Não, na verdade, não." E percebeu quanto isso devia parecer idiota. "Não estou dizendo que achei que você nunca morreria. Só que eu nunca pensei nisso. Não. Sabe de uma coisa? Não é verdade. A verdade é que pensei, sim, que você não morreria nunca. Bom, não literalmente, mas... sei que todo mundo morre. Mas acho que uma parte esquisita de mim achou que... não literalmente, mas... achei que você seria uma exceção à regra."

"Sinto muito se não posso ser imortal por você."

"Somos dois", disse Nat.

BOLO
15 de janeiro de 1990

"Carol teve que sair cedo para ir trabalhar, Nathan." Nat se sentou na beirada do colchonete, trocando a blusa do pijama por um moletom. Virou de costas para Nathan, porque tinha vergonha de seu peito. Não se via mais o desenvolvimento notável. "Então eu vou fazer o café. O que vai querer?"

"Sei que Carol se orgulha de cozinhar coisas caprichadas. Mas ultimamente tenho gostado de mingau."

"Que bom. Porque cozinha caprichada não é meu departamento. E mingau tem as orientações na caixinha." Nat se levantou e vestiu uma calça de moletom por cima do short de boxeador. "Quer que eu traga o penico antes de sair?"

"Não, obrigado. Depois do café eu vou ficar bem."

"Ok. Um mingau. Já trago."

"Com um pouco de manteiga. E leite."

"Anotado."

Quando Nat estava saindo do quarto, Nathan o chamou: "Nat?". Nat olhou para trás e parou na porta aberta, esperando. "Muita manteiga. E creme. De repente entendi. Não preciso mais me preocupar com peso".

"Tem toda razão", disse Nat. Tentando parecer animado. Tentando disfarçar o desânimo que o atingia cada vez que era lembrado disso. "Ah. Estava mesmo querendo lhe perguntar. Qual é seu bolo favorito, Nathan?"

"No café da manhã?"

"De maneira geral."

"Hum." Ele se endireitou na cama, ajeitando mais um travesseiro atrás das costas. "Acho que bolo de limão."

"Sério? Limão?"

"Qual é o problema com limão?"

"Não sei. Nenhum, acho. Mas nunca pensei que fosse limão. Se fosse eu, escolheria alguma coisa como chocolate com cobertura de chocolate. Ou até chocolate alemão."

"Somos todos diferentes. Essa é a beleza da diversidade. Por que está me perguntando sobre bolo?"

"Carol quer fazer um bolo de aniversário para você."

"Fala para ela não comprar os ingredientes ainda."

"Queria que não dissesse essas coisas, Nathan. Faltam só três semanas."

"Tem razão. Desculpa."

"Vou fazer seu mingau."

HISTÓRIAS
19 de janeiro de 1990

"Preciso de outro banho de esponja", informou Nathan.

"Tudo bem."

"Se tiver alguma dificuldade com essas coisas, podemos contratar uma enfermeira para vir algumas horas por semana."

"Para com isso, Nathan. Eu disse que iria cuidar de você. E estou cuidando de você."

"Só estou pensando que pode ficar mais difícil. Em alguns aspectos. Quando coisas assim forem acontecendo."

"Estou cuidando de você, Nathan."

"Se mudar de ideia, é só me avisar."

"Não vou mudar de ideia."

Nat abriu o chuveiro no banheiro de Nathan e esperou a água ficar quente. Não muito quente, mas o suficiente para ficar confortável durante todo o banho. Depois pegou três toalhas de banho. Uma esponja limpa. Um sabonete.

Ajudou Nathan a se virar de lado e estendeu uma toalha para ele deitar em cima, tomando cuidando para não deixar pregas que poderiam causar desconforto. Em seguida, ele o ajudou a se virar para o outro lado e repetiu a manobra.

"Vou ter que lavar suas costas", Nat avisou.

"Tudo bem."

Ele desabotoou a blusa do pijama de Nathan e o ajudou a se sentar para poder tirá-la. Mergulhou a esponja na água quente e a espremeu. Depois sentou-se na cabeceira da cama, atrás de Nathan. Nat sempre ficava chocado com a cicatriz da cirurgia. Não sabia que um pedaço tão grande das costas de Nathan tinha sido aberto. Só para o cirurgião desistir de tentar.

"Posso lavar aqui agora?", ele perguntou, tocando a cicatriz de leve.

"Sim. Já cicatrizou o suficiente."

Nat começou a passar a esponja, vendo e sentindo cada saliência da coluna de Nathan.

"Isso dói?"

"Não, tudo bem."

"A água está quente demais?"

"Não, está boa."

Ele enxaguou as costas com cuidado e enxugou com a toalha limpa. Depois ajudou Nathan a deitar de novo.

"Vou colocar essa parte da toalha sobre seu corpo bem na metade", anunciou Nat. "Depois a gente puxa a calça por baixo. Assim você garante sua privacidade."

Nat tocou a cintura de Nathan e o ajudou a erguer o corpo. Era difícil, porque o braço esquerdo de Nat era seu membro mais fraco. Mas juntos eles conseguiram. Ele puxou a flanela fina do pijama com a mão direita, e Nathan segurou a toalha para evitar que fosse puxada ao mesmo tempo. Depois Nat deitou Nathan de novo e terminou de puxar a calça do pijama. Nathan ficou deitado na cama com uma toalha cobrindo as partes íntimas, e Nat tentou não olhar. Mas, mesmo sem olhar diretamente, ficou surpreso com o aumento do inchaço no estômago dele. "O câncer faz isso com uma pessoa?", ele se perguntou em pensamento.

Estava tão chocado que olhou diretamente. Só por uma fração de segundo, ele olhou para Nathan de verdade. Para como ele estava agora. Depois, desviou rápido o olhar de novo.

Um longo silêncio, enquanto Nat movia a esponja e a bacia para um local seguro onde Nathan pudesse alcançá-las. Ele pôs o sabonete em cima de uma toalha na mesinha de cabeceira, em meio a uma dúzia de frascos de analgésicos.

"Um doce por seus pensamentos", Nathan disse. "Mesmo sabendo que não vou gostar deles."

"Só estava pensando..." Nat percebeu que realmente ia dizer o que estava pensando. O que o surpreendeu. "Estava pensando... que o jeito como chegamos ao mundo e saímos dele é mais ou menos o mesmo. Somos indefesos. Sabe? Nas duas pontas das coisas. E como... somos meio... frágeis."

"Sim", Nathan concordou. "Ainda me lembro da sua chegada. Frágil é a palavra certa."

"Vou ficar aqui perto da janela se precisar de mim para alguma coisa."

Ele se aproximou da janela do quarto de Nathan. As persianas estavam abertas, porque dali só se via o quintal dos fundos de qualquer maneira. Estava nevando. Forte. Ele se preocupou com Carol dirigindo na volta do trabalho. Esperava que, até lá, as estradas fossem limpas.

"Vou ter que limpar a entrada da casa", comentou. "Para Carol poder entrar com o carro."

"Agora eu tenho um removedor de neve."

"Ah. Bom saber." Ele viu os flocos grandes e úmidos girando no ar. Ouvia o som da água despejada na bacia cada vez que Nathan lavava a esponja. Então disse: "Nathan? Pode me contar a história do dia em que me achou no bosque?".

"É claro que sim. Com prazer. Queria ter tido mais chances de contar essa história em minha vida. Todo mundo queria falar sobre ela, mas ninguém queria de fato ouvir minha experiência com ela. Passavam direto para como uma coisa dessas podia acontecer, e por quê, e começavam imediatamente a fazer comparações com os próprios filhos, tentando imaginar alguém que amavam nessa situação. E então a história passava a ter a ver com o choque e o horror deles. Então, sim. Vou contar a história para você.

"Era o mesmo horário em que fomos caçar nas duas vezes. Ainda nem havia clareado. Eu andava em direção ao lago com a lanterna acesa, levando a espingarda no ombro..."

"A que seu avô te deu?"

"Sim. De repente, percebi que Sadie não estava comigo. E isso nunca tinha acontecido antes. Sadie era uma cadela de raça treinada para caçar e nada a distraía no caminho de uma caçada. Foi assim que eu soube que alguma coisa ali estava muito errada. Chamei a cachorra. Três vezes. Ela não apareceu. Acho que, naquele momento, fiquei irritado com ela, o que é estranho, pensando bem, porque eu devia ter imaginado que havia uma razão monumental. Fiquei quieto e ouvi, e percebi que ela estava cavando as folhas. Apontei a lanterna para ela. Tinha alguma coisa na expressão dela. Nos olhos. Ela implorava para eu ver o que tinha ali. Implorava como só um cachorro é capaz de implorar. E eu fui. E apontei a lanterna para a pilha de folhas. E o que acha que eu vi? Que parte de você acha que vi primeiro?"

Neve caindo. Cada vez mais forte. Acumulando mais e mais no quintal de Nathan. Nat mantinha as mãos unidas atrás das costas.

"A touquinha de tricô?"

"Não. Foi seu pé."

"Qual deles?"

"O esquerdo. Peguei você. E te segurei daquele jeito por um bom tempo. Estava tentando entender como uma coisa daquela podia acontecer. Quem faria aquilo. Não saí correndo para o hospital, porque não tinha ideia de que você estava vivo. Nunca imaginei que pudesse estar. Seus olhos estavam fechados. Você não se mexia. Sua pele estava fria."

"E como acabou percebendo?"

"Pus você no chão e te iluminei com a lanterna. E você se moveu. Só a boca. Só um pouquinho. Um movimento lento. Esse é o momento de que me lembro com mais nitidez, mas é o mais difícil de descrever, provavelmente. Tinha certeza de que havia encontrado o cadáver de um bebê. Tinha certeza de que era isso. E então você se mexeu. E isso mudou tudo, mudou de repente e de um jeito drástico. Fiquei chocado. Não sei como descrever melhor que isso."

"E aí você me levou para o hospital."

"Sim. Deixei a espingarda lá mesmo..."

"Sua espingarda boa?"

"Não dava para segurar os dois. Eu precisava apoiar sua cabeça. E a arma era menos importante. Corri de volta ao carro. E ainda estava amanhecendo. Quase não havia luz. Tive medo de tropeçar e cair. Não sabia como protegeria você se caísse. Mas não caí. Graças a Deus eu conhecia bem a trilha."

"Onde eu fiquei enquanto você dirigia? No banco?"

"Ah, não. Não tive coragem de deixar você no banco. E se tivesse que frear de repente? Não, você ficou no meu colo. E mesmo assim, tive medo de que você voasse para a frente se eu tivesse que frear mais forte. Estava dirigindo em alta velocidade. E com você no colo, com a metade inferior sobre as pernas e a cabeça e o tronco no meu braço esquerdo. Dirigia com a mão direita. Felizmente o carro tinha transmissão automática. Nunca tive um filho, mas sei que é importante apoiar a cabeça de um bebê. Sabe o que é estranho? Nunca tinha pensado nisso até agora, que estou contando a história. Mas, mesmo no início, quando achei que você estivesse morto... quando achei que eu estivesse segurando só o corpo de um recém-nascido... ainda apoiei a sua cabeça. E não sei nem por quê.

"Mas de uma coisa eu me lembro. Foi o sentimento mais claro que consigo lembrar de ter tido. Não sei se já ouviu o ditado 'não se recolhe o toque do sino', ou seja, não dá pra desfazer o que já foi feito. Mas era um sentimento parecido com esse. Eu sabia que nossos caminhos tinham se cruzado naquele momento e que nunca mais descruzariam. Eu não estava acostumado a saber esse tipo de coisa. Mas tive certeza."

"E você estava certo."

Silêncio. Flocos de neve molhada batendo na janela e derretendo nela.

Nathan disse: "Estou quase acabando aqui. Por favor, me ajude a me vestir de novo".

Nat voltou para a cama e ajudou Nathan a enxugar os pés e pôr a blusa do pijama. Ajudou a manter seu corpo coberto com a toalha enquanto Nat tentava vestir a calça do pijama embaixo dela. Depois recolheu todas as toalhas molhadas. Deixou-as em cima do cesto de roupa para secar. Esvaziou a bacia na pia do banheiro. Sentiu-se cansado de verdade quando terminou, então deitou-se no colchonete ao lado da cama de Nathan.

"É bom estar limpo", Nathan comentou. "Obrigado."

"No primeiro dia, quando te conheci... quero dizer, não no primeiro dia. Não no dia em que você me achou."

"Sei de que dia está falando. O dia em que sua avó te deixou aqui."

"Eu disse que você não tinha feito um grande favor a mim. Mas não é verdade."

"Eu sei. E já sabia naquele dia."

Eles ficaram em silêncio por um tempo. Três minutos, talvez quatro. Nat esperava que Nathan adormecesse. Nathan dormia muito ultimamente, sempre de repente.

Por isso se assustou quando Nathan disse: "Agora queria que *você me* contasse uma história. Queria que me falasse sobre a noite de 7 de março de 1980. A noite que você passou em Nova York e depois da qual voltou para casa com uma lesão cerebral devastadora".

Nat fechou os olhos com firmeza. Reuniu toda a sua força antes de falar. Notou que a mão esquerda tremia ligeiramente.

"Eu fiz uma tremenda besteira, Nathan."

"Eu senti."

"Aceitei uma luta profissional. Uma luta irregular. Tinha muito dinheiro envolvido. Mannyzinho tentou me convencer a desistir dela. Bem, ele fez mais que falar comigo. Ele se recusou a me dizer onde era a luta ou como participar sem ele. Mas o cara ainda estava lá. O promotor da luta. E só precisei ir atrás dele. Só por isso Mannyzinho estava comigo. Para me proteger. Porque eu teria ido sozinho, de qualquer jeito. Com ou sem ele."

"Então, quando disse que ia ficar para participar de um treinamento especial, já sabia que ia aceitar essa luta."

"Sim."

"Era mentira, então."

"Sim. No minuto em que saiu da minha boca, lembrei do que você tinha dito sobre nunca mais mentir para você. Mas já tinha saído. Eu me senti muito mal. Mas continuei mesmo assim."

"Mentiu para mim sobre mais alguma coisa depois de eu ter pedido para não mentir?"

"Não. Só aquela luta. Desculpa, Nathan. Foi muita idiotice."

"Por quê, Nat? Pode me dar um motivo que me ajude a entender?"

"Queria comprar um anel de casamento para a Carol, um anel de verdade. Odiava aquela aliança de prata barata. Ela merecia mais. Eu nem pensei que ganharia aquela luta. Achei que me manteria em pé por dois ou três rounds, depois voltaria para casa com um anel de verdade para a Carol."

Nenhuma resposta. Nenhum som. Nat levantou a cabeça e viu Nathan assentindo lentamente.

"Amor", falou Nathan. "Amor explica muita coisa."

"Pode me perdoar por ter mentido sobre isso, Nathan? Quero dizer, não sei por que deveria. Não estou nem dizendo que espero seu perdão. Só fiquei pensando... se esse é o tipo de coisa que você poderia perdoar."

Meio minuto ou mais, durante o qual Nat ouviu atentamente o som da respiração ruidosa de Nathan.

"Vou fazer um acordo com você", respondeu Nathan. "Eu te perdoo por mentir sobre a luta se me perdoar por não ter lhe contado que tenho câncer."

Nat levantou e se aproximou da cama de Nathan. Sentou-se ao lado dele. Estendeu a mão direita, e Nathan a apertou. Depois ele se levantou e se dirigiu à porta.

"Nat, antes de sair..."

"Sim?"

"Alguma vez tentou encontrar seu pai?"

"Não." Ele esperou para ver se Nathan perguntaria por quê. Ele não perguntou. Mas Nat se sentiu compelido a contar de qualquer forma. "Porque você disse que eu deveria estar preparado para uma decepção. Que ele me decepcionaria. Eu sabia que você estava certo. E eu não estava. Preparado. Nunca estive preparado. Só sabia que não suportaria isso. Então, decidi ficar com você."

RAZÕES
28 de janeiro de 1990

"Está acordado, Nat?" A voz de Nathan perdia volume a cada dia. Quase nem era mais a voz de Nathan. A força daquela voz, a segurança nela, o jeito como parecia se projetar das profundezas do peito... tudo isso tinha desaparecido. Agora ela parecia morar na garganta e mal ter força para fazer a curta viagem.

Nat olhou para o novo relógio que brilhava no escuro. Eram 2h30.

"Ah, estou sim."

"Por que não ajudou aquele menino?"

"Que menino?"

"Aquele que Mannyzinho queria que você ajudasse."

"Ah. O Danny?"

"O garoto grandão. Que mora com a avó."

"Danny."

"Por que não quis ajudá-lo? Ainda tem inveja daqueles meninos?"

"Sim."

"Mas você trabalha com eles todos os dias. É seu trabalho."

"Mas eles pagam."

"Pagam ao Manny. Você recebe de outro jeito."

"Só não gosto do Danny."

"Por quê?"

"Não sei. Não gosto. Tem alguma coisa nele de que não gosto."

Silêncio. Nat ouvia o barulho do relógio. O vento assobiando lá fora.

Nathan não disse nada.

"Nunca conheceu alguém de quem não gostasse?"

"Muitas vezes. Mas normalmente consigo especificar meus motivos."

"Bom, eu não sei quais são os meus."

"Veja se consegue descobrir e depois me conte. Ok?"

"Por quê? Quer realmente saber? Ou quer realmente que *eu* saiba?"

"Sim", respondeu Nathan.

Nat riu, apesar de tudo.

"Sabe, sua avó ainda liga para mim. Para perguntar por você. Uma vez por mês, em média. Depois de todos esses anos."

"Não. Não sabia que ela ainda telefonava. Você não me contou."

"Estou contando agora", falou Nathan.

"Ela deve estar muito velha."

"Quando a conheci, pensei que ela tivesse a minha idade. Mas sua avó é quatro anos mais nova que eu. Portanto, deve ter uns 75. É uma idosa, sim."

"O que significa que, se eu for telefonar para ela, é bom que seja logo."

"Eu não disse isso. Só estou te contando."

"Por que agora? De repente? Por que me contar agora?"

"Quantas chances você acha que ainda vou ter?", Nathan perguntou.

AINDA
3 de fevereiro de 1990

Carol chegou às 18h30.

Nat estava sentado na sala de estar, no escuro. Na poltrona da janela. Vendo a neve voar à luz da lâmpada na rua.

Pelo canto do olho, viu a luz do hall acender. Carol espiou da porta da sala. Estendeu a mão para o interruptor.

"Nat?"

"Não acende a luz, por favor."

"Tudo bem?"

"Quero te falar uma coisa."

Ela andou até o meio da sala e parou ali, na penumbra, segurando um saco de papel do supermercado com os dois braços.

"Eu fui um idiota. Desculpa. Sei que pedir desculpa não vai ajudar muito. Mas é um pedido sincero. Lamento por ter sido um idiota tão completo. Eu só não consegui. Não consegui acreditar. Não acreditei que você ia me amar se eu estivesse fora de forma. Se não fosse um lutador. Sabe? Se não fosse tudo que era quando você me conheceu."

"Talvez esteja superestimando o que era quando conheci você."

"Como assim?"

"Esquece. Desculpa. Acredita nisso agora?"

"Não completamente."

"Que pena. Mas obrigada pelo pedido de desculpas. E por ter tirado a neve da entrada da garagem. Tenho que fazer o bolo do Nathan. Para estar pronto de manhã."

"Duvido que ele coma bolo no café da manhã."

"Ele pode comer quando quiser. Mas acho que vai ser divertido servir o bolo no café da manhã."

Ela foi para a cozinha, deixando Nat sozinho no escuro.

APOIO
20 de fevereiro de 1990

O braço esquerdo de Nat tremia com o esforço de apoiar a cabeça de Nathan enquanto dava a ele o caldo da tarde. Não que a cabeça de Nathan fosse tão pesada. Era o braço esquerdo de Nat que ainda estava fraco. E Nathan só conseguia ingerir meia colher por vez. Isso o obrigava a permanecer na mesma posição por muito tempo.

"A mulher da clínica vem na semana que vem", Nathan sussurrou entre uma colher e outra.

"Por quê? Eu posso cuidar de você."

"Sistema diferente de controle da dor."

"Ah."

"Mas posso pedir para ela se encarregar de parte da alimentação."

"Não. Eu posso te alimentar."

"É muito difícil sustentar minha cabeça."

"Tá tudo bem, Nathan."

"Eu sinto seu braço tremendo."

"Nathan. Você apoiou a minha cabeça. Mesmo quando achou que eu estava morto, não deixou de apoiar a minha cabeça. E no caminho até o hospital. Seu braço ficou cansado? Aposto que sim. Agora termina a sopa, ok?"

"Vamos parar um pouco."

Nat acomodou a cabeça de Nathan no travesseiro e suspirou. Os músculos de seu braço esquerdo gritavam. Por um momento, gritaram mais do que antes, quando estavam trabalhando.

Eles ficaram quietos por um minuto. Descansando do esforço da tarefa do caldo.

Depois, Nat disse: "É porque ele é melhor do que eu era".

"Quem?"

"Danny."

"Ah. Danny."

"Ele é melhor do que eu jamais fui e vai ser melhor do que eu jamais teria sido. Além do mais, se mantiver aquele ritmo de crescimento, vai ser um peso-pesado. E os pesos-pesados sempre ficam com toda a glória."

"E é por isso que não gosta dele."

"Sim."

"Não é bom saber disso?"

"Na verdade, não."

"Um dia vai me agradecer por isso."

"Duvido", Nat respondeu.

NATHAN?
4 de março de 1990

A luz invadiu o quarto de Nathan, fazendo Nat piscar várias vezes e se encolher ao abrir os olhos. Sabia que tinha dormido até muito mais tarde do que de costume. Nathan devia estar acordado havia horas. Devia ter ficado quieto para deixar Nat dormir.

Ele ajustou os olhos à luz lentamente, depois uniu as mãos atrás da cabeça. Olhou para cima e pela janela para o céu limpo e azul de inverno.

"Nathan?", chamou depois de algum tempo. "Por que fez tudo o que fez por mim? Sei por que me levou correndo para o hospital quando me encontrou. Qualquer um teria feito a mesma coisa. Até *eu* teria feito isso. Mas... me levar para sua casa. Ir me visitar três vezes por semana no centro de detenção juvenil. Patrocinar minha carreira no boxe. E o ginásio. E durante todo esse tempo, eu fui um babaca. Desculpe o vocabulário, mas se conseguir pensar em uma descrição melhor, pode usar. Por que fez tudo isso?"

Nat ficou quieto, esperando a resposta. Ter que esperar não o surpreendia. Ultimamente Nathan demorava cada vez mais para falar. E a pergunta era complicada mesmo.

Mas a pausa se estendia.

"Nathan?"

Nenhuma resposta. Nat saiu de baixo das cobertas. Correu para a cama de Nathan. O velho estava deitado tranquilo, de olhos fechados. Como se cochilasse. Como se tivesse algum sonho lindo.

"Nathan?"

Nat recuou dois passos.

A batida na porta o assustou, apesar de ser um som abafado ali no quarto dos fundos. Nat correu de pijama para a porta, torcendo para ser Wilma, a mulher da clínica. Wilma saberia o que fazer.

Ele abriu a porta com um movimento brusco.

"Meu Deus", disse Wilma. "Está tudo bem?"

"Nathan está... não sei o que ele tem, Wilma, mas ele não responde."

"Verificou o pulso?"

"Não, aconteceu agora. Quando você bateu na porta."

"Bem, vamos ver o que é isso, então."

Ela o seguiu pelo corredor carpetado. O coração de Nat batia tão violentamente que ele sentia o impacto no peito e o escutava nos ouvidos.

Ele observou Wilma se debruçar silenciosa e tranquila sobre Nathan e colocar os dedos em seu pulso.

Ela assentiu para Nat.

"Ainda está aqui", falou. "Ainda está lá. Em algum lugar. O pulso está bem fraco. Acho que ele ultrapassou o limite de onde você ainda o veria consciente. Não acho que ele vá acordar e falar daqui em diante. Mas nunca se sabe."

"E o que fazemos, Wilma?"

"Não tem muito o que *fazer*, na verdade. Só ficar com ele. Tentar ver a beleza nisso, se é que é possível para você."

Sem nem esperar Wilma terminar e ir embora, Nat deitou-se na cama ao lado de Nathan. Aproximou-se e descansou um braço sobre os ombros dele.

"É bom ver um rapaz tão dedicado ao avô", Wilma comentou. "Não vejo uma coisa assim todos os dias."

CHAMADA

5 de março de 1990

"Nat?" Ele ouviu a voz de Carol na porta. "Tudo bem?"

"Sim."

"Nathan está bem?"

"Acho que sim. Espero que sim. Mas ele não está mais aqui."

"Ah, Nat."

"Partiu em algum momento da noite."

"Devíamos chamar alguém."

"Quem?"

"A moça da clínica, talvez. Ela vai dizer o que temos que fazer."

"Você liga para ela. Ok?"

"Ok. Vou ligar agora mesmo." Ela se dirigiu ao aparelho do quarto.

"Da cozinha, por favor."

Ela parou. Olhou para ele com um ar confuso.

"Só preciso de mais um tempinho com ele", Nat explicou. "Por favor?"

POR QUÊ
7 de março de 1990

Nat estreitou os olhos quando a porta do quarto abriu, deixando entrar a luz do corredor. Carol enfiou a cabeça pela porta e observou Nat por um momento, encolhido em posição fetal na cama vazia de Nathan. Ele olhou para trás e piscou para a luz. Ela parecia um anjo envolta por uma auréola.

"Estou preocupada com você."

"Estou bem."

"Posso entrar?"

"Pode."

Ela se aproximou da cama, parou ao lado dela e ficou olhando para ele. Nat bateu no espaço vazio a seu lado, e ela se deitou de frente para ele.

"Agora que o Nathan se foi, quer que eu vá embora?"

"Não se não quiser ir."

"Não precisa mais da minha ajuda para nada."

"Vou interpretar isso como um elogio. Está dizendo que não preciso de ajuda nenhuma."

"Vai ficar aqui na casa?"

"Vou, ele não tinha parentes. Vivos, pelo menos. Deixou tudo para mim."

"Que sorte. Você tem uma casa e algum dinheiro."

"Preferia ter o Nathan."

"Eu sei. Eu sei que sim, Nat." Um silêncio desconfortável.

Depois, Nat falou: "Por que acha que ele fez tudo que fez por mim?".

"Queria que você tivesse tido a chance de perguntar para ele."

"Eu perguntei. Na verdade. Mas cheguei meio atrasado."

Eles ficaram em silêncio por mais alguns momentos. Nat tentou se livrar da sensação de estranheza causada pela proximidade entre eles. Mas era uma sensação persistente. Ou ele não estava se esforçando o suficiente.

Carol disse: "Tenho algumas teorias. Quer ouvir?".

"É claro. Por que não?"

"Primeiro, acho que, em parte, isso tudo foi o mesmo que o avô fez por ele. Sabia que ele foi praticamente criado pelo avô depois que o pai dele morreu?"

Nat ficou surpreso.

"Não, eu não sabia disso. O pai dele morreu? Quando?"

"Quando ele tinha 12 anos."

"Como sabe disso? Eu conhecia o Nathan muito melhor que você. Quero dizer, há mais tempo. Eu o conhecia há muito mais tempo. E não sabia disso. Como você soube?"

Uma pausa. Como se ela estivesse esperando que ele entendesse sozinho.

"Eu perguntei." Depois, passando rapidamente pelo momento incômodo, disse: "Então, talvez ele estivesse fazendo aquela coisa que as pessoas fazem. Sabe? Quando entendem como é preciso realmente de ajuda e ter essa ajuda, e aí elas fazem a mesma coisa por alguém. Além disso... e não estou falando para criticar o Nathan, Nat, você sabe que eu nunca faria isso. Mas o Nathan foi contador a vida toda. Seu primeiro casamento foi infeliz. O segundo terminou em divórcio. Ele tinha quase 50 anos quando te encontrou no bosque. Mais ou menos naquela idade em que as pessoas começam a se perguntar se a vida delas é o que elas queriam que fosse. Acho que ele só queria que a vida fosse mais, talvez".

"Isso eu consigo entender. Mas não entendo como eu poderia ser esse mais."

"Muita gente usa a chance de ajudar alguém para sentir que tem uma vida maior. Olha só a Madre Teresa. Olha como ela é feliz."

Nat inspirou profundamente, se preparando. Como se o oxigênio pudesse acalmar a repentina aceleração no ritmo das batidas do coração.

"Espera um pouco e pensa no que quer fazer agora. Ok? Pensa se quer ficar ou ir".

"É claro. Certo." Uma pausa. "Você precisa se levantar em algum momento."

"Eu vou me levantar. Só preciso de mais um tempinho."

"De verdade? Vai se levantar sozinho, mesmo? Daqui a pouco?"

"Sim. Vou. Ele ia querer que eu me levantasse, então eu vou. Daqui a pouco vou me levantar e fazer uma coisa que o deixaria orgulhoso."

"Isso é bom. Já sabe o que vai ser?"

"Estou pensando."

"Ok. Vou deixar você pensar."

"Obrigado", disse Nat.

Dez minutos passaram, ou talvez tenha sido meia hora. Nat não conseguia avaliar. Mas, depois de um tempo, pegou o telefone. Puxou o fone do gancho sobre a mesa de cabeceira sem se levantar. Sem se mexer muito.

Discou um número que ainda conhecia de cor.

"Alô?" Uma voz de mulher idosa. Assustadoramente idosa. Ainda parecia familiar?

"Vovó?"

Um silêncio longo, pesado. Ela não podia perguntar quem estava falando. Devia saber. Aquela única palavra dizia tudo. Talvez só estivesse chocada demais para responder.

"Vovó, sou eu. Nat."

RAIVA
8 de março de 1990

Nat entrou no ginásio por volta das 20h. Todos tinham ido para casa, menos Danny. O que não era uma surpresa, nem um pouco. Nat tinha planejado tudo para que fosse assim.

Danny batia em um saco pesado, de costas para Nat. Nat sabia que Danny devia ter ouvido a porta. Mas ele não se virou. Cara, o garoto era grande. Treinando só de calção, já parecia um peso-pesado. E não devia ter mais que 14 anos, provavelmente. Não muito mais, pelo menos.

"Danny."

"O que você quer, Nat?", replicou. Sem virar. Sem perder um soco. Não era à toa que Mannyzinho vivia repetindo que Danny o fazia se lembrar de Nat.

"Meu nome é Nathan, na verdade."

Danny parou de bater. Segurou o saco por um momento e olhou para trás.

"Bom, eu sei disso", respondeu. "Mas você sempre foi chamado de Nat."

"Não mais. Agora é Nathan."

"Ah, agora perco pontos porque não sabia disso se eu nem tinha como saber?"

"Não estou chateado. Só estou te falando."

"Isso não torna tudo mais confuso com o Nathan mais velho?"

"O Nathan mais velho se foi. Morreu."

"Ah. Sinto muito, Nat. Quer dizer, Nathan. Que pena."

"É", respondeu Nat. "Também sinto muito. Vem, sobe no ringue comigo. Quero ver o que é capaz de fazer."

Nat se aproximou da prateleira de equipamentos e pegou um par de aparadores. Quando se virou, Danny continuava no mesmo lugar. Estava ali parado ao lado do saco, com as mãos enluvadas abaixadas ao longo do corpo. Encarando Nat.

"Que foi?", Nat perguntou.

"Estou aqui há quase dois anos, e você nunca quis ver o que sou capaz de fazer."

"Bem, hoje eu quero." Nat passou entre as cordas e subiu no ringue.

Danny ruminou a situação por mais alguns segundos. Então deu de ombros e passou entre as cordas. Esperou pacientemente enquanto Nat colocava as luvas aparadoras, as posicionava e dava o sinal.

"Muito bem. Me acerte."

Danny começou a bater com cuidado. Com suavidade. Tecnicamente, os socos eram bons. Mas eram fracos nas luvas de Nat. Como se Danny o tratasse como porcelana cara.

"Sabe qual é o seu problema?", Nat perguntou.

Danny parou de bater. Ficou quieto no ringue, com as mãos congeladas em posição. Como se alguém tivesse batido *nele*. Seu rosto era manso. Bonzinho demais, Nat pensou. Um garoto muito doce. Pelo menos para esse ramo.

"Como lutador?"

"Sim. Como lutador."

"Não pensei que eu *tivesse* um problema. Mannyzinho acha que sou bom."

"Quer ouvir minha opinião ou não?"

Danny deixou os braços caírem.

"Muito bem. Qual é o meu problema?"

"Paixão."

"Paixão?"

"É, paixão. Onde está a sua?"

"Pensei que paixão fosse... sei lá, uma coisa entre um cara e a namorada dele."

"Esse é só um tipo de paixão, e não é o tipo de que estou falando. Estou falando de emoção. Fogo. Raiva. É isso!", Nat gritou, e Danny pulou como se alguém tivesse disparado uma arma ao lado de sua orelha. "É isso que falta. Raiva."

"Com quem devo ficar bravo?"

"Tem que ter alguém. Que tal eu? Eu me recusei a treinar você."

"É um direito seu. Você não é obrigado a trabalhar de graça."

"Isso não te deixou com raiva?"

"Não. Só não gosto muito de você."

"Tudo bem, vamos tentar de outro jeito. Com quem você ficaria furioso se *fosse* o tipo de cara que fica furioso?"

Danny tentou coçar o nariz com uma luva, mas desistiu rapidamente.

"Meu pai, acho. Por ter ido embora antes de eu nascer. E minha mãe. Porque, quando me deixou com a minha avó, ela disse que voltaria em algumas semanas, e voltaríamos a morar juntos. Mas ela só voltou para um verão e em alguns fins de semana, e nunca mais moramos juntos."

"Rá. E acha que essa é uma história triste? Minha mãe podia ter me deixado na casa da minha avó, mas me abandonou no bosque, embaixo de uma pilha de folhas. Para morrer. Em outubro."

Danny levantou um pouco a cabeça em sinal de incredulidade.

"E como está aqui, então?"

"Pura sorte. Nathan estava caçando com a cachorra dele, e ela me farejou antes que eu pudesse congelar e morrer."

"Está brincando?"

Nat levantou a luva direita como se estivesse em um tribunal.

"É a mais pura verdade. Tenho o recorte de jornal para provar."

Danny olhou para o chão por um ou dois segundos. Depois olhou nos olhos de Nat.

"Ok. Sua história é mais triste que a minha. Ok. Mas a minha história ainda é a minha história. Quer dizer... mesmo que a história de outra pessoa seja pior. O que vivi foi bem ruim. Sabe?"

Nat se aproximou dois passos. Ficou quase nariz com nariz com o garoto. Levantou as luvas de novo.

"Então, por que não... fica com..." Ele aumentou o volume da voz o máximo possível. "Raiva?!"

Danny acertou um soco poderoso na luva direita. Nat, que ainda não estava completamente equilibrado, caiu de costas e bateu a cabeça com força na lona.

Ele olhou para a cara apavorada de Danny.

"Nat! Tudo bem? Eu te machuquei?"

"Estou bem, garoto. Não sou nenhum ovo cru."

"Mannyzinho disse que você tem que tomar cuidado com a sua cabeça."

"Só com o lado direito. A parte de trás da minha cabeça é tão dura quanto a de todo mundo. Mais dura que a da maioria. Pode recuar um pouco para eu me levantar?"

Danny deu um passo para trás e estendeu a mão para Nat.

"Sei me levantar sozinho", afirmou Nat. Depois rolou e ficou em pé.

"Tem certeza de que está bem? Desculpa, Nat. Quer dizer, Nathan."

"*Não* peça desculpas. *Nunca* peça desculpas por sua raiva no ringue. Esse soco foi bom. Mostra mais disso."

EPÍLOGO
31 de dezembro de 1999

No minuto em que Nat saiu do elevador e pisou no saguão do hotel, viu Danny no meio das pessoas. Não foi difícil. Em primeiro lugar, ele era mais alto que todo mundo, pelo menos uma cabeça. Em segundo lugar, ele tinha visto Nat e pulava como uma criança pequena, balançando os braços loucamente.

"Quero ir com *você*, Nathan", Danny avisou, no minuto em que Nat o alcançou. Ele estava em um grupo de treinadores, agentes e promotores, e todos olharam para Nat quando Danny falou.

"O quê? Não vamos todos em uma limusine?"

Vick, um dos dois agentes de Danny, explicou: "Mandaram duas limusines. Somos nove pessoas, por isso mandaram duas. Eu achei que dava para apertar...".

"Ou podíamos ter feito reserva no Mandalay", disse Nat, "e não precisaríamos das limusines."

"Ah, é, claro", ironizou Vick. "E se as coisas fossem diferentes, não seriam as mesmas."

Ele os conduziu pela porta da frente do hotel, aberta para eles por um porteiro uniformizado. Do lado de fora, duas limusines pretas esperavam na área do manobrista, e suas portas também eram mantidas abertas por empregados uniformizados.

Mike, um dos treinadores, falou: "Vocês vão se dividir em dois grupos, um de quatro, outro de cinco pessoas. E Nathan pode ir na limusine do Danny".

"Não", Danny protestou. Todo mundo olhou para ele. "Quero ir em uma limusine com o Nathan. Só com o Nathan."

Vick revirou os olhos.

Nat aconselhou: "Devia ir com seus treinadores, Danny".

Danny tocou o peito de Nat e o empurrou alguns passos para trás, para longe dos ouvidos de todos.

"Acontece", ele explicou em voz baixa, com o rosto bem perto do Nat, "que ainda penso em você como meu treinador."

"Ah, fala sério. Não me faz rir. Você agora está em outro nível. Nem orbitamos mais os mesmos planetas."

"Não foi isso que eu quis dizer. Só que nossa história é antiga."

Nat suspirou. Passou por Danny e foi até onde Vick estava esperando, batendo com o pé na calçada.

"Ele só está nervoso", disse Nat.

"Ok. Tudo bem. Quem liga? Os dois carros vão para o mesmo lugar." E mais alto, olhando para Danny. "Vemos você lá, garoto."

"Não sou um garoto!", Danny gritou de volta. "Tenho 24 anos."

"E 24 anos ainda é garoto", respondeu Vick, entrando na primeira limusine.

* * *

"Quero sentar nesse banco ao contrário", afirmou Danny, e se acomodou no banco virado para a parte de trás da limusine, de costas para o motorista. "Gosto de ver o mundo se movendo ao contrário."

"Por quê?"

"Não sei. Gosto, só isso. Quantas chances você tem de ver o mundo passando ao contrário?"

Nat mudou de banco, sentou-se ao lado de Danny e viu Las Vegas passando depressa de trás para a frente.

"É, acho que entendo o que quer dizer", falou.
"Essa cidade é iluminada."
"Nunca tinha visitado Vegas?"
"Como poderia ter vindo a Vegas?"
"Não sei. Talvez sua avó gostasse de jogar."
"Minha avó não jogava."
"Desculpa, não quis ofender."
"Não ofendeu. Mas ela não jogava." Ele apoiou a cabeça no encosto e viu as luzes passarem. Parecia quase hipnotizado. Então disse: "Queria que ela ainda estivesse aqui para ver isso".
"É. Eu sei como é. Queria que Nathan ainda estivesse aqui."
"E Mannyzinho."
"É. E Mannyzinho."
"Carol vai ver de casa?"
"Está brincando? Ela não perderia isso por nada. Está vendo *e* gravando."
"Se minha avó, seu Nathan e Mannyzinho tivessem vivido para ver isso, mesmo que fossem muito velhos e estivessem em casa doentes, eles iam poder ver pela TV."
"Se tivessem TV a cabo, sim."
"Se minha avó estivesse viva, ela *teria* TV a cabo. Ela *pagaria* uma HBO para ver isso."
"Talvez ela ainda veja", comentou Nat. "Mesmo assim."
"Você acha?"
"Não sei. Sinceramente, não tenho nem ideia. Mas por que não pensar no melhor? Já que não sabemos nada."
"É. Talvez. Espero que sim. Falando nisso. Falando em coisas que desconhecemos. O que acha que vai acontecer à meia-noite de hoje? Acha que aviões vão cair do céu, e essas merdas? E não vai haver luzes, nem água, e todas as usinas nucleares vão derreter, ou algo assim? Acha que o mundo todo vai desabar com aquela merda de bug do milênio?"

Nat sorriu para si mesmo. Sabia que estava ouvindo o equivalente a um mês de palavras para os padrões de Danny. Também sabia que isso significava que Danny estava nervoso.

"Não", respondeu. "Não acho."

"Por que não?"

"Não sei. Só não acho. Não acredito que vai ser tão importante."

"Não acha que as pessoas vão tentar sacar dinheiro e vão encontrar os caixas automáticos estragados e travados? Está disposto a apostar que isso não vai acontecer?"

"Não sou um homem de apostas, Danny."

"O quê? Não apostou alguns dólares na minha vitória hoje à noite?"

"Ah, bom. Sim. É claro que sim. Mas isso é diferente. Não é apostar de verdade. Isso é certo."

Danny sorriu abertamente.

Então, alguma coisa atraiu a atenção dele do lado de fora, e Danny se inclinou, e seus dedos marcaram o vidro com sua perspiração nervosa.

"Olha aquilo, Nathan! Olha!"

Nat se inclinou e tentou ver alguma coisa além dele. Pouco antes de o motorista entrar na alameda circular do hotel, Nat viu um lampejo do que Danny tinha visto.

O nome dele em neon no letreiro luminoso do hotel.

MANDALAY BAY RESORT E CASSINO APRESENTA
AO VIVO ESTA NOITE
DIEGO GARCIA X DANIEL LATHROP

Tinha outra linha embaixo, mas a limusine agora contornava a fonte, e o letreiro ficou para trás.

"Puta merda", exclamou Danny. E parecia realmente assustado. "Isso me deixa de pernas bambas. Você acredita no que acabamos de ver?"

"O quê? Não pensou que colocariam aquele letreiro?"

"Não. Sabia que colocariam. Mas dá para *acreditar* nisso?"

"Sim. É um grande momento, Danny. Você é o espetáculo."

* * *

"Tem algum último conselho para mim, Nathan?"

"Você não vai morrer, Danny. Mas, sim, eu tenho."

Ele segurou Danny pelo braço e o levou para o canto do enorme vestiário. Longe do grande grupo que o acompanhava. "Em primeiro lugar, estou com tanta inveja de você que eu poderia morrer bem aqui. E estou tão feliz por você que poderia morrer de novo. São duas vezes em uma noite. Mas não necessariamente nessa ordem. Mas o principal é que estou orgulhoso de você."

Danny franziu a testa.

"E se eu não ganhar?"

"Isso não está condicionado à sua vitória."

"Não sei o que essa palavra significa."

"Condicionado? Só significa que não depende dela. Por isso estou dizendo agora. Porque estou orgulhoso de você agora. Estou orgulhoso por estar chegando tão longe. E por quem você é. E como fez isso."

Batidas na porta.

Uma voz do outro lado avisou: "Dois minutos".

Os dois olharam para a porta por mais um momento. Como se esperassem que ela fizesse alguma coisa.

Então, Danny disse: "Obrigado, Nathan. Queria que você estivesse naquele corner comigo".

"Você sabe que não posso. Mas vou estar bem atrás de você. O tempo todo. Mas não quero que pense nisso. Saiba que vou estar lá, mas dê toda atenção ao Mike. Entre os rounds, quando estiver no seu corner, não pode ter mais ninguém no mundo além do Mike. Quando o gongo tocar de novo, não tem ninguém no mundo além do Garcia. Eu vou estar bem atrás de você. Mas não divide o foco."

"Ok, Nathan. Não vou dividir. Nathan? É normal eu estar com medo?"

"Se não estivesse, eu diria que você não sabe metade do que está acontecendo aqui. Mas você vai ficar bem. Agora vou lá para fora. E vou ver você sair. Entre naquele lugar como se ele fosse seu. Ouviu?"

Nat ofereceu os punhos, e Danny bateu neles de leve, como os lutadores fazem no meio do ringue.

"Obrigado, Nathan. Ainda não sei por que fez tudo o que fez por mim. Mas obrigado."

* * *

Até as costas de Danny pareciam estar com medo, Nat pensou.

Ele viu quando Danny abriu a boca para aceitar o protetor de boca que Mike segurava.

Depois ele viu Danny assentir. E assentir. E assentir.

O que Mike poderia ter a dizer que não tivesse dito cem vezes antes?

Alguns segundos depois, Danny quebrou as regras. Ele olhou para trás e fez contato visual com Nat.

Nat piscou para ele e sorriu. Depois apontou para o Mike. Como se dissesse: "Recupera o foco".

Danny olhou para a frente.

Nat tirou a carteira do bolso da frente. Sempre a mantinha no bolso da frente em qualquer evento de boxe. Não era a plateia mais confiável do mundo. Se perdesse alguns dólares, não seria o fim do mundo. E, de qualquer jeito, não tinha carteira de motorista.

Mas o amuleto da sorte? Isso era outra história. E ele não iria a lugar nenhum se pudesse evitar.

Ele tirou a foto da carteira. Tinha mandado plastificar, para poder deslizar o polegar sobre o rosto na foto sem desbotar ou manchar a imagem. Mesmo que suas mãos estivessem suando um pouco.

Como nesta noite.

Ele sentiu uma presença atrás de si e virou a cabeça. Vick estava olhando por cima de seu ombro.

"Quem é esse, seu avô?"

"É mais ou menos isso, sim." Quando Vick não fez mais nenhum comentário, Nat falou: "É meu amuleto da sorte. Esteve comigo em cada luta que Danny disputou. Amadoras e profissionais".

"É? Bem, de maneira geral, não conto muito com a sorte. Mas, se isso trouxe o garoto até aqui, melhor guardar."

Ele se afastou de novo. O que foi bom.

Assim, Nat pôde dizer o que sempre dizia antes de uma das lutas de Danny. Rapidamente. Baixinho. Mas sempre em voz alta.

"Se tem algum tipo de influência onde você está, Nathan, este é um bom momento para usá-la."

Ele devolveu a foto ao bolso quando o gongo tocou.

CATHERINE RYAN HYDE é autora de mais de trinta livros, entre eles *Leve-me com Você* e *Para Sempre Vou te Amar*. Em suas inúmeras viagens, fez trilhas por Yosemite e pelo Grand Canyon, escalou o Monte Katahdin, viajou pelo Himalaia e percorreu a Trilha Inca de Machu Picchu. Para documentar as experiências, Catherine tira fotos e grava vídeos, que compartilha com seus leitores e amigos na internet. Um dos seus livros de maior sucesso é *Pay It Forward*, que inspirou o filme *A Corrente do Bem* (2000) e a levou a fundar e presidir (entre 2000 e 2009) a Pay It Forward Foundation. Como oradora pública profissional, já palestrou na National Conference of Education, falou duas vezes na Universidade de Cornell, se reuniu com membros da AmeriCorps na Casa Branca e dividiu um palco com Bill Clinton. Ela mora na Califórnia e divide seus dias com seus animais de estimação.

DARKLOVE.

*Família não é algo que deve ficar estagnado
ou definido. Ela está sempre evoluindo e
se transformando em outra coisa.*
— SARAH DESSEN —

DARKSIDEBOOKS.COM